ナオタの星

小野寺史宜

ポプラ文庫

ナオタの星

「兄が一人います。書きはじめたのは、その兄の影響ですね。能力はわたしよりずっと高いと思います。でも、何かもどかしいんですよ。ダラダラして、なかなか本気にならないから」

小倉琴恵『ジョニイのルナパーク』受賞時のインタヴューより

えー、残念ですが。と、大して残念でもなさそうな感じに発せられたその言葉。それがすべてだった。「えー、残念ですが」の、そのあとはこう続いた。「受賞者はほかのかたに決まりました」

「あぁ。そうですか」

「まあ、今回はご縁がなかったということで」

「はい」

「賞は来年も実施する予定ですので、またのご応募、お待ちしていますよ」

「はぁ」

「では」

「どうも」

そして電話は切れた。

あっけない幕切れ。落選だった。またしてもの、落選。今回は、ではない。今回も、ご縁がなかったのだ。

四月十七日に最終選考の会議がありまして、その後すぐに結果をお伝えしますので、その日の午後七時以降は電話に出られるようにしておいてください。

そう言われてから、ほぼ一ヵ月待たされての、結果通知。その電話が一分弱。去年もまったく同じことを経験しているとはいえ、拒絶を一方的かつ簡潔に突きつけられるそのやり方に慣れることはないのだとあらためてわかった。

「残念だったね」と、こちらは心底残念そうに藍《あい》が言う。通話の短さと僕の表情から結果を推察したらしい。

「まあ、しかたないな」と、僕は努めて明るく言った。「最終選考に残ったのは五人だって言ってたから、確率は二十パーセントしかなかったわけだしさ」

「でも、二年続けて落とさなくたっていいじゃんねぇ。去年落とされてるのに今年も残したんだから、今回はとれるのかなって期待しちゃうよ」

「去年のことは関係ないよ。仮に来年応募したとしても、今度は一次や二次で落とされるかもしれない。そういうものなんだよ、コンクールって」

そう言いながらも、来年もまたこのシナリオ賞に応募することはないだろうな、と思った。二年続けて最終で落選。そんな者には、いやでも敗者のイメージがつく。その敗者に三度めの正直で賞をとらせるなんてことは、やはりなさそうな気がする。

「おもしろかったのにね、ナオのやつ」と、慰めるように藍が言い、

「もっとおもしろいのがほかにあったんだよ」と僕が言った。もっとおもしろいのなんて本当にあったのか？　と思いながら。

「じゃあ、ごはん、食べよっか」

「そうしよう。何か悪いな。祝勝会のはずが、残念会になっちゃって」

「ううん。こういうこともあるよ」

「というか、こういうことばっかだけどな」

僕がノートパソコンをどかして真四角のテーブルを食卓に変え、藍がそこにデパ地下で買ってきた各種惣菜のパックを並べた。

エビチリ。鶏肉の香草焼き。蓮根とチーズの挟み揚げ。甘酢あんかけの豆腐ハンバーグ。大根とワカメのサラダ。高菜チャーハン。

こうして、藍が来たときだけ、食卓は華やかになる。言い換えれば、藍のおごりになったときだけ、食卓は華やかになる。

京橋にある藍の勤務先からこのアパートまでは、地下鉄で二駅、歩いてもわずか二十分の距離だ。だからこそ、仕事を早めに切り上げて、デパートの地下に寄って、午後七

時にこの部屋に到着する、なんてことが可能になる。

藍が勤めているその某製菓会社には、二年前までこの僕も在籍していた。つまり、僕＝小倉《おぐら》直丈《なおたけ》と、彼女＝石川《いしかわ》藍は、その会社で知り合ったのだ。就職氷河をどうにか渡りきってそこへたどり着いた数少ない同期社員、そのうちの二名として。

ライトグレーの清潔感溢れるパンツスーツを身にまとった仕事帰りの藍と、上は無印良品のＴシャツに下はアディダスのジャージで一日中この部屋にこもっていた僕が、「お疲れ」と言い合い、ビールで乾杯する。

テレビをつけたとき、画面に映ったのはビールのＣＭだった。十数秒後、それがプロ野球中継に変わる。

ビールを三杯飲むあいだに、巨人が五点をとられた。別に巨人ファンではないから痛くもかゆくもなかったが、そのイニングの最後のバッターを目にしたときに、ちょっとした痛がゆさが発生した。

「九番、ピッチャー、高見《たかみ》」

ウグイス嬢によるそのアナウンスに、まず藍が反応した。

「あっ、彼じゃん」

そう。彼だった。

左打席の後ろの隅、ホームベースから遠く離れたところに立った高見頼也《らいや》は、気のないスイングを三度くり返して、三振した。「まあ、五点もらったからっていうのはわかりますけど、チームの士気を下げないためにも、高見くん、もう少し打ち気を見せてほしいですねぇ」と、某チームの監督を務めたこともある高齢の解説者が言った。

だがその後もチームの士気が下がることはなかった。そもそも、高見頼也が先発する試合で士気が下がることはないのだ。何故って、彼が投げるだけで勝ち試合になる確率はグンと上がるから。

この日も、頼也のピッチングはすごかった。

ストレートはコンスタントに時速百五十キロを超えたし、それらはすべて低めにコントロールされていた。百五十キロを出せる左腕。それだけでもピッチャーとしての存在価値は充分だが、頼也にはもう一つ、タテに落ちるカーブという、ほとんど反則技と言ってもいい武器があった。

バッターをあざ笑うかのように、その手もとで曲がりながら落ちるカーブ。スポーツ紙なんかでは、ライヤ・ボールと呼ばれたりもする。英語でライアはうそつき。バッターを欺く、バッターにうそをつく、という意味も込めての魔球ライヤ・ボールだ。

実際、テレビの画面で見ても、ギュルリン、と落ちているのがわかるくらいだから、現場のバッターにしてみれば、たまったもんじゃないだろう。巧みにコントロールされるそんな球は、打てっこない。来るとわかっていても、打てっこない。頼也のこの球を見るたびに、僕は神の存在を信じたくなる。世の中には比較的ヒマな神がいて、そのヒマ神《じん》が頼也につきっきりでホームベース上の気圧やら重力やらを操作しているのだ。そうでなければ、あのギュルリンの説明がつかない。

「この人、アメリカに行くの？」と藍が言い、

「さあ。どうだろう」と僕が言った。

高見頼也は、このまま故障がなければ、今季中にFAの権利を取得する。そうなれば、自分の判断で、国内外を問わず、移籍先を選ぶことができる。

まず去年の時点で、FAを待たずにポスティングシステムを利用してメジャーに行くのではないかという話があった。だが頼也は早い段階から残留を明言し、シーズンオフには一年契約を結んだ。球団が提示した複数年契約を固辞しての単年契約だったから、今オフのFAでのメジャー行きが確実視されているが、本当のところはわからない。インタヴューなどでその件について訊かれるたびに、頼也は言うのだ。わかんないですね、だの、つーか、まだ何も考えてないですね、だのと。

高見頼也とは、小学生のときに同じクラスになったことがある。具体的には、小学校

三年生のとき。頼也が転校してきてからの、一年間。頼也が転校してきて、僕が転校していくまでの、一年間。

転校してきた頼也は、すぐにクラスに溶けこんだ。僕と頼也の仲は、ごく普通に、よかった。ということは、裏を返せば、特別によかったわけではない。休み時間に話をしたり、遠足で同じ班になったりはするが、互いの家に遊びにいったりまではしない。その程度だ。

四年に上がる際に僕が引っ越してしまうと、それからはもう会うこともなくなった。だから、頼也は僕にとって、昔の友だちというよりは昔の知り合いだった。僕は彼が野球をやっていたことを知らなかった。大学生のころ、スポーツ紙にプロ選手として高見頼也の名前が載っていたのを見て初めて、へぇ、彼は野球を始めてたのか、と思ったのだ。

それが、まあ。

まさかここまでの選手になるなんて。

「彼、蟹座のBなんだよ」と僕が言い、

「そうなの」と藍が言った。

頼也と僕は、誕生日が二日ちがいだった。僕が六月二十六日で、頼也が二十八日。だからクラスの出席簿は、小倉直丈、高見頼也、という順だった。頼也がプロになってから、スポーツ紙がペナントレースの開幕前に載せる選手名鑑か何かで、僕は彼が自分と同じ血液型であることも知った。つまり、どちらも蟹座のBだった。

例えば藍は、血液型による人間の性格診断やら他人との相性診断やらを信じているが、僕はそんなものは信じない。さらに藍は、そこに星座占いを絡めたものまで信じたりするが、僕はそんなものも信じない。というか、高見頼也が自分と同じ蟹座のBだと知って、完全に信じなくなった。

したがって、今も言う。

「蟹座のBってことで、おれらの運勢が同じなら、何故頼也の年収は二億八千万で、おれはゼロなんだろう。何故頼也は球界を代表する左腕エースになって、おれはうだつのあがらないシナリオライター志望のままなんだろう」

藍が何も言わないので、自ら答を出す。

「何故なら、そういうことは本人の才能や努力によってのみ、決まるものだから。運勢とかそんなものによって決まるものでは、ないから」

「でもさ、普通に考えたら、コンクールの最終選考に残れない人のほうが圧倒的に多いわけでしょ？　なのに二年続けて残れたんだから、ナオはやっぱり運をもってるってことなんだよ」そして藍はこう付け足す。「もちろん、そこには実力もあると思うけど」

テレビのなかの頼也は、八回までをゼロに抑え、九回裏に一点をとられたところで降板した。代わって出てきたクローザーが、ツーアウトから二本のホームランを打たれてスコアは五対四にまでなったが、最後のバッターがファウルフライに倒れ、頼也に勝ちがついた。

うだつのあがらないシナリオライター志望であるにもかかわらずドラマを観ない僕は、そこでテレビを消した。

狭いワンルームが、途端に静かになった。音を消すという動作によってつくりだされた静寂。個人的な空間に限定された、都会のもの悲しい静寂だ。

「妹さんの関係で、どうにかならないの?」と藍が言った。

「無理だね。どうにもならないよ。デビューしたとはいえ、まだ新人だし。それに、向こうは小説で、こっちはシナリオ。接点は、あるようで、ない」

僕の妹＝小倉琴恵《ことえ》は、去年、とある童話賞をもらい、小説家としてデビューした。小さな賞だからどうにもならないと本人は言っていたが、その予想に反して、どうにもならないことはなかった。まるで、なかった。

受賞作『ジョニイのルナパーク』を評価した大手の出版社から声がかかり、琴恵は今年の頭に、童話ではない、一般向けの連作短編集を出した。それがまた好評らしく、今やその本のタイトル『カリソメのものたち』や小倉琴恵の名前をあちこちで見かけるようになっている。

兄の僕に言わせれば、妹は書くタイプではなかった。高見頼也が野球をやっていたことを知らなかったように、僕は小倉琴恵が小説を書いていたことも知らなかった。だから受賞したと連絡がきたときは驚いた。電話口で僕が洩らした素直な感想は、「えー、何だよ、それ」だった。キャリア二、三年の妹にあっけなく抜き去られたキャリア十年の兄。身内として妹の成功を喜んだのは、少し時間が経ってからのことだ。

「何にせよ、人にかまってるヒマはないと思うよ。出版社からああしてほしいこうしてほしいなんて注文をたくさん出されてもいるだろうし」

だから妹の線は期待できないのだ、ということを強調するべく、僕が饒舌になりかけたそのとき、藍が爆弾を落とした。

「ナオさ、わたし、ヒモはいやだからね」

「え？」

部屋の空気が一瞬にしてピシッと固まった。酔いも、醒めたとまではいかないが、こころもち引いた。遠くに追いやられていた理性的な意識があわてて引き戻された感じだった。

「ナオのことは好き。だけど、ヒモはいや」

「ヒモって、おれ、別にそんなつもりは」

「わたしたち、次の誕生日でどっちも三十になる。ナオが会社をやめたときはとまどいもしたけど、ナオが自分で言うように、シナリオに専念してみるのも悪くないと思った。でもあれから二年経った今は、また働きながら書く状態に戻すのも悪くないと思ってる」

「それは」と僕は恐る恐る言った。「もう書くのをやめろってこと?」

「そうじゃない。ナオが書くものは、ひいき目じゃなくおもしろいから、やめる必要はないと思う。ただ、先のことを考えるべきなんじゃないかとも思う。というか、考えてほしい。たとえぎりぎりでも二十代のほうが、三十代よりは就職に有利なはずだし」

「ヒモは、おれもいやだよ。けど、まだやりきった感じもしないんだ」

何とも冴えないセリフだった。気の利いたセリフなんて、追いこまれた場面ですんなり出てくるものではない。ドラマなんかで登場人物が窮地においても洒落た軽口を叩くのは、シナリオライターが事前に時間をかけて必死に考えているからなのだ。

僕は製菓会社で丸五年働いた。二年前にそこを辞めてからは、その五年分の貯金をとり崩して食べている。それが尽きるまでに、いや、尽きる少し前までには、どうにかしなければならない。リミットは迫っている。あと半年。もってそこまでだろう。

　会社を辞めたときは、一年以内にどうにかしてやる、と思っていた。その一年が過ぎたときに、賞の最終選考に残り、結局は落ちた。一年ではどうにかならなかったが、望みはつながった。次の一年でどうにかしてやる、と思った。でもって、その結果が出たのが、今日。

　それらの経緯をすべて知っている藍が就職をすすめてくるのも、当然といえば当然なのかもしれない。

「これは話してなかったと思うけど」と藍は言った。「竹内《たけうち》さんが、この四月から総務部長になったの。だから、わたしが頼めばどうにかしてくれるかもしれない」

「どうにか、とは？」

「ナオを契約社員として採用してくれるかもしれないってこと」

「まさか。無理だろ、それは。一度やめた人間をまた採ったりするわけがないよ」

「普通はそうかもしれないけど。でも竹内さんはナオがやめた理由を知ってるから、そのあたりは考慮してくれるんじゃないかな」

　この竹内さんとは、僕の上司にして人事課長だった竹内さんのことだ。

つまり、僕は人事課にいたのだ。新入社員のときから、五年間ずっと。スナックの新商品が出ればそのＰＲ活動に駆りだされたりする、使い勝手のいい便利屋として。

竹内さんは、僕が同期の石川藍と付き合いだしたことを知っていた。僕も藍もあえて隠そうとはしなかった。それどころか、藍は自ら積極的に竹内さんに売りこみをかけた。結果、今では自身が希望した部署にいる。販売促進課のマーケティングリサーチ室。商品の企画開発の初期段階に携われたりもするところだ。

「悪い話じゃないと思うけど。考えてみてもいいんじゃない？」と藍がたたみかけてきた。

どうやら本気らしい。僕の落選をあらかじめ見越していたということか。

「悪い話ではないと思うよ、おれも。けど、やっぱ無理があるよな」

「どうして？」

「えーと、例えば、書くほうがうまくいったときにやめづらい」

「それはそのとき考えればいいじゃない。契約社員なら、次のときに契約しなければすむんだし」

停滞を続けているとはいえ、ここでの再就職が後退を意味するのは明らかだ。いずれバイトぐらいはしなければならないだろう。でも就職まではどうか。次に就職するとしたら、それはシナリオを完全にあきらめるときではないかと僕は思っている。

ドスン！　と天井から音がしたのはそのときだった。

ぶら下げた蛍光灯がビリビリと震え、すぐに、ドスドスドスン！　と続く。

思わず亀のように首をすくめた藍が小声で言う。

「何？」

「恐竜」と答えた。「外から帰ってきたんだよ。今日は早いな。いつもは十一時すぎなのに」

ドスドスドス、ドスン！

「前からこうだった？」

「いや。最近入居したんだ。一週間くらい前かな。突然これが始まったんで、二階の住人が代わったことがわかった。前の人のときは、たまに歩いてる気配がする程度だったから」

「びっくりした。地震かと思った」

「おれも最初はそう思ったよ。三十年以内に必ずくるって言われてる大地震がもうきたのかと思った」

ドスドス。ドス。ドス。

「蛍光灯が揺れるなんて、すごすぎない？」

「すごすぎるね」

「注意したほうがいいんじゃないの？　早めに」

「もう少し待ってみるよ。引っ越しのあとって、荷物がなかなか収まるところに収まらなかったりもするから」

ドス。ドスドス。ドスン！

「部屋にいるだけで、こうなの？」

「そう。朝は六時四十五分に起きる。おれも一緒に起きる。というか、起こされる。おそらくはベッドから勢いよく降りるのであろうドスン！　で。眠ってるとこへの不意打ちだから、常にビクッとするよ。テレビの音なんかは聞こえてこないけど、この足音だけはすごい。きっと、かかとに重心をかけて歩くタイプなんだ」

「自分でわからないのかな、こんな音出してるって」

「意識してないんだろうな」

「わたしなら我慢できないなぁ」

「じゃあ、どうする？　早い段階で怒鳴りこむ？　相手がどんなやつかもわからないのに。イカれたやつかもしれないし、こわいやつかもしれないのに」

「でも、うるさくしてるのは事実じゃない」

「そっちこそうるさいやつだと逆恨みされるかもしれないし、おかしないやがらせを受けるかもしれない。あるいは、そいつは類を見ないヘンタイ野郎で、注意にきた藍に一目ぼれしちゃうかもしれない。下に若くて（じき三十だけど）気の強い女が住んでるってだけで興奮したそいつは、アキバに行って高性能な盗聴器を買い求めるかもしれない。ただのヘンタイ野郎だったのが、ヘンタイストーカー野郎に昇格（降格か）するかもしれない」

「うーん」と言って、藍は考えこんだ。「まあ、わたしの部屋じゃないから、ナオがしたいようにすればいいけど」

最終選考の結果がどうであれ、今夜、藍は泊まっていくものと思っていた。ここからなら明日の出勤もラクだし、衣類を含めたお泊まりセットも一揃い常備してある。なので、もしも受賞したなら祝福の意味で、落選したなら慰労の意味で、泊まっていってくれるだろうと思いこんでいた。

ところが、藍はあっけなくイスから立ち上がり、あっけなく言った。

「じゃあ、帰る。さっき言ったこと、考えといてね」

さよならのキスはともかく、「気を落とさないでね」くらいの言葉はあるかと思ったが、そんなものはなかった。控えめな香水の匂いと、厄介な提案とを残して、彼女は帰っていった。ここからだと何だかんだで一時間近くかかる、高円寺の自宅アパートへと。

バタンと玄関のドアを閉めたことによって、例の都会的な静寂が戻った。

と思ったら、ドスドスドスン！　がきた。

早く寝てくれよ、恐竜。

まだ夜の十時前だけど。

東京都の中央区に、新川というところがある。

東京都中央区新川。亀島川と日本橋川と隅田川とに囲まれ、それだけで一つの小さな島のようになっている地区だ。事実、昭和初期には霊岸島《れいがんじま》、もっと古くには蒟蒻島《こんにゃくじま》などとも呼ばれていたらしい。

で、僕が今住んでいるワンルームのアパートは、その名をレーガンハウスという。

もちろん、レーガン元大統領とは、何の関係もない。ホワイトハウスとも、何の関係もない。要するに、霊岸ハウスだ。アパート名に霊の文字が含まれるのは、出るものが出そうで印象が悪い。というわけで、カタカナ表記になったらしい。

僕がこのレーガンハウスに入居したのは、大学を卒業したての三月末。家賃は高くてもいいから、とにかく通勤時間を短くしたいと考えてのことだった。つまり、平日でもシナリオを書く時間をどうにか確保しようと努めたわけだ。

そして四月一日。本社会議室での簡単な入社式のあと、僕が配属を命ぜられたのは、まさにその本社内にある総務部人事課だった。藍を含む数名の同期は各所へ散っていったが、僕は会議室から階を一つ上がるだけでよかった。

新川を選んだのには、交通の便のよさ以外の理由もあった。

そこが島だったからだ。

どこで部屋を探そうかと考えながら、東京都の地図を見ていて、むむっ、と思った。中央区には、ほかにも、勝どきや晴海やそのもの月島のような島が多いが、それらは、僕に言わせればどれも島として立派すぎた。

その点、新川の小ささはよかった。一連の島群とは隅田川を隔てて離れ、むしろ本土側に位置するにもかかわらずよく見ると実は島なんです、という控えめな、というかダマしダマし的な感じがとてもよかった。子どもで言えば、秘密基地の発想。大人で言えば、バチカン市国やリヒテンシュタインが何となく気になってしまうあの感覚（？）。

実際に新川を訪れてみると、永代通りと鍛冶橋通りが縦横に走っていたりもして、そこが島だという感じはほとんどないのだが、すでに島民意識を抱いてしまっていた僕は、そのまま不動産屋に飛びこんだ。そして、ちょうど空きが出たいい物件があると言われ、すぐさま下見をしたうえで即決した。その物件こそが、レーガンハウスの一〇一号室だ。

新川ではほとんど見られない、二階建てアパートタイプのワンルーム。三度の更新を経て、もう七年間、僕はそこに住みつづけてきた。会社員として五年、シナリオライター志望として二年の、計七年間だ。

会社を辞めたときには、もっと家賃の安いところへ移ることも考えたが、引っ越しにも金がかかるのと、一年以内にどうにかしてやると思っていたのとで、結局は踏みとどまった。

そして、その目標をクリアしそこねたころから、心のうちにあせりが生じだした。

朝起きて、シナリオを書く。昼メシを食べて、シナリオを書く。夕方、散歩がてら、およそ三十分をかけて島を一周し、部屋に戻って、シナリオを書く。時には気分転換に島を出て銀座まで足をのばし、部屋に戻って、シナリオを書く。平日も休日もなく、シナリオを書く。書き上げたものをコンクールに応募し、あえなく落選する。

そんなことをくり返していると、さすがに気も滅入ってくる。気が滅入ってくると、やはり独学でなく、シナリオスクールに通うべきだったのではないかと考えたりするようになる。二十代にして大きな仕事を任されている藍との差は開く一方だなぁ、と考えたりするようにもなる。生活に倦みだしたと実感しつつあるところへ、ドスドスドスン！　が加わったりすると、特に。

そう。ドスドスドスン！　だ。

二年続けての最終選考での落選を告げられた日の翌日も、ドスン！　によって、僕は朝六時四十五分に起こされた。

前夜は藍が帰ったあとも一人で飲みつづけたから、きっちりと酔いが残っていた。寝たのは午前三時すぎだったから、きっちりと疲れも残っていた。酔いと疲れが脳天から爪先まで行き渡り、全身が重かった。地球の引力は増し、自身の筋力は衰えたみたいだった。にもかかわらず、ドロリと目は覚めてしまったので、精神的な不快感はいつもの三倍増だった。

「うるせーなぁ」とつぶやき、お前、足の裏に神経がねえのかよ、と思った。

自分の部屋のテレビの音や音楽がよその部屋にどれだけ洩れているのかを推し量るのは難しい。でも自分が直接出している歩行音については、ある程度、見当がつくのではないだろうか。実際に足の裏で床を蹴っているわけだから。

朝のドスドスドスン！　は、夜の何倍もの頻度をもって、続いた。音だけを聞いている分には、あわただしさは時として軽快さに、または陽気さにも感じられ、それが僕のいらだちをより一層募らせた。このあたりで、昨夜藍に話した、もう少し待ってみる、は、あと一日でもいやだ、に変わっていた。

恐竜は、おそらく勤め人だ。だから、毎朝六時四十五分に起き、八時十五分には出かけていくのだろう。そして夜は十一時すぎに帰ってきたりするのだから、これはもう、かなりの働き者だと言わなければなるまい。

君はエラいよ。それは認める。稼ぎのない僕にくらべれば、エラい。朝六時四十五分に起きるだけでも、エラい。でもね。だからといって、たまたま下に住んでいるだけの僕までもが君と一緒に起きなきゃならないのか？　六時四十五分に起こされ、八時十五分以降に二度寝するという生活を、これからも続けなければならないのか？

そんなことを考えながら、重い体を右へ左へと転がして、寝返りを打ちつづけた。玄関のドアに備えられた豆粒大ののぞき窓から射しこむ陽光と、ベランダ側にある大窓に降ろしたシャッターのすき間から洩れ入る陽光とが、微妙に溶け合って、闇であるはずの室内をぼんやりと明るくする。

眠いが、眠れない。眠ることは、許されない。ウトウトしても、次のドスン！　で必ず目は覚まされた。

「ふざけんなよ」と、少し大きな声で言ってみる。この部屋にいる者になら聞こえる、といった程度の大きさの声で。

　この二年は一度も目覚まし機能が使われたことのない目覚まし時計に目をやる。八時十分。

　恐竜の出勤が近づいているので、二度寝に備え、トイレに立つ。そこで、今なおビール臭漂う小便を排出し、水を流して、狭い廊下に出る。次いで、むわぁっと生あくびをかまし、バスルームへの上がり口の段に腰を下ろして、うなだれる。廊下を挟んで洗濯機を前にした、普段なら座ることなどない、狭い場所。

　何やってんだよ、と、自分に問いかけてみる。自問自答にはならない。答《とう》はないから。わき腹をぽりぽりと掻き、藍はもう出勤してるころだな、と思う。昨夜このアパートから高円寺の自宅アパートへ帰り、シャワーを浴び、寝支度をして、寝て、起きて、朝食をとり、出かける支度をして、出かけ、中央区の勤務先にたどり着く。彼女のそんな密度の濃い時間を思う。そしてその同じ時間を見事なまでに浪費している自身を憂う。

　そのとき、階上から、玄関のドアが閉まる音が聞こえてくる。すぐに、カンカンいう音も聞こえてくる。鉄製の階段を下りてくる音。ヒールのあるくつ。もしくは、ミュール。

女？

立ち上がり、サンダルを片足につっかけて、ドアののぞき窓越しに外を見る。視界の左上から真ん中へと斜めにのびる階段。そこを一人の女が下りてくる。

ひざ上のスカート。レギンスに包まれた足。顔まではわからないが、服装から判断して、若い女。階段を下りきり、四台分のみの駐車スペースを右方へと横切っていく。日比谷線の八丁堀駅に向かうのかもしれない。東西線の茅場町駅に向かうのかもしれない。どちらも新川にはないが、島を出ればすぐだ。また新川からなら、都営バスに乗るという手もある。そのどれでもなければ、歩いていけるどこかへ行くのかもしれない。

何にせよ、女。あの大きな音を出していたのが、女。

これは大きな驚きだった。そうか、恐竜はメスだったか。

うーむ。と、僕は考えこんだ。そうなると、ことはむしろ面倒になるかもしれない。何故って、女だからイカれてないとは限らないし、こわいカレシがついてないとも限らない。しかも相手は、一見細身でありながら、恐竜のような足どりで室内を闊歩する強敵なのだ。そのうえ、推定年齢、二十代前半。理屈という言葉そのものを知らなくても不思議はない年齢だ。あるいは、それを自分にいいようにねじ曲げてしまえる年齢だ。

「あー、マジかよ」とつぶやきながら、僕は狭い廊下を進み、ベッドに倒れこむ。

そして酔いも疲れも背負いこんだまま、さっそく二階の恐子《きょうこ》（メスなのでね）対策の検討にかかる。

最もてっとり早いのは、言うまでもなく、直接乗りこんでいくことだろう。つまり、自ら訪問し、被害状況を説明して、今後の減音歩行を約束させるのだ。

だが、深夜や早朝に訪れるわけにもいかない。となれば、恐子の休日がいつなのかを把握するしかない。それを把握して、その日の昼間に堂々と訪ねていくのだ。今はまだ、土日が休みなわけではない、ということくらいしかわからないから、これからの一週間できちんと突きとめるなどして。

いやいや、ダメだ。一週間も耐えられない。もう少し待ってみる、は、あと一日でもいやだ、に変わったはずじゃないか。無理だ、無理。

そこで、方針を変え、直接訪問以外の可能性を探ることにした。

そうなると有力候補として浮上してくるのは、手紙だ。

文字を紙に書き、それをドアポストに入れる。これはいいかもしれない。大した手間はかからないし、ムダな接触も避けられる。手紙といっても、大げさな形ではなく、いつも使っているA４判のプリンター用紙に手書きで文字を記し（印刷文字だと警告文調になってしまうのでね）、広告チラシのように投げこむのだ。ちょいとごめんよ、と。

気楽な感じで。

文面は、こんな具合。

二〇一号室のかたへ
突然のお願いですいません。歩くときやなんかにもう少し音をおさえてもらえるとたすかります。案外響きますので。　一〇一号室の住人より

悪くない。

まず下手に出ているところがいいし、歩くときやなんかに、のくだけた調子もいい。全体的に責めてない感じもいいし、そちらに悪意などないことは重々承知していますよ、二階にお住まいだと一階のことまではわからないですもんね、という優しく包みこむ感じもいい。むしろへりくだりすぎかと思われるくらいだ。だが文字として形に残ってしまうことを考えれば、このくらいでちょうどいい。

あとは、静かにしてほしいだけで別に大ごとにするつもりはない、というこちらの意図を恐子が汲みとってくれるかどうかだ。何せ相手は恐竜だから、こちらの細かな配慮などまるっきり伝わらず、文句があるなら直接言ってきなさいよ、となってしまうかも

しれない。

こういうご近所問題は一度こじれると厄介なので、慎重にことを運ぶ必要がある。となれば、後々の自己保全のためにも、大家さんに話を通したほうがいいかもしれない。直接対処するのでなく、貸主の大家さんに動いてもらうのだ。収入もないのに高い家賃を払っている善良な借主なのだから、そのくらいの権利はあるだろう。

不動産屋によれば、大家さんは近くの入船というところに住んでいるとのことだから、事情を説明して新川に来てもらうことも可能だろう。そして部屋に上がってもらい、被害状況を確認してもらう。つまり、実際のドスドスドスン！　を体感してもらうのだ。

だが、それもやはり手紙案と同じことではないだろうか。何せ相手は恐竜だ。こちらの細かな配慮などまるっきり伝わらず、あんた、何、チクったりしてんのよ、となってしまうかもしれない。

というわけで、話はふりだしに戻った。

だからといって、ここまでの過程は無意味だったと速断してはいけない。堂々巡りをしただけじゃないかと揶揄《やゆ》してもいけない。リスクのないやり方はないのだということが、きちんと判明したのだから。

ここで僕は夢想する。

恐子が実は僕の知り合いだった、なんてことになってくれないものだろうか。例えば、実際に僕がよく行くコンビニの店員で、勤務地に近いこのアパートに引っ越してきたばかりだとか。それで恐子のほうも、僕が絶対に五百円以上の弁当は買わない常連客であることに気づき、トントン拍子に話が進むのだ。

でなきゃ、例えば、実際に僕がよく行く牛丼屋の店員で、勤務地に近いこのアパートに引っ越してきたばかりだとか。それで恐子のほうも、僕が絶対に五百円以上のセットメニューを頼まない常連客であることに気づき、トントン拍子に話は進むのだ。それどころか、二人は恋に落ちたりもするのだ。

と、まあ、そんな具合にはいかないんだろうな、やっぱり。

ただ、何ごともうまくいかない現実は現実として。

虚構でならあり得るのかな、こういうのも。

映画のシナリオをやりたい、とか、でもハリウッド的なものはどうもな、とか。もうそんなことを言ってる場合ではないのかもしれないな。というか、言ってられる立場じゃないんだよな、明らかに。実際、コンクールで落ちつづけてるわけだし。自信作ですら、そうなわけだし。

酔いはまだ残っていたし、疲れもまだ残っていた。それでも僕はベッドから降り、べランダ側の大窓を開けて、シャッターも開けた。薄ぼんやりとした闇が瞬時に消え、室内は四月のやわらかな自然光に満たされた。

バスルームの洗面台でバシャバシャと荒々しく顔を洗い、洗濯機の洗濯槽に引っかけておいたバスタオルでワシワシと荒々しくその顔を拭いた。そしてイスに座り、テーブルのうえに置いてあるB5判のノートを開いて、今の案を書きつけた。今の案。現実の恐子対策のほうではなく、虚構のシナリオ案のほうをだ。

女↓コンビニ店員。男↓常連客、弁当、五百円以下。アパートの一階と二階。ドスドスの加害者とヒ害者として↓恋に発展？

華麗なるミミズのたくり文字が、書き殴られた。他人には読めないが、自分には読める。セキュリティ度抜群の、そんな文字。これでもきれいになったほうだ。以前は自分でも読めないことがあった。そのせいで、いくつかの貴重なアイデアを失ったものだ。だから、少しだけきれいになった。藍には、象形文字？　と真顔で訊かれたりもするけど。

何かアイデアが浮かんだら、すぐに書きつけておく。これは創る者の鉄則だ。浮かんだだその場では、実際に使えるかどうかは考えない。頭の隅にでもどこにでも、とにかく引っかかったものはすべて残しておく。記憶力など、信用してはいけないのだ。人間は、今こんなに強く思っているのだから忘れないだろう、と思ったものも簡単に忘れるのだから。

パターン2。女↓牛丼員。男↓常連、セットメニュー、五百以下。アパートの上と下。ドスドスの加とヒとして↓恋に発展？

久しぶりにノってきた。こうなると、僕のペンは止まらない。創造の暴走は止まらない。妄想の迷走も止まらない。これまでの殻を破って突きぬけようというのなら、もう思いきって、タイムスリップモノや入れ替わりモノにしてしまうというのはどうだろう。

タイムスリップモノなら、こうだ。

主人公が自らの意思でタイムマシン的なものを操って時空を移動する、というのは王道すぎてつまらないから、そこは基本設定に手を加える。恐子が二階でドスン！　とやるたびに、一階の直丈が、いつの時代かへ飛ばされてしまうのだ。勝手に。

それがいつの時代になるのかは、ドスン！　の強度による。その強弱によって、縄文時代なのか室町時代なのか明治時代なのか昨日なのかが決まるのだ。したがって、前回と同じ過去へ行きたい場合は、恐子による微調整が必要になってくる。

タイムスリップの理屈や規則なんかは、どうでもいい。そんなものが大して意味をもたないことは、歴史が証明している。そう。誰もそんなことは気にしなかったから、マイケル・J・フォックスはスターになったのだ。

もう一つのほう。入れ替わりモノなら、こうか。

きっかけはやはり、恐子のドスン！　だ。大きなそれがきた次の瞬間、直丈はいつものようにつぶやく。うるせーなぁ。だが自分の耳に聞こえるそれは甲高い。というか、明らかに女の声だ。そのうえ、何故か見知らぬ部屋にいたりもする。そして、いやーん、という男の声が、下の部屋から聞こえてくる。直丈になった恐子の声だ。

直丈はバスルームに駆けこみ、鏡の前に立つ。そこには女が映っている。見たこともない女だ。直丈は、ふくらんだ胸を両手で触ってみる。何なら少しだけ、もんでみる。まあ、そのくらいはいいだろう。入れ替わりモノの演出上の王道ということで。

ただ、そのあと。次のドスン！　でもとどおり、となってしまうのでは芸がないから、そこは工夫がほしい。例えば、えーと、そう、二階と一階をつなぐ鉄製の階段上で二人がすれちがったときに戻る、なんていうのはいいかもしれない。しばらくはドタバタと走りまわらせておいて、たまたまそうなったときに戻ることが判明するのだ。

そうなれば、話はさらに広がっていく。アパートが古くなり、階段もところどころ錆びてきたので、その付け替え工事が行われることになるのだが、直丈と恐子がその日時をまちがえたために、もとの自分たちに戻れなくなってしまう、とか。あるいは、階段上ですれちがう際、急いでいたほかの住人が二人のあいだに割りこんだために、三人が入れ替わってしまう、とか。

ふと見ると、目覚まし時計の針が、十一時四十分を指していた。

驚いた。

僕は二時間もぶっ続けで、ノートに文字のミミズをのたくらせていたのだ。恐子のやつに起こされて（まさに叩き起こされて）、とても疲れていたというのに。

そこでようやくイスから立ち上がり、両腕を高く上げて、伸びをした。首や肩や腰が、いっぺんにゴリゴリポキポキ鳴った。

それから、消費期限がおとといだったバターロールをかじり、賞味期限が昨日だった低脂肪乳を飲んだ。バターロールはやけに硬かったし、低脂肪乳は、パックの底に酒粕のような固形物がたまっていた。でも食べられたし、飲めた。だから食べたし、飲んだ。

酔いは醒めつつあったが、疲れは増していた。だがもはや二度寝をするタイミングではなかった。といって、これからもう一仕事したいという感じでもない。

歩いて銀座にでも行く、という案が浮かんだ。洒落たお店でランチ、なんて贅沢はできないから、二時か三時ごろに豚丼（牛丼でなくね）でも食おう。そしていくつかの本屋をウロつき、帰りがけに買物だ。もちろん、並木通りに立ち並ぶ高級店で、ではない。同じく並木通りにある、ドラッグストアでだ。

買い求めるものは、すでに決まっている。耳栓だ。それも、黄色い円筒型のやつじゃなく、ピンクの弾丸型のやつ。

大学生のころ、昼夜が逆転し、朝寝なければならなかったときなんかに使っていた。今もまだ売られているかどうかは知らないが、売られているならあれがいい。耳の穴によくフィットし、僕のハードな寝返りにも振り落とされずにいてくれるので。

それにしても。

五百円前後とはいえ、痛い出費だよ。

恐子のやつめ。

ピンクの弾丸型耳栓は、今も売られていた。

なので、買った。

でもって、試した。

相変わらず、フィット感はよかった。最近の僕のハードを超えてヘヴィな寝返りにもよく耐えてくれた。

だが恐子にはかなわなかった。

それでも少しは雑音を締めだしてくれたのだと思う。夜通し鳴っている冷蔵庫の、ンー、とか、時おりそこに交ざる、ムヒュー、とかいう音は気にならなくしてくれたから。

ただ、当然のことながら、震動の前には無力だった。それをともなうドスン！　の前では赤子も同然だった。

前日同様、朝の六時四十五分に僕の目は覚めた。

ドスン！　と恐子がベッドから降りた。

タイムスリップをすることもなければ、僕が恐子になっていることもなかった。例によって薄ぼんやりとしたどこか頼りない闇が部屋をだらしなく覆っていた。

悪態をつくのと寝返りを打つのを同時にこなしながら、一時間半を過ごした。そして八時十五分に玄関ドアののぞき窓越しに外を見た。カンカンいいながら階段を下りてきた恐子が、右へと消えていった。

それから四日間、僕はがんばった。じき仕事が休みの日になって、恐子が部屋にいることもあるだろうと思った。そのときには、昼間の直接訪問を敢行するつもりだった。だがその四日間、恐子は毎朝六時四十五分に起き、八時十五分に出かけていった。うち二日の帰宅が十一時すぎ、あとの二日が十時すぎだった。

そして五日めの夜は、予告の電話もなしに、藍がやってきた。

一日の仕事を終えたばかりの藍は、少々お疲れ気味だった。顔を合わせたときにまず見せた張りのない表情でそれがわかった。疲れを抑えてまで笑顔をつくる余裕がない。藍にしては珍しいことだった。

聞けば、この四月の異動でマーケティングリサーチ室にやってきた元営業部の男が、かなりの曲者なのだという。自分の意見は譲らない。他人の意見はこき下ろす。時には人格までをも否定する。同じ会社にここまでいやなやつがいたなんてちょっとショック、というくらいの品性下劣なやつなのだそうだ。

僕がグラスに注いでやったビールを一気に飲むと、藍はそれまでの疲れをあっけなく吹き飛ばし、「うーん。この一杯がたまらない。なぁんて思ってるわたし、ちょっとオヤジかも」などと笑った。そして思いだしたように言った。

「あれから、どう？　二階の恐竜くん」

「傍若無人に暴れまわってる。今はまだ帰ってないけど。で、実は恐竜くんじゃなくて、恐子だった。メスだったんだよ」

「見たの？」

何となく、のぞき窓越しに見たと言うのは憚られた。なので、こう言った。

「ほら、すぐ前の階段が鉄製じゃん。ヒールの音がしたからわかったんだよ」

「ふぅん」と藍がテキトーにうなずいたところで、僕は話題をかえた。例のシナリオ案に。

タイムスリップ案に、入れ替わり案。

僕はそれこそ会社の企画会議でプレゼンでもしているようなつもりで、藍に各案を示した。各シーンをイメージしやすいよう、一人二役で直丈と恐子のやりとりを実演したりもしたし、その場で思いついたアイデアをそこに加えたりもした。

藍はビールを飲みながら、黙って僕の話を聞いていた。まちがいなく気に入ってもらえるはずだと僕は思っていた。だが予想に反して、藍はあまり笑わなかったし、さほど熱心でもなかった。それどころか、次第に気難しい顔になっていった。

「おもしろいと思うよ」と、藍は抑揚のない声で言った。「どっちもおもしろい。ムチャクチャだけど、おもしろい」

言ってる内容とその口調が合ってない。何か変だ。と思っていたら、同じ口調で、質問がきた。

「で、考えてくれたの？」

「え、何を？」

「就職」

「あぁ」マズい。「それは、えーと」

「考えてないんだ？」

「いや、考えたよ。そう、考えた。考えは、した」

「それで、今のが答なんだ。その、たくさんのシナリオ案を考えたってことが。就職なんかする気なしってことだね」

「ちがうよ。そうじゃない。そういうわけじゃないよ」

「じゃ、するの？」

「えーと、何ていうか、それはまだ」

「まだ、何？」

「時期尚早、というか」

「つまり、しないのね？　今はしないのね？」

人間には、追いこまれたときにうそをつける者とそうでない者がいる。どちらが高く評価されるべきなのかはわからない。が、ともかく後者である僕は言った。

「うん」と。

「じゃあ、あと一つだけ訊くね」と藍は言った。「わたしが本気だってことは、伝わってた？　本気でナオに仕事をもってもらいたがってることは、きちんと伝わってた？」

「それは、えーと、うん」のあとに、足す。「伝わってたよ」

「そう。なら、いい」

藍は、座っているイスの後方にある冷蔵庫のドアを開け、なかからビールの最後の一缶を取りだした。そして、クシッとタブを開け、僕のグラスと自分のグラスとに中身をシュワシュワと注いだ。

「ナオ。もう別れよ」

「は？」

「これで乾杯して、おしまい。別れの盃ってやつ」

「いや、そんな」

「はい、乾杯」

そう言って、藍は置かれたままの僕のグラスに自分のグラスをカチンと当て、ビールを半分ほど飲んだ。

「なあ、マジで言ってる？」

返事の代わりに、何かがテーブルに置かれた。部屋の合カギだった。

「ここにあるわたしの物は、全部どうにかするから」

どうにかする。なるほど。だから藍は大きなビニールバッグを持ってきていたのか。

などと納得している場合ではなかった。

「ちょっと待ってくれよ」

「もう待った。ナオにはわからないかもしれないけど、わたし、ずいぶん長いこと待ってる。で、決めたの。もう待たない」

「そういうことを一人で決めちゃうのって、どうよ」

「ナオは自分のことを、一人で決めなかった？」

それを言われたら、黙るしかなかった。僕は会社を辞めることも、一人で決めた。その一年後、初めて残った最終選考で落とされたときも、そうだ。ここまできてやめられるわけがないというのは、僕一人の意見だった。

ふう、とため息をつき、僕はビールのグラスをつかんだ。

「じゃあ、おれからも一つ質問。もしおれが就職するって言ってたら、別れないつもりだった？」

「ナオが本気で言ってると思えてればね」と言って、藍は残り半分のビールを飲み干した。「でも、たとえそう言われたとしても、本気とは思えなかったかな」

「だったら、おれ、どうしようもないじゃん」

だったらおれに手立てはなかったじゃん、という意味でそう言ったのだが、言葉をやや省いたので、そんな言い方になった。そしてそれが皮肉にも、僕の現状を表す結果ともなった。おれ、どうしようもない。まさにそのとおり。自分がまだ藍とお付き合いをさせてもらえてたことのほうがおかしいのだ。

つかんでいたグラスを持ちあげて、僕はビールを飲んだ。別れの盃は、およそ五秒で空いた。僕はすぐに自らお代わりを注ぎ、その別れの盃を過去のものとした。

藍は、宣言したとおり、自分の衣類や小物のすべてをどうにかした。パンツスーツは容赦なくたたまれてビニールバッグに詰めこまれ、まだ二、三度しか使われていない歯ブラシは容赦なくゴミ袋に捨てられた。

「じゃあ」と言って、藍は出ていった。

さよなら、ではなく、じゃあ。こんなところでも、僕は一つ学ぶ。普段から軽い調子でさよならという言葉をつかっている人でもない限り、こういった場面でさよならなんて言ったりはしないものだ。こういうことを、僕は肝に銘じておかなければならない。シナリオのなかでしかつかわれない言葉など、あってはならないのだ。

彼女が去って一人になっても、独りになった感じはしなかった。

藍はケータイの番号を変えたりはしないだろうし、アパートを変えたりもしないだろう。もちろん、仕事を変えたりもしない。

だから、極端なことを言えば、僕はこの先も彼女への接触を試みることができる。できることは、できる。すべきでないというだけで。

ただ、そのすべきでないということが、悲しかった。ひどく、悲しかった。別れとは、そういうものだ。

あーあ、これはまたビールだな、と思い、僕はそのビールとポテトチップスを求めてコンビニに出向く。

ビールのつまみは、ポテトチップスに決めている。何といっても、安いから。それに、ビールなどと言ってはいるが、僕が今言っているビールは、いわゆる第三のビールだ。発泡酒よりさらに一ランク落ちる、第三のビール。本物のビールならビールと書かれてるところに、リキュールとかその他の醸造酒とか書かれてるやつ。藍と飲むときには、麦がクドいくらいに濃厚なプレミアムビールを買ったりもしていたが、一人で飲むならそれでいい。

夜十時すぎの新川。中小のビルが立ち並ぶオフィス街。そこにやはり中小のマンションが交ざったりもする、東京らしい街。ほかとくらべて特に個性があるわけでもないその島の狭い通りを歩きながら、考えた。

スポンと母親の体から飛びだしたときは、誰もが可能性に満ちている。少なくともその瞬間は、ほぼ無限とも言える可能性に満ちている。将来、何らかのノーベル賞をとる可能性があるし、何らかのリーグの得点王になる可能性だってある。ないとは言えないから、ある。

だが、十歳、二十歳ときて、三十歳になるころには、残念ながら、それらほとんどの可能性はなくなってる。例えば、もう僕が何らかのノーベル賞をとる可能性はないし、何らかのリーグの得点王になる可能性もない。

生きるというのは、結局、そういうことだ。つまり、無限に近かった可能性を、ものすごい勢いで減らしていくこと。ものすごい勢いで、ものすごい数の選択肢を減らしていくこと。

そしてシナリオを書く可能性だけが三十を間近に控えた自分に残されたのだと僕は思っている。その可能性も秒を追うごとに低くなりつつあるが、まだどうにか道は開かれているど思っている。だから、そこを行くしかないのだと思っている。たぶん、それで正しいのだと思っている。そう。たぶん。

コンビニからレーガンハウスに戻ったのが十時半。多量に飲んでからだと億劫になるし、また心臓にもよくないという話なので、先にシャワーを浴びた。

やっぱ、運勢とか相性とか、そういうの、うそだよなぁ。だって、そうだよ。藍自身が言ったんだもんなぁ。B型の男性（僕）とO型の女性（藍）の相性は抜群なはずだって。それがこうも簡単に別れちゃうんだからなぁ。でも実際のところ、その抜群によかった相性をダメにしてしまうほどまでに僕がどうしようもなかった、なんてことだったりしてなぁ。

などとあらためて後ろ向きなことを考えつつ、僕は買ってきたビール（第三のビールね）を飲んだ。五百ミリリットル缶を、五本。シンプルなうす塩のポテトチップスを一枚一枚、サクサクサクサクサク食べながら。

そのあとのことは、よく覚えてない。

酔っていたからなのか何なのか、恐子の帰宅にも気づかなかった。まあ、自分がベッドに入ったことにも気づかなかったくらいだから、それも無理のない話かもしれないで。

ドスン！　がきた。

すでに朝だった。六時四十五分だ。

耳栓をするのを忘れていたから、その久しぶりのナマ音に、かなり驚いた。驚きを超えて恐怖さえ感じ、叫び声を上げそうになった。

シナリオ案を殴り書きしたあの朝のように、酔いがまだ残っていた。疲れもまだ残っていた。酔いに端を発した頭痛もあった。左目の奥が、ズキズキした。血流のドクドクに合わせてズキズキする、タチの悪い頭痛だ。ドクドクだけにでなく、恐子のドスドスに合わせて痛んだりもした。

もうマジでいい加減にしろよ、と思った。ドクドクは、飲みすぎたこっちが悪い。でもドスドスは、そっちが悪い。そっちには自由がある。こっちには自由がない。そっちから遠ざかる自由がない。そっちが出す音から逃れる自由がない。

両のこめかみを左右それぞれの中指でウニウニともみほぐしているうちに、三十分が過ぎた。もういいころだろう、と思った。恐子も完全に目覚めているだろう。いくら恐竜であっても、こちらのあまりにもまっとうな要求を理解することくらいはできるだろう。

僕はベッドから降りて玄関へ行き、サンダルをつっかけた。

が、戻ってトイレに入り、吐いた。

急にきた。あぶないところだった。もう少しで、的の便器を外すところだ。藍が使った直後のように便座のフタまでもがきちんと閉じられていたら、おそらくアウトだったろう。でもどうにか間に合った。僕のゲロはきれいな滝となって、滝壺(便器ね)に流れこんでいった。

嘔吐が次の嘔吐を呼び、合間の休憩がまた次の嘔吐を呼んだ。自分の嘔吐物を目にしたくない、及び、臭いも嗅ぎたくない、との理由で、水をジャージャーと派手に流しつづけた。胃液すら出なくなってからも、オエッ、ジャー、を三セットこなし、吐き気はそれでようやく治まった。

洗面所での二十回連続うがいを終えると、僕は今度こそ部屋を出た。そしてこのレーガンハウスに住むようになって初めて、鉄製の階段を上った。

グレーのTシャツにスウェットパンツにサンダル。寝巻そのままのスタイルが、かえって怒りの強さを感じさせるな、と思い、いいぞいいぞ、と思った。ただこの頭痛だけはよくないな、とも思った。四月のやわらかな陽光さえもが寝不足の目を強く刺激する。頭痛のズキズキとは別に、チクチクと。

階段を上りきり、二〇五号室、二〇三号室、二〇二号室と各部屋の前を通りすぎ、いよいよ二〇一号室の前に立つ。そこで呼吸を整えたりはせず、そのままの勢いで、インタホンのボタンを押した。

ウィンウォーン。

僕の部屋と同じ音。自分が訪問者となって、その音を聞くことになるとは思わなかったが、正義のためにはしかたない。正義は、行われなければならない。言い直す。行われることが可能である正義は、行われなければならない。

一秒が過ぎ、二秒が過ぎた。三秒が過ぎ、四秒も過ぎた。

出ない気か？　と思った。あり得ることだ。恐子は来訪者が階下の住人であることを知らない。その来訪者が携えてきた用が何なのかを知らない。朝七時三十分の来訪者。警戒するのも無理はない。

反応があった。

「はい」

初めて耳にする、恐子の声。普通とも不機嫌ともとれる、女の声。

「あの、下の住人ですけど」そう言った直後に言い換える。「一〇一号室の、住人ですけど」

「はい」

一度めと寸分たがわぬ、はい。そのあとには、ちょっと待ってください、といった類の言葉が続くものと思っていた。そしてちょっと待たされたあとに、恐子がドアを開けて顔を出すものと思っていた。それはそうだろう。同じアパートの住人が、わざわざ訪ねてきたのだから。

しかし続く言葉はなかった。続く動きも、なかった。

「えーと、朝からすいません」と言い、さっそく悔やんだ。すいませんはダメだ。謝る必要はない。謝るのは恐子であって、僕ではない。

気をとり直して言葉を続けようとしたところで、先を越された。

「何ですか?」

「あ、いや、あの」

「今、時間ないんですけど」

「あぁ、そうですよね。すいません(またか)。あの、音をもうちょっと下げてもらえないかと思って、来たんですよ」

「はい?」

「あ、音です。音」

「音楽なんかかけてませんけど。今はテレビもつけてないし」

「いえ、そういう音じゃなくて」

「シャワーとか水道とかのことなら、そういうのはしかたないと思いますけど。誰だって使うものだから」

「いえ、そういうんでもなくて。歩く音です。部屋を。夜とか朝なんかに」

「あぁ」と言って、恐子は少し黙った。

それが、僕の言う音が歩行音だと理解したという意味での、あぁ、なのか、自身のドスドスドスン！ に思い当たっての、あぁ、なのかは、読みとれなかった。

「わかりましたぷつ」と恐子が言った（ように聞こえた）。

わかりましたぷつ。最後のぷつは、恐子が発した言葉ではなかった。では何かといえば、通話が切れるプツッだった。

「あの」と言ってみたが、反応はなかった。そこで耳を寄せてみる。インタホンが通じているときのツーやスーという音そのものがなかった。

ぽかん、とした。

これで終わり？ 気をつけます、もなければ、すいませんでした、もなし？ 僕が二度も口にした、すいません。それを、あんたが、なし？ その代わりに出てきた言葉が、わかりました。そりゃそうだろうよ。日本語で、わかりやすく話したんだから。

もう一度インタホンのボタンを押すべきかどうか迷った。ひどく、迷った。

押さないことにした。

まさにギャフンと言わされた感じだったので、実際に「ギャフン」と力なく言いながら、階段を下りた。上るときの一歩一歩よりも下りるときの一歩一歩のほうが、頭痛に響くことがわかった。

自分の部屋に戻ると、ベッドに寝そべり、天井を見つめて呆然とした。

そうか。こんな結末があったか。

まさか、出てこないとは。いくら朝早くとはいえ、同じアパートの住人が用事を携えて訪ねてきたのに、顔も見せないとは。

正直なところ、ショックだった。ドアを開けてもらえなかったことがではない。その程度の予測すらできなかったことが、だ。

この件に関して、僕は様々な事態を想定していた。だがそれらはすべて、まず恐子がドアを開けるところから始まっていた。その前提がひっくり返されるとは思ってもいなかった。

ここ数日、僕は、タイムスリップだとか入れ替わりだとか、そんなことばかりを夢想してきた。でも現実に起こることは予測できなかった。現実に起こることだけを、予測できなかった。

虚構に囚われるあまり、現実を正しく見られなくなっているのではないか、という気がした。だとすればそれはシナリオライターとして致命的なのではないか、という気もした。もしかして、もう書くのをやめるべきなんじゃないだろうか。藍の顔が頭に浮かんだ。その頭がひどく痛んだ。

そこへ、ドスドスドスン！　がきた。

今の直接訪問によって、せめてタスタスタスン！　程度になったのかどうかは、よくわからなかった。

さて何をしよう、と思い、耳栓を耳の穴に入れた。

僕にできることは、もはや二度寝くらいしかなかった。


高まり方は、急劇だった。

せめてもう少し我慢したいところだったが、できなかった。

自分でも驚くほどの飛距離を出して、僕は果てた。

「すごい。元気いいね」と言われた。短所をほめられたみたいで、何だかこそばゆかった。

温かいおしぼりで後処理を施されているあいだに、チラチラと彼女の顔を盗み見た。きれいな子だな、と思った。だからこそ写真を見て指名したのだが、でも実際にここまできれいだとは思わなかった。どうせ一番いい写真を使っただけだろう、と決めつけていたのだ。

僕自身ではなく、僕のペニ公（ある意味僕自身か）を見ながら、その彼女が言った。

「オグラくんでしょ」

え？

「オグラナオタケくんでしょ」

うぐっ、と言葉に詰まった。

ヤバい。ものすごく、ヤバい。確かに僕は小倉くんだ。小倉直丈くんだ。でもって、僕は有名人ではない。ということは、彼女は僕を知っているということだ。つまり僕の知り合いであるということだ。

その知り合いに、手でしてもらった？　手でしてもらい、イク瞬間を見られた？

目の前が真っ暗になった。のか真っ白になったのか、それはよくわからなかったが、ともかくそのどちらかになった。

「わたし、すぐにわかっちゃった。あ、この人小倉くんだって」

そんなぁ、と思った。だったら、言ってほしかったよ、その時点でさ。言ってくれれば、指名を代えてたのに。そうすれば、指名料は二重どりされたとしても、ここまでの醜態はさらさなくてすんだのに。

「でもそれを言ったら小倉くんが楽しめなくなると思ったから、言わなかったの。もしかして、言っといたほうが楽しめた?」

「え? どういうこと?」と尋ねてみた。

「知ってる子が相手だとより興奮するって人も、なかにはいるみたいだから。そういう人は、自分の顔見知りがこんな仕事してるって聞くと、わざわざ出向いたりするんだって。新幹線とか飛行機とかに乗って行ったりもするらしいよ、日帰りで。小倉くんは、そういう人?」

「いや。おれはちがうよ。そういうんじゃない」

きっぱりした言い方だったが、サマにはならなかった。どうカッコよく言ってみたところで、今はダメだ。性欲を処理する目的でここにいることは明らかなんだから。

そこまできて、ようやく僕は思った。知り合いなのはわかった。で、彼女は誰なのか。と。

いつの間にかシュンとなっていた僕のペニ公をおしぼりで優しく拭っている彼女を、それとなく観察した。

髪は砂色で、肌は白かった。白といっても、雪のような白ではない。もっとクリームがかった白だ。

砂色。クリームがかった、白。

頭のなかで、警告音が鳴った。鳴り響いた。おい、ヤバいぞ、うそだろ、と思い、今度は彼女の顔をじっと見た。タイムスリップしたつもりで、二十年の時を差し引いてみる。もう一度、うそだろ、と思った。僕は知っている。人が、うそだろ、と思うのは、もうすでにうそでないことをはっきりと自覚しているときだ。

「もしかして、梨紗《りさ》さん？　牧田《まきた》梨紗さん？」

ハズれてくれ、と祈った。だが当たりだとわかっていた。何なら残りわずかの全財産を賭けてもいい。牧田梨紗に関するこの手のことで、僕がまちがったりするわけがないのだ。

「あ、うれしい。覚えててくれたんだ」と、牧田梨紗は本当にうれしそうに言った。

「もう忘れたかと思ってた」

「まさか。忘れるわけないよ」

そう。忘れるわけがない。彼女は僕の初恋の人なのだ。初恋の人にして、特別な人なのだ。そんな彼女を、忘れるわけがない。

と、そんなことを言いながらも彼女が梨紗であることに気づかずに指名までしてしまったのは、もちろん、彼女の今現在の顔を知らなかったからだ。と同時に、あの牧田梨紗がこんな形で僕の前に再登場するとは夢にも思っていなかったからだ。

いくら夢想家の僕でも、そこまでの夢想はできない。初恋の相手が二十年後にヘルス嬢として現れ、そうとは気づかずに自分が指名してしまうなんて、そんな大それた夢想まではできない。

シナリオでそんなストーリーを書いたら、まず一次選考で落とされる。僕が審査員なら、まちがいなく落とす。可能なら、その応募者に電話をかけて、正気か？　と問う。正気だと答えようものなら、なめるな、と言う。そのうえで、やめちまえ、と言う。

「わたしたち、会うの、何年ぶり？」と梨紗が尋ね、

「二十年ぶりだよ。小学校三年生のとき以来だから」と僕が答えた。

「二十年かぁ。なのに、よくわかったなぁ、わたし。あ、見たことある人だ、なんてふうにさえ、思わなかったもん。小倉くんだってすぐにわかったから」

それは本来なら僕が言うべきセリフだった。僕こそが彼女に気づき、同じことを言う

べきだった。つまるところ、僕は彼女を特別視しすぎていたのかもしれない。もう二度と姿を見ることはない孤高の存在として、心のなかの聖域に、大事に大事にしまいこんでしまったのだ。

で、二十年を経た今。彼女はそこから簡単に飛びだしてきた。軽く、ひょいと。水たまりでも飛び越すような具合に。

僕は目を閉じて、その簡単に飛び越えられてしまった二十年を想った。

二十年後の再会。二十年後の、男女の理想的な再会。

それは、例えばこんなふうでなければならなかった。


長い上りのエスカレーターに乗った直丈が、ぼんやりと前方を見ている。

と、下りのエスカレーターに乗った梨紗が近づいてくる。

直丈、梨紗に気づく。

梨紗も直丈に気づく。

二人、互いに顔を見ながらすれちがう。

間。

下りのエスカレーターを駆け下りてくる直丈。

上りのエスカレーターを駆け上ってくる梨紗。
二人、またしてもすれちがいながら、同時に、
直丈「梨紗ちゃん？」
梨紗「小倉くん？」

いや。互いに呼び合う二人のセリフは不要かもしれない。

などと考えているところへ、現実の梨紗が言った。

「あの、小倉くん」

「ん？」

「もう、下、はいてもらってもいいんだけど。何なら、わたしがはかせる？」

うわぁ、と思った。あわててボクサートランクスとジーンズを穿き、Tシャツを着た。あせっていたので、あやうく左足のほうに右足を入れるところだった。トランクスでも。ジーンズでも。

そうやって自分が服を着てしまいさえすれば多少は落ちつけるかと思ったが、意外にそんなこともなかった。着たら着たで、今度は梨紗の格好が気になりだしたからだ。

それが一般的なことなのかどうかは知らないが、彼女は全裸ではなかった。ではどん

な格好をしていたかというと、極限まで布をケチったオレンジ色の水着を着ていた（着せられていた、か）。実際にそれで泳いだら大変なことになってしまいそうな、ビキニ。超マイクロビキニとか、確かそんな名前のやつ。上はどうにか乳首を隠しているだけだし、下は、何というか、すべてを隠しきれてはいない。

「まだ時間があるから、ちょっとお話しようよ」と言い、梨紗は自ら簡易ベッドに腰かけた。

薄っぺらな板壁によって仕切られた狭い個室。そのなかで自分一人立っているのも妙なので、僕は彼女の隣に座った。まだ時間があるということは、要するに僕の出《で》が早かったということなんだろうなぁ、と思いつつ。そのことに対して、うわぁ、などとも思いつつ。

「こういうとこへ来るのは今日が初めてなんだ」と、僕はいきなり無意味なアピールをした。

「そう」と彼女はあっさり言った。「別にいいんじゃない？　カゼをひいたから内科に行く。気分がすぐれないから精神科に行く。エッチなことをしたくなったからフーゾクに行く。それって普通のことでしょ。ちがうの？」

「いや。ちがわない」

そう。ちがわない。これって普通のことだ。牧田梨紗が言うんだから、まちがいない。

「小倉くんは、今、何してるの？」

「うーん。特に何も」と言ったあとで、すぐにこう続けた。「会社勤めをしてたけど、二年前にやめたんだ。ほかにやりたいことがあったんで」

やりたいことって、何？　と尋ねられたらそのときは正直に答えよう。そう思ったが、梨紗はそれを尋ねてこなかった。

「どんな会社にいたの？」

「製菓会社。お菓子をつくる会社」

そこはぼやかしたりせず、自ら社名を告げた。

すると梨紗は、チョコレートやアイスクリームの具体的な商品名を挙げてきた。なかには他社のものと思われる商品名も含まれていたが、もしかすると、元人事課員の僕が知らないだけなのかもしれなかった。あるいは、この二年のあいだに新発売されたものだとか。

「わたしでも知ってるくらいだから、有名企業だよね」と、梨紗は屈託のない笑顔で言った。「さすが小倉くん。あのころから、頭よかったもんね。スポーツもできたし」

頭がよくて、スポーツもできた。あのころは、確かにそうだった。だが今はちがう。

残念ながら、牧田梨紗が知っているのは、今の僕ではない。小学校三年生のときの、僕だ。もう少し言えば、九歳にして人生のピークにいたのではないかと思われる、僕だ。

それ以降、つまり両親の離婚を機によそへ転校してからの僕は、大して頭もよくなくなっていくし、大してスポーツもできなくなっていく。そして会社を辞めたり、コンクールに落選したり、七年付き合ったカノジョにフラれたりし、二十九歳にして初めて、半ばヤケ気味にファッションヘルスを訪れたりもするのだ。

「それにしても偶然だね」と梨紗。

「それにしても偶然だよ」と僕。

「どうして指名してくれたの？」

「一番きれいだったから、かな」

「それで、わたしだと気づかずに、指名しちゃったんだ？」

「そう。この葉花《はばな》という人をって」

「このあたりには、よく来るの？」

「よくは来ないかな」

「じゃあ、今日は、どうして？」

「アパートから近かったんで」

このあたりとは、神田のことだ。東京都千代田区の、神田。駅で言うと、東京の隣。新川からも、近い。だから今日も三十分をかけて歩いてきた。この手の店なら五反田なんかのほうがいいかとも思ったのだが、いつものように、電車賃をシブったのだ。で、このとおり、見事に玉砕した。

「ここから近いなんて、いいとこに住んでるんだね」

「場所がいいだけ。部屋自体はワンルームだよ」

「小倉くんが引っ越してから、わたしもすぐに引っ越したんだ。三ヵ月ぐらいあとかな、小倉くんの」

「そうなんだ。知らなかったよ」

「高校までは、町田のおじさんのところにいたんだけど」

「そうか、町田か」と言い、それから思いきって訊いてみた。「今は?」

「もうちがうとこ」と、あっけなくはぐらかされた。

まあ、それはそうだろう。普通、ヘルス嬢が客に自分の住まいを明かしたりはしない。

「さっき、小倉くん、わたしのこと梨紗さんって言ったじゃない。昔はそんな呼び方しなかったよね。だから、何か変」

「けど、いきなり梨紗ちゃんとか言うの、もっと変かと思って」

昔は牧田だった。名字の呼び捨て。味も素っ気もない。が、僕なりに精一杯の親しみを込めて、呼び捨てた。

ヘルスの狭い個室で牧田梨紗と二人きりで過ごす時間は、瞬く間に過ぎた。

だがその後、一人になって頭のなかを整理するのには、長〜い時間がかかった。神田から新川まで歩いたくらいでは、とても足りなかった。

だから僕は、新川に戻ってからも、いつもの島内散歩コースをゆっくりと二周した。それでもまだ足りなかったので、そこからまた神田へ向かってやろうかと思いさえしたくらいだ。硬いアスファルトのうえを歩きつづけた足に限界がきていなかったら、本当にそうしていたかもしれない。

今さら言うのも何だが、牧田梨紗は、厳密には、僕の初恋相手ではなかった。

どちらかといえばマセガキの部類であった僕は、初恋など、すでに幼稚園時代に経験していたのだ。

でも、その相手の名前は、もう覚えてない。顔だって、はっきりとは覚えてない。いたことはいた。ただそれだけ。そのあとに現れた牧田梨紗の印象があまりにも鮮烈だったので、それ以前のことはすべて吹っ飛ばされてしまったのだ。

　小学校に上がったとき、僕は牧田梨紗と同じクラスになった。一年四組だ。

　牧田梨紗は、光っていた。光り輝いていた。というか、もう、光そのものだった。それでいて、自分が光であることに無頓着だった。かわいいとか何とか、そんな言葉で彼女をくくるのはバカげていた。かわいい子ならほかにも何人かいたが、牧田梨紗の前では、そのかわいさは意味をもたなかった。太陽光のもとでつける蛍光灯の明かりが意味をもたないようなものだ。

　牧田梨紗のいい意味での特異性は、とにかく際立っていた。わたし小倉くんのこと好き、なんてことを、彼女は普通に言った。教室で。まるで天気の話でもしているみたいに。自然に。でもそれは、彼女にしてみれば、何ら特別なことではなかった。

　そんな牧田梨紗に、僕なんかはもうメロメロだったし、それでいてタジタジだった。席が近いこともあって、彼女とはよく話をしたし、それはとても楽しいことだったが、話をすればするほど、僕は自分の器の小ささを思い知らされることにもなった。

　例えば、そのころ、僕はクラスで一番足が速かった。今はどうか知らないが、二十年前の小学生男子にとって、足が速いことは重要だった。事実、僕はクラスのなかでとてもいい立場にいた。

だが牧田梨紗は、足が速いから僕のことを好きなわけではなかった。僕は勉強もできたけど（いやなやつだなぁ）、彼女は勉強ができるから僕のことを好きなわけでもなかった。

ほかの子たちみたいにそのあたりをもう少し評価してくれてもいいのになぁ、なんてことを六歳の若き僕は思ったが（やっぱ、いやなやつだ）、彼女はそういうことにあまり興味をもたなかった。彼女が自らそう言ったわけではないが、僕にはそれがわかった。何というか、膚《はだ》で。

かわいいとか何とか、そんな言葉で彼女をくくるのはバカげていた。と僕は言ったが、それは要するに、彼女はかわいいだけの子ではなかった、と言いたかっただけで、彼女はかわいくはなかったがいい子ではあった、などと言いたかったわけではない。

ムダを省いてストレートに言えば、彼女はかわいかった。すさまじく、かわいかった。何というか、もう、ピシッと筋が通って、かわいかった。

なかでも、体育の授業のときが最高だった。

砂色の髪に、クリームがかった白い肌。というのも、前に話した。

そのサラサラの髪を背中にたらしてすらりと立った彼女は、本当に素晴らしかった。

体操服姿のときの彼女は、何故かくつ下をはかなかった。どうして？　と尋ねたことがある。ロクに考えもせずに、彼女は言ったものだ。こうするのが好きなの、と。ほかの子がそう言っていたのなら、だからどうして好きなの？　と、たぶん、訊き直した。でも彼女の答だったから、納得できた。そうするのが好きなのかぁ、そうだよなぁ、牧田梨紗だもんなぁ、と素直に思えたのだ。

運動会のときに彼女とフォークダンスを踊るのが、僕の楽しみの一つだった。彼女と踊ると、こちらの気持ちは、高められ、そのうえで解きほぐされ、和らげられた。彼女は空気のように踊ることができる、超一流のフォークダンサーだった。

二曲だか三曲だかを踊るあいだに、彼女とペアになる機会は一度しかない。その一度が、いつも待ち遠しかった。運動会の練習なるものが僕は大嫌いだったが、フォークダンスの練習だけは例外だった。何なら運動会の種目の半分がフォークダンスでもよかったし、可能なら個人的にパートナーの交代不要を申し立てたいくらいだった。

ペアを組む女の子のなかには、恥ずかしがって、つなぐべき手を出さない子もいたし、反対にこちらの手をがっちりつかんでくる子もいた。梨紗はそのどちらでもなかった。

僕ら男子は、手を差しだすだけでよかった。彼女はその手をふわりと軽く握り、リズミカルに揺らした。そして、誰とペアだから楽しい、というのでなく、ただこうやって踊れるのが楽しい、というふうに、笑った。その笑顔を目にしただけで、僕らもいっぱしのダンサーになることができた。まるで魔法にでもかけられたように、彼女の動きに合わせて踊ることができた。

梨紗が軽快にステップを踏むと、その頭の後ろにずり落ちた紅白帽が一緒にぴょんぴょん跳びはねた。でもそれが髪の暴れをうまく抑える仕組みになっていたから、どこにもムダはなかった。そんなふうに、合理的かつ芸術的に踊っている彼女は、何というか、もう人じゃないみたいだった。

牧田梨紗は、小学二年生になるときに転校した。父親の仕事の都合で、何とイギリスに行ってしまったのだ。

いきなり外国というのも、また彼女らしい話だった。だが残された僕ら男子にとっては、そりゃねーよ、という話でもあった。牧田さんは何年かしたら帰ってきます、と担任の黒岩純子《くろいわじゅんこ》先生は言ったが、小学二年生の僕らにしてみれば、もう帰ってきません、と断言されたも同じだった。

でも彼女は帰ってきた。それも、わずか一年で帰ってきた。本人の希望もあり、第三学年もそのままもち上がることになっていた四組に戻ってきたのだ。

宝物が無事戻ってきたことに、四組の面々は狂喜した。僕なんかは、狂喜だけでなく、乱舞もした。生きていればいいことがあるのだ、とそんなことさえ考えた。

ただ、牧田梨紗が帰ってきたそのあとの展開は、僕の理想どおりにはならなかった。つまり、彼女がイギリスに行く前と同じようには、ならなかった。七歳から一つ歳をとり、八歳になった者たちにとっても、やはり一年は大きかったのだ。

女子たちは、すんなり彼女を受け容れた。休み時間のたびに梨紗を囲み、イギリスの話を聞かせてほしいとせがんだ。それはそれで、よかった。

問題は、男子たちだ。もちろん、誰もが姫の帰国を喜んではいた。だが、僕らは揃いも揃って、そうした感情を表現する術を知らなかった。素直に梨紗のもとへ歩み寄り、女子たちと一緒にイギリスの話を聞く。たったそれだけのことが、できなかった。

どうにか牧田梨紗と接触したい。だが女子たちが彼女を放さない。二ヵ月経っても、放さない。男子たちの思いは募っていく。まだ欲望とまではいかない欲求が、一年の空白に後押しされるように、募っていく。というわけで選んだやり方が、敵対だった。

小学校三年生。八歳から九歳。きたるティーン期に向けて、男がバカを開花させる時期。

外国に行ったからってエラいのかよ、と誰かが言い、外国に行ったからってナマイキだよな、と誰かが言った（どちらも僕でないという保証はない）。そうだよな、とほかの者たちが同調する。そうやって、敵対関係は築かれた。バカの開花直後の暴走によって、簡単に築かれた。

牧田梨紗はとまどったことだろう。意味がわからなかったことだろう。訊かれたから答えていただけで、彼女は自らイギリスのことをベラベラしゃべっていたわけではない。なのに、エラソーだと言われ、ナマイキだと言われるのだ。こんなことなら日本に帰ってこなければよかったとさえ、思ったかもしれない。

そして、ある日の昼休みに、決定的なことが起きた。

日本を忘れさせないようにということなのか、あるいは護身術を学ばせたいということなのか、梨紗の両親は、イギリスで、梨紗とその兄に空手を習わせていた。その話を梨紗から聞いたクラス委員の南寛子《みなみひろこ》が、僕ら男子に言った。

「あんたたち、女子の悪口ばかり言ってると、牧田さんにやっつけられちゃうんだからね」

これはマズかった。本当にマズかった。クラス委員なら、それがマズいということくらい、わかるべきだった。

ただでさえ折り合いのよくない南寛子から因縁をふっかけられた男子たちは、もちろん、憤って見せるしかなかった。そしてその役を自ら買って出たのが、四組のマッドドッグこと井口慎司《いぐちしんじ》だった。

「女なんかにやられるわけねーだろ」

慎司は、あくまでも南寛子にそう言ったつもりだった。だが彼女は牧田梨紗に群がる女子連合の一人としてそこにいたから、その中心には梨紗がいた。だから慎司のその言葉は、必然的に梨紗にも向けられる形になった。

「やれます」と、ますに力を込めて、南寛子が言い返した。

「じゃあ、やってみろよ。やれるっていうんならよ」

その場に居合わせた全員の目が、慎司から牧田梨紗に向けられた。梨紗ならただ笑ってやり過ごすだけだろう、と僕は思っていた。

ちがった。

「わたし、そんなことしないもん」と言って、梨紗は机に突っ伏した。

これにはみんな、驚いた。彼女が泣くところなんて、誰も見たことがなかったから。

「あーあ、泣かせちゃった」と、南寛子が勝ち誇ったように言った。「あんたたち、先生に言うからね」

お前はもう黙れよ！　と、これはおそらく男子全員がそう思った。武闘派穏健派を問わず、とにかく全員がそう思った。女子だって、何人かはそう思ってくれたことだろう。

僕は梨紗に謝りたかった。ひざまずいてでも、謝りたかった。そして、説明したかった。要するに僕らはバカなのだと。だから君は僕らの言うことに耳を傾ける必要はないのだと。

だが僕は謝りもしなかったし、説明もしなかった。机に突っ伏している梨紗を遠目に見ながら、自らを呪っていただけだ。実はうそ泣きであってくれ、このくだらない諍《いさか》いを収めるために彼女が演じたお芝居であってくれ。と、そんなことを祈りつつ。

この件で、僕ら男子と牧田梨紗とのあいだにできた溝は、埋めようのないものになった。梨紗は僕らを避けるふうでもなかったが、僕らが梨紗を避けずにはいられなかった。それでも僕は、心のどこかで、いつかまた昔のように普通に話ができるようになるだろうと思っていた。が、そうはならなかった。先に別れがきてしまったからだ。

小学三年の春休みに入る直前、僕は母親から引っ越しすることを告げられた。

引っ越し、すなわち転校。

説明されたその理由は、彼女の離婚だった。つまり、両親の離婚だ。母が、僕と妹の琴恵を連れて、祖父母のいる実家に戻るのだという。

父は婿養子だったので、離婚後に僕や妹の姓が小倉でなくなるという心配はなかった。それに、母の実家は千葉県の船橋市にあったから、何もいきなり田舎暮らしになるというわけでもなかった。でも転校は転校だった。

終業式の日。みんなは明日からの春休みへの期待を胸に、僕は明日からの生活への不安を胸に、教室を出た。

「小倉くん」と廊下で声をかけられた。

振り向くと、そこに牧田梨紗がいた。

彼女は泣いてもいなかったし、笑ってもいなかった。砂色の髪に、クリームがかった白い肌をした、いつもどおりの彼女として、ただ美しく、そこにいた。

さびしくなるなぁ、とか、転校してもがんばってね、とか、そんなのはなかった。

「またね」と彼女は言い、僕に手を差しだした。片手をではない。フォークダンスのときのように、両手をだ。

あぁ、やっぱり彼女は彼女なんだな、と思った。僕はためらわずにその手を握った。もちろん、両手でだ。

ごく自然な握手だった。僕にそれをさせたのは、彼女だ。どうしたって彼女にはかなわない。僕はそのことを痛感した。僕は彼女の前から身を引くべきなんだろう。このあたりが限界ということであり、それゆえの転校なのだろう。そんなふうに、思った。

こうして牧田梨紗は、僕にとって特別な存在になった。好きは好き。でも付き合えるなどとは思えない。そんな特別な存在だ。

彼女がいるからほかの子とは一生付き合えない、というわけではない。そうではなくて、僕はほかの子と付き合うしかないのだ。彼女とではとても釣り合いがとれないことを知っているから。彼女に自分の凡庸《ぼんよう》さを押しつけてはいけないことを知っているから。

で、これまではそんなふうにやってきた。

なのに、牧田梨紗は、再び僕の前に現れた。

もちろん、彼女のせいではない。僕のせいだ。そんなところは一生に一度も訪れないという現実もあり得たのに、コンクールで落とされ、女にもフラれたとの理由で、ヤケ気味にフーゾク店を訪れてしまった僕のせいだ。ならばソープにすればよかったのに、病気をもらうのがこわいとの理由で、ハンドジョブのみのヘルスを選んでしまった、僕のせいだ。そのうえ、電車賃をケチって歩いていける近場の神田を選んでしまった、愚かしい僕のせいだ。

あの最後の日に、学校の廊下で、「またね」と牧田梨紗は言った。

僕はそれをさよならの意味にとった。彼女もそのつもりだったろう。

でもそうじゃなかった。

またはあったのだ。

二十年後に。

牧田梨紗との再会。その衝撃は大きかった。

再会したという事実そのものに対する衝撃が大きすぎて、手でされたことに対する衝撃は意外に大きくもなかった、と感じられたくらいだ。

実際の話、僕は、彼女がヘルス嬢として登場したことに関して、ほとんど否定的な感情をもたなかった。客として利用したんだから当然だろ、と言われればそれまでだが、仮にそうでなかったとしても、事情は変わらなかったのではないかという気がする。むしろ牧田梨紗が普通のOLや主婦として登場した場合のほうが、僕はとまどったかもしれない。

で、ともかく。

牧田梨紗が現実に再登場してしまったからには、僕は彼女のことを考えるしかなかった。そして彼女のことを考えるとなると、この疑問を避けて通るわけにはいかなかった。

何故、牧田梨紗はヘルス嬢をしているのだろう。

いくら読めない彼女でも、こればかりは好きでやっているとは思えない。エロ本のフーゾク嬢インタヴューじゃあるまいし、わたし男の人を喜ばせるのが好きなんです、なんてことではないはずだ。ほかにもっと割のいい仕事があれば、さすがにそちらを選ぶだろう。

　僕が引っ越したその三ヵ月後に彼女も引っ越した。高校までは、町田のおじさんのところにいた。そのあたりがカギになりそうだった。というより、僕にはそれしか情報がないのだから、その二つを手がかりにするしかなさそうだ。

　小倉家と同じようなことが、牧田家にも起きたのかもしれない。つまり、父親が愛人とのあいだに子どもをつくるなどして、母親との離婚に至ったのかもしれない。

　町田のおじさんというのは、きっと、梨紗の母親の兄か弟なのだろう。祖父母はすでに他界していたか何かで、梨紗は、その伯父さんなり叔父さんなりのところへ身を寄せることになったのだ。

　かつて、牧田梨紗について考えることは、僕の喜びだった。だがこうなった今、その喜びは半減したと言わざるを得ない。牧田梨紗について考えることは、確かに喜びだ。でも苦境に立たされた彼女について考えることは、喜びではない。

　それでも、僕は考えた。考えに考えた。だが考えてわかることなど、何一つなかった。

　頭のなかに、超マイクロビキニを着た（着せられた）彼女の姿が浮かんだ。見せるための水着。隠すべきところを隠せてさえいない、水着。それを着た、女。本来ならとてもヤラしい格好だ。でも、彼女は恥ずかしがってなどいないように見えた。だから、ヤラしくは見えなかった。ヤラしいけど、ヤラしくなかった。ヤラしいのに、ヤラしくなかった。

ただ、その姿が、九歳の牧田梨紗と重なることもなかった。僕のなかで、牧田梨紗に関する時間は二十年前に止まっていた。そして二十年後の今、その彼女が現れた。それは僕にしてみれば、タイムスリップと同じだった。そう考えれば、そこに歪みが生じてしまうのも無理はなかった。

というわけで、僕はその歪みの解消に努めることにした。具体的には、井口慎司に電話をかけてみることにした。

四組のマッドドッグ、井口慎司は、狂犬を小学校で卒業し、その後は忠犬になっていた（と本人が言った）。そして某有名私大を出て、某省に入り、今や幹部候補の立派なお役人となっている。

小学三年のときまでの友人で、今もつながりがあると言えるのは、この井口慎司だけだ。つながりといっても、それは単に、ケータイの番号を知っている、というだけのものので、実のところ、僕は慎司の今の顔を知らない。

夜の七時にかけた電話はつながらず、三時間後の夜十時に折り返しがきた。

「久しぶりだな。売れないシナリオライターは、もうただのシナリオライターになったか？」と、慎司はあまりにもごあいさつなあいさつをした。

　でもこいつはこんなふうにくだけたところがいい。だから僕も構えずに言った。

「いや、全然ダメ。売れない状態を見事にキープしてるよ。それどころか、売れないシナリオライターのままでいることすら困難になってきた」

「会社、やめたんだよな？　前の電話で、そこまでは聞いたような気がする」

「ああ。やめた直後にかけたんだな、確か」

「今度は何だ？　まさか就職の相談じゃないよな」

「ないけど。でも、慎司の職場に空きがあってそこに入れてくれるっていうんなら、考えてもいいな」

「空きなんかないよ。上がギュウギュウに詰まってんだから」

「そうか。残念。おれ、絵に描いたようなダメ役人になら、なれる自信があるのに」

「今はもうそんなやついないよ。ダメ役人も進化してる。自分のダメぶりをうまくごまかせるようなやつじゃないと、ダメ役人は務まらない」

「なるほど。じゃ、おれには無理だ。ダメ役人にすら、なれないか」

「で、どうした？　就職相談じゃないなら、何なんだ？」

「いや、まあ、別にどうしたってことでもないんだけど」

いきなり核心に入るのも何なので、僕は手始めに、かつての三年四組の仲間たちの近況を尋ねてみることにした。

最初に名前が出たのは、もちろん、高見頼也だった。元四組の者たち同士の電話で、彼の名前が出ないことはないだろう。それは、女子同士の電話でも同じであるにちがいない。何せ、元クラスメイトが、日本プロ野球界を代表するピッチャーになってしまったのだから。

でもって、この井口慎司は、その高見頼也と個人的に仲がよかった。確か、小学校時代の友人としてはただ一人、盛大な結婚披露宴に招かれたはずだ。

現に慎司は、頼也の今季ここまでの成績さえ知っていた。

「三勝〇敗。防御率一・四五。奪三振は二十八。ほんとなら四勝してるはずなんだ。あとのピッチャーに勝ちを一つ消されたからな。三点のリードをひっくり返されて」

「でもスゲえよな」

「でもスゲえ。中六日の登板が普通になってる今の野球で二十勝を狙えるのは、それこそ頼也くらいだろ。とにかく負け数が少ないってのが強ぇよ」

それからも元クラスメイト二、三人の話をしたあとで、僕はようやく本題を切りだした。

「そういえばさ、牧田っていたじゃん」

「牧田。牧田梨紗？」

「えーと、そうかな」(何が、そうかな、だ)

「いたな」

「確か、慎司と家が近かったんじゃなかったっけ？」(確か、ではない。確実に近かった)

「ああ。近かったな」

「フランスとか、行ってたよな」(わざとらしい)

「イギリスだよ」

「あぁ。そっちか。今も、地元にいるのかな」

「いないよ」

「へぇ、そうなんだ。引っ越したってこと？」

慎司はそこで少し黙った。時間にして、三、四秒。計ってみればわかるが、電話でのそれは長い。

「あれ、もしもし？」と呼びかける。

それまでとは打って変わった低い声で、慎司が言った。

「ナオタさ、お前、あいつの家のこと、知らないんだっけ」

「家のこと？　何だろう」

「あいつが引っ越した理由。知らないか？」

「知らないよ」

「ナオタ、いつ引っ越したっけ」

「三年の終わり。四年になる前」

「そうか。じゃあ、あれは四年のときだったんだな。ナオタが引っ越してったあとだ」

「よくわからないけど、そうだと思うね。おれがいたときには、牧田もいたから」

「おれ、てっきりお前が知ってるものと思ってたよ。知ってるから、こういう電話のときも触れないんだと思ってた。だって、知らなかったら、普通、今みたいな話をしたときに名前くらい出るだろ？　あんなにその、何ていうか、かわいいやつだったんだし。でもそうか、知らなかったのか。つまり、事故のこと自体を知らないんだな？」

「事故？」

「ああ。ひどい事故だったよ。おれも新聞の写真でしか見てないけど、車がペチャンコにつぶれてた」

「交通事故？」

「どこかの高速で、親父さんが運転してたんだ。後ろの席に、母親と兄ちゃんが乗ってた。家族では、牧田だけが乗ってなかったんだ。夕方で、暗くなりかけたところへ、雨が降りだした。ちょうど路面が滑りやすくなってたんだな。で、前の車が急ブレーキをかけたか何かで、追突して、スピンして、そこへ後ろから来たダンプが突っこんだ。ほんとにひどい事故だったよ。三人とも即死だったらしい。あのつぶれた車を見れば、そうだろうなって思うけど」

「あぁ」と僕は言った。言葉というよりは、ため息だった。

「新聞に載っただけじゃなく、テレビのニュースでもやってたよ。といっても、しょせんは交通事故だから、一回報道されて終わりだけどな」

「何で、牧田だけが乗ってなかったんだろう」

答は返ってこないだろうと思いつつした質問だったが、答は返ってきた。

「南んとこに泊まってたんだ。覚えてるだろ？　クラス委員だった、あいつ」

「南寛子？」

「そう。おれも知らなかったけど、結構、仲がよかったらしいんだ、牧田と南は。でさ、ガキのころは、よくやってたろ？　友だちの家に遊びでお泊まり、みたいなの。その日もそれをしてたから、牧田はたすかったんだ。で、親戚に引きとられたんじゃなかったかな。どっか東京の西のほうにいる親戚に」

東京の西。町田だ。

「葬儀なんかには、行った?」

「おれは行かなかったよ。ガキながら、行くべきじゃないかとは思ったけど。でも、自宅じゃなく、かなり遠くにあるセレモニーホールでやったんだよな。いろんなとこから集まってきた親戚たちが仕切って。で、こっちは近所の大人たちが話し合って、ガキどもは遠慮させましょうってことになったんだ。だから、おれんとこは、母ちゃんだけが行ったよ。もちろん、亡くなった牧田の兄ちゃんの友だちは行ったんだろうけどな。それにしても、ひどい話だよ。四人家族の三人がいちどきに亡くなって、自分一人が残されるんだから」

確かにひどい。ひどすぎる。九歳の女の子がそんな目にあっていいはずがない。

「その事故のあと、牧田に会った?」

「いや。会ってない。事故があった日から、牧田は一度も学校に来なかったんじゃないかな。で、そのまま転校してったはずだよ」

参った。本当に、参った。両親の離婚どころの話ではなかったのだ。

事故死。交通事故死。父親と母親、それに兄までもが。

「だからさ」と慎司が続ける。「おれら、牧田のことは仲間うちでもあんまり話さなかったんだよな。何ていうか、触れちゃいけない話題のような気がしてさ。まあ、二十年経った今なら、そんなこともないんだろうけど。いや。でもやっぱり話さないのかな。事故についてのおれらの記憶そのものが薄れてきてるっていうのもあるし」

そう。記憶というものは、次第に薄れていく。自分が当事者でない限りは、薄れていく。だが当事者であったときは。よくわからない。

僕の場合とは、くらべられない。僕も父とは別れたが、それは死別ではない。父が母と離婚してからは一度も会っていないが、会おうと思えば会えないわけではない。この先も会おうとは思わないだろうが、決して会えないわけではない。だから、くらべられない。

その後も世間話みたいなものをいくつかして、僕らは電話を切った。

ケータイをパタンと閉じて、まず思ったのは、かけるんじゃなかった、ということだった。慎司と話せたことはよかったが、事故のことは知らないほうがよかった。僕は牧田梨紗と再会を果たしたことだけで満足しておくべきだった。記憶のアルバムに、超マイクロビキニを着た（着せられた）梨紗の写真を一枚追加する。せめてそのくらいにとどめておくべきだった。

事情はある程度わかったのだから、これ以上深入りするのはやめよう、と思った。信じられないような偶然に見舞われ、かつての同級生と再会した。そしてその同級生に金を払って恥ずかしいことをさせ、自分の恥ずかしい姿を見られた。それでこの話は終わりだ。

そのためには、どうするか。

簡単だ。何もしなければいい。何もせず、これまでのように、ただシナリオを書きつづければいいのだ。

決めた。そうしよう。

自らに言い聞かせるためにも、僕は今後の方針を言葉として固め、それを口に出した。

「何もせず、シナリオだけに打ちこむことを誓います」と。


昔から、誓いは破ってきた。

自ら立てた誓いのほぼすべてを破ってきたと言ってもいい。

古いところでは、もう絶対に人前で泣いたりはしないぞ、という誓いや、もう絶対にエロ本を買ったりはしないぞ、という誓いがあっけなく破られた。

新しいところでは、もう絶対に酒を飲んだりはしないぞ、という誓いや、ご存じのように、一年以内にどうにかしてやる、という誓いが、これもあっけなく破られた。

で、今回もやはりそうなった。

立ててからおよそ四十三時間後にその誓いを破り、僕は再び神田のヘルスを訪れた。

結果として、中一日での再訪だった。

受付には、おとといと同じ、銀髪に鼻ピアスの男がいた。二十代前半に見えるが実は高校を卒業したての十八歳、といった感じの男だ。

その銀髪鼻ピアス氏に葉花ちゃんの指名を伝えて金を払うと、僕は例によって薄っぺらな壁で仕切られた個室の一つへと通された。

前回、また来てね、というようなことを言われなかったから、正直なところ、また行くのはどうかと思っていた。特に、中一日でまた行くのはどうかと思っていた。牧田梨紗にいやがられるのではないかと、少し不安だった。やはり知り合いだと興奮するやつだと思われるのではないかと、かなり不安だった。

だが、「お待たせしました」とやってきて僕の顔を見た梨紗は、初めこそ驚いた表情を見せたものの、それをすぐに笑顔に変え、こう言ってくれた。

「あ、うれしい。また来てくれたの？」

その笑顔はつくりものには見えなかった。都合のいい解釈だと言われても否定はしないが、とにかく、そうは見えなかった。

そもそも、笑顔をつくってしまうような人ではないのだ。笑いたければ笑うし、笑いたくなければ笑わない。でもたいていは笑っている。それが牧田梨紗だ。もしかしたら、この二十年で笑顔をつくることを覚えたのかもしれないが、僕はそうでないことを期待した。そして昔と変わらぬそのごく自然な笑顔を実際に見て、そうでないことを確信した。

「また来てねなんて言っちゃうと、小倉くん、無理してでも来てくれちゃいそうな気がしたから、そうは言わなかったの。でも来てくれた。だからうれしい」

牧田梨紗と話さえできれば、サービスは受けなくてもいい。というか、むしろ受けづらい。本音を言えばそうだったが、もちろん、その本音は封印した。それを口にすることは、サービスの利用者であるくせにその提供者を低く見ることにもなるような気がしたからだ。それに、僕はそこまでの紳士でもなかったし。

前回よりもさらに布をケチったピンクの超マイクロビキニを着た（着せられた）梨紗は、前回のように、慣れた手つきでさっそく僕のジーンズを脱がしにかかった。

前回の僕は彼女が牧田梨紗であることを知らなかったが、今回の僕は知っている。そして前回は知らなかった彼女の過去についても知っている。そんなことが精神に影響を及ぼし、結果、勃《た》たなくなったりする、なんてこともあるんじゃないかと思った。

勃った。簡単にだ。トランクスを脱がされたときには、すでに勃っていた。

まったくもう。ペニ公のやつめ。

その後数分の描写は省かせてもらうとして。

今回も、高まり方は、急劇だった。

せめてもう少し我慢したいところだったが、できなかった。

自分でもウンザリするほどの飛距離を出して、僕は果てた。

「すごい。やっぱり元気いいね」と言われた。こそばゆいどころの話ではなく、うわぁ、と身をよじった。

温かいおしぼりで後処理を施されているあいだは、なるべく彼女の顔や手の動きを見ないようにした。それから、前回の教訓を活かして、言われる前にトランクスを穿き、ジーンズを穿いて、Ｔシャツを着た。

デジタルの置時計を見て、梨紗が言った。

「また少しお話ができるね」

うわぁ、と思った。やはり出は早かったか、と。それでも何故か最低限のノルマは果たしたような気分になり、前回よりは落ちついた感じでお話に臨むことができた。

そこで僕らがしたのは、お互いの話ではなく、高見頼也についての話だった。こんなときに便利な、自分たちの知り合いである有名人の話だ。最初にその名を口にしたのは梨紗だった。

「高見くん、すごいね」

僕が出した飛距離についても彼女はすごいと言ったのだな、と思い、何だか居心地が悪くなった。卓越した野球技術に対してのすごいと、恥ずかしい飛距離に対してのすごい。その二つのすごいには、雲泥の差がある。雲泥どころではない。ダイヤとダストの差がある。

「頼也は、梨紗ちゃんが日本に帰ってきたのと同じときに、転校してきたんだよね」

「うん。新学期の初日に、二人並んであいさつしたの。みんなに」

「あいつ、野球なんかやってたんだね」

「わたしも知らなかった。でも、ほんと、すごい人になっちゃったね。野球選手の名前なんて、女の子は知らなかったりするけど、高見くんのことはみんな知ってるもん」

「そうだよなぁ。今じゃ、ヘタすりゃアメリカ人だって知ってるもんなぁ。梨紗ちゃんは、頼也の試合を観たりする？」

「ううん。だって、ほら、試合をやってる時間はたいていここにいるし。でも、テレビでニュースとして流れてると、やっぱり見ちゃうかな。それで、あぁ、勝ったんだ、とか思う」

「たいてい勝つしね、やつは」

「そう。いつ見ても、勝ってる」

「去年だって、ケガで出遅れたのに、最終的には十三勝二敗だからね。ピッチャーじゃない、横綱の成績だよ、それ」

　会話はそんな具合に進んだ。弾んだ、と言ってもいい。

　とはいえ、僕が例の事故について梨紗に尋ねることはなかったし、彼女が自らの過去に触れることもなかった。ヘルス嬢と客の会話。それが友好的に行われたというだけのことだ。

　終了時間がきたことを僕に知らせるかのように、梨紗が時計を見た。そして言った。

「小倉くん、来てくれてありがとうね」

　金を払えば、牧田梨紗に会うことができる。ヤラしいサービスをさせるために金を払えば、彼女に会うことができる。あらためてそのことに思い当たり、何だか悲しくなった。

ピンクの超マイクロビキニを着た（着せられた）彼女がほほ笑んでいた。つくり笑顔ではない。そのことが、悲しかった。むしろこの場ではつくり笑顔でいてほしい。そんなことさえ、思った。

新川への帰り道、僕は前回同様、いろいろなことを考えた。砂色の髪や、それに近い色の瞳や、クリームがかった白い肌を思い浮かべながら、牧田梨紗の現在や過去について考えた。

今ごろ彼女は次の客の相手をしているのだろうか。と、初めてそんなことを考えてもみた。僕にしてくれたように、その客にも自然な笑みを投げかけてやるのだろうか。話しかけられれば、友好的に応えてやるのだろうか。また、自分から話しかけたりもするのだろうか。客の出が早かった場合、二人で簡易ベッドに座って、会話をしたりするのだろうか。

なかには身勝手な客もいるはずだ。横柄な客もいるはずだ。利用者のくせに彼女を見下すやつもいるはずだ。規定のサービス以上のものを求めてくるやつだっているはずだ。

あんなにきれいなのだから、彼女をひいきにする客もたくさんいるだろう。ネットの掲示板には、葉花ちゃんのサービスに対しての感想や妄想が溢れているだろう。それを見て店を訪れる客もいるだろう。そしてそれは彼女にとってありがたいことでもあるのだろう。

新川と日本橋茅場町とをつなぐ新亀島橋を渡りながら、あーあ、と僕は思った。牧田梨紗を極私的な秘宝として記憶の隅にしまいこんでいたときはよかったなぁ、と。ただ彼女を崇《あが》めていればそれでよく、心配などする必要はなかったのになぁ、と。

そんなわけで、僕は自ら立てた誓いを破り、あっけなく神田のヘルスを再訪したわけだが、もう少し言うと、誓いを破ったあとは、たいてい歯止めが利かなくなる。

二日後、僕は三たび神田のヘルスを訪れた。

梨紗は前回以上に驚いて、僕にこんなことを言った。

「小倉くん、だいじょうぶ？　来てくれるのはうれしいけど、ちょっと来すぎじゃない？　いくら何でも、お金、もったいないよ」

「もったいなくないよ。そう思ってたら、来ない」

布をケチるとかの話でなく、もうほとんどヒモだろう、と言いたくなる黄色の超マイクロビキニを着た（着せられた）今回の梨紗は、すぐに僕のジーンズを脱がしにかかったりはしなかった。そうする代わりに、何ごとか考えつつ、一人、簡易ベッドに腰かけた。

「小倉くん。ほんとにエッチなことしたくて来てる？　ほんとにわたしに手で抜いてほしくて、ここに来てる？」

彼女はあえてそんな刺激的な言葉をつかった。答えにくい質問だった。胸を張って、もちろん、と言う気にもなれないし、事実を言う気にもなれない。ならばということで、前者を選んだ。

「したくて、来てるよ」

梨紗は自分の腿からひざのあたりを見て、それからもう一度僕を見た。

「今日の分は、わたしがお金を出す」

「いや、そんな」と少し大きな声が出た。「おかしいよ、そんなの。客として来てるんだから、自分で出すって」

梨紗はふっと短く息を吐いて、黙った。

ただの間が沈黙にならないうちに、僕が言った。

「あの、金は払うけどしなくていいっていうのは、ありなのかな」

力なく笑って、梨紗が言った。

「なしね」

それは店としてのルールではなく、おそらくは彼女が自ら決めたルールだった。この仕事に誇りをもっているとかいうことではない。この仕事に誇りをもつのは決して悪いことではないが、だからそう決めたという話ではない。彼女のなかでは、それが正しいことなのだ。この正しさは、対極には悪がある、といった類の正しさではない。だがやはり、正しさとしか言いようがないものだ。

僕はその正しさの価値を認めたい。ゆえに、確固たる決意をもって、悲しくも滑稽なセリフを口にした。

「おれはしたくてここに来たんだ。だから、してもらうし、金は自分で払うよ」

梨紗が僕をじっと見つめていた。

僕も梨紗をじっと見つめ返した。

薄い板壁越しに、男のはぁはぁいう荒い息づかいが聞こえてきた。はぁはぁのペースは次第に速くなり、息づかいというよりは声に近くなっていく。そして、「あふっ」という、完全な声が聞こえ、静かになった。

僕は悲しくなった。隣の男は、このあと、すっきりはしつつもいくらかは後ろ暗い気持ちで店を出るだろう。でも人混みに紛れてしまえば、何ごともなかったかのようにふるまうだろう。そしてフーゾクなど利用したこともないような顔をして、笑ったり、怒ったりするだろう。場合によっては、人を指導したり、説得したりもするだろう。そんなことを考えると、何故か本当に悲しくなった。

「小倉くん、電話番号を教えて」と梨紗が言った。

僕は自分の小さなショルダーバッグから、A6判のメモ帳とボールペンを取りだした。

そしてそのメモ帳に小倉と書き、ケータイの番号を書いた。さらに思いつきで住所まで書き足すと、その一枚を破りとって、梨紗に手渡した。

「ありがと」と彼女は言い、棚のローションとティッシュペーパーのあいだにそれを置いた。

そして、小倉くんがこれ以上面倒なことを言いださないうちに、と思ったのか、僕のジーンズに素早く手をかけた。

そのあとのことは、あまり話したくない。

なので、事実だけを簡潔に言うと。

僕は勃たなかった。

まるっきり、勃たなかった。

最初だけじゃない。

最後までだ。

それからの五日間は、何もなかった。

梨紗から電話がかかってくるものとばかり思っていたが、かかってはこなかった。

あのとき、自分のケータイ番号を教えるだけでなく、彼女の番号も訊いておくべきだったと悔やんだ。だがこうなってみると、訊いても教えてくれなかったのではないかという気もした。

ここ二週間、シナリオは一行も書いていなかった。

僕の場合、書きながら話をつくるのでなく、ある程度話をつくってから一気に書くので、その一行も書かない期間は基本的に長いのだが、それにしても長すぎた。

ある程度話をつくる作業や、話のもととなるアイデアを考える作業をも、僕は放棄していた。熱に浮かされたように生みだしていたあのタイムスリップ案やら入れ替わり案やらを整理してパソコンのハードディスクに収めておくことすら、していなかった。

長いような、でも終わってみれば短いような一日が、ダラダラと過ぎていった。

僕は新川を歩いたり、銀座まで歩いたりした。新宿まで歩いたり、六本木まで歩いたりもした。気分転換に、右に曲がったら、次の角は左に曲がる、と決めて歩いたりもした。ただ道に迷っただけで、気分転換にはならなかったが。

そして六日めの夜。インタホンのチャイムが鳴った。

ウィンウォーン。

来た、と思った。すでに九時を過ぎていたから、物売りや勧誘の類ではない。僕はインタホンによる応対を省いて、玄関のドアを開けた。

外に立っていたのは、見知らぬ若い女だった。ぴったりめのTシャツを着た、二十代前半の女だ。

「あの」とその彼女が言った。「わたし、上に住んでる者ですけど」

上に住んでる者。恐子。

「あぁ。はい」

恐子は、思っていたよりも小柄だった。それに、思っていたよりもやせていた。身長百五十五センチ、体重四十五キロ（推定）。のぞき窓の魚眼レンズを通して目にしただけだから、いくらかふくらんで見えたのかもしれない。タテもヨコも。

「こないだはすいませんでした」と言い、恐子はぺこりと頭を下げた。「あのときはいきなりで驚いたし、メイクもしてなかったから出てもいかないで。ちょっと失礼だったなって思って、それで、来ました」

「あぁ。あのときは朝早くで、こっちも、何ていうか、失礼しました」

メイクをしてなかったから出なかったと言う恐子の顔には、今も、メイクというほどのメイクは施されていなかった。ファンデーションは塗られていないし、眉も描かれていない。存在感のある厚い唇を、何かで湿らせている程度だ。

「わたし、あれから考えて、やっぱりうるさかったかもって反省して、ちょっとは気をつけるようになったつもりなんですけど。どうですか？」

そう言われてみると、確かに少しおとなしくなったような気はする。たまに強烈なドスン！　がくることもあるが、一時期にくらべて、その頻度は低くなったような気もする。

「えーと、まあ、そうですね。あまり気にならなくなりました」と、あまりを強調したつもりでそう言った。

「ほんとですか？　よかった。じゃあ、これ。お詫びの品です」

そう言って、恐子がコンビニのレジ袋をこちらに差しだした。

「いや、いいですよ」と、あわてて手を横に振る。「別にそんなつもりじゃないから」

「もらってください。大したものじゃないんで」と、恐子がビニール袋を押しつけてくる。

しかたなく受けとり、チラリと中身を見た。

「カップ麺です」と恐子。

そう。カップ麺。それが三つ。本当に、大したものではない。お詫びの品に、カップ麺。

「わたし、そこでも考えたんですけど、一人暮らしの男の人にはやっぱりこれかなぁって。タバコは、吸わない人もいるし、お酒は、飲まない人もいるし、甘いものは、食べない人もいるし。でもカップ麺を食べない人はいないでしょ？　それでも好みはあるだろうから、一応、全部別の種類にしました。ラーメンとうどんと焼きそば。きらいじゃないですよね？」

「まあ、別にきらいでは」

「じゃ、どうぞ。食べてください」

「そんじゃ、えーと、いただきます」

「そうだ。自己紹介しときますね。わたし、キクチスミカっていいます」

そして彼女は菊池澄香だと説明した。

なので僕も、小倉直丈だと説明した。

「わたし、ふつつか者ですけど、よろしくお願いします」と菊池澄香。

ふつつか者をここでつかうかなぁ、と思いつつ、

「こちらこそ」と僕。

そして会話が途切れた。

謝罪訪問はこれにて終了、となるべき場面だったので、それを促すためにも、カップ麺の入ったレジ袋を掲げて言った。

「じゃあ、これ、遠慮なく」

「小倉さん、あの」そして菊池澄香はこんなことを尋ねてきた。「大家さんに言ったりしないでもらえますか？」

「言うって、二階がうるさくて困ってます、みたいなことを？」

「はい。大家さんに言われて、追いだされたりしたら困るんです。わたし、今、お金ないから」

「言いつけるなんて、そんなことしないよ」

「あぁ、よかった。とにかく、すいませんでした。これからも気をつけます。でもわたし、ちょっとニブいみたいだから、うるさかったら、また言ってください。その都度、気をつけますから。小倉さんが来たときは、すっぴんでもきちんと出るようにもしますし」

「それは、どうも」

「じゃ、おやすみなさい」

そう言うと、菊池澄香はもう一度ぺこりと頭を下げた。そしてくるりと振り返り、鉄製の階段をカンカンと上っていった。

のぞき窓越しにでなく、じかにその姿を眺めながら、僕は思った。現実というやつは、どうも僕の予測できないほうへとばかり進むようだなぁ、と。

それにしても、奇妙なタイミングで訪ねてきたものだ。僕が彼女のもとを訪れて、早二週間。今のような用件で来るのであれば、もう少し早く来てもいいのではないだろうか。どう考えても、二週間は引っぱりすぎだ。まあ、来ないよりは、来てくれてよかったけど。

それともう一つ。勝手に思い描いていた恐子とその実像は、何とかけ離れていたことか。のぞき窓越しに姿を見ていたにもかかわらずこうなるのだから、人間の視覚もあてにはならない。

菊池澄香は、恐竜というよりはみにくいあひるの子という感じだ。

悪口のように聞こえてしまうかもしれないが、そうではない。

絵本なんかでは、みにくいあひるの子は、みにくいとされながらも、愛嬌たっぷりに描かれる。そこで示されるようなかわいらしさが、菊池澄香にはあるのだ。おでこが広くて、目が丸くて、鼻は小さくて、唇がぽってりしていて。きれいとは言われないだろうが、好かれる顔だ。多くの男が、無意識に惹かれてしまう顔だ。たぶん。

玄関のドアを閉めて、テーブルのところへ戻ると、僕は飲みかけだったインスタントコーヒーを一口飲んだ。そしてストンとイスに座った。

その途端、ドスン！　がきた。次いで、「ごめんなさぁい」という声が、かすかに聞こえてくる。

床と天井を挟んだ下の部屋にまで聞こえるということは、二階の隣室なんかにははっきり聞こえてしまう大きさの声なんだろうと思い、少し笑った。自分でも言っていたように、菊池澄香はちょっとニブい子なのかもしれない。悪気はないのだが、ちょっとニブいのだ。

悪気はないのだが、ちょっとニブい。

その言葉に、いやな引っかかりを覚えた。

このところの僕がとってきた行動こそが、悪気はないのだが、ちょっとニブい、の最たるものではなかったろうか。つまり、偶然再会したヘルス嬢のもとを二度も立てつづけに訪れてしまうというその行動こそが、最《さい》ニブではなかったろうか。

参ったな、と思った。これまでにとってきた行動に対しての、参ったな、ではなく、今からとるであろう行動に対しての、先どりした、参ったな、だった。

電話番号を訊かれた。だが電話はかかってこない。それがどういうことかといえば、かける意思が相手にないということだ。まあ、それはしかたない。

でも、このまま終わりたくなかった。終わりたくないのその前に、まだ何かが始まってもいないが、ともかく、その始まってもいない何かをうやむやにしたくなかった。

では何がしたいのかと問われれば、彼女に謝りたい、と答えるしかない。そう。僕はもう一度だけ彼女に会って、謝りたかった。

午前零時までは神田の店もやっているだろうと推測した。だとすれば、十一時までに入店すれば何とかなる。

で、今が九時五十七分。この期に及んでも電車賃をケチって歩いていこうと考えている自分に嫌気がさしたが、その方針は変えなかった。牧田梨紗にどう謝るかを、歩きながら整理しておきたいと思ったからだ。

二分後にレーガンハウスを飛びだして、いつものように歩きはじめた。

と同時に、考えた。

今日は客じゃないんだ、とまずは言おう。お金はきちんと払うけど、客として来たわけじゃないんだ、と。そして、ただ謝ればいいのだ。いやな思いをさせてごめん、と。

もう来たりはしないから、と。

それを聞いたら、彼女は何と言うだろう。じゃあ、そうして、と言うだろうか。それとも、来てほしくないなんて言ってない、とでも言うだろうか。いやいや。彼女がどう言うかまで考える必要はない。今は、自分が言うことだけを考えればいいのだ。

ああでもないこうでもないと思いを巡らしながら、昭和通りから永代通りに曲がり、永代通りから中央通りに曲がった。

神田の店には、十時二十三分に着いた。過去三度よりはずっと速いペースだ。

受付には、銀髪鼻ピアス氏がいた。僕が訪れるときは、いつも彼がそこにいる。ということは、午後三時から午前零時までの勤務なのだろうか。あるいはもっと長いのかもしれない。ヘタをすれば、休みなんてないのかもしれない。

僕はまずルーティンワークとして、壁に貼られた十数枚の写真のなかから葉花のものを探した。

定位置である左上部になかったので、そこから右へと一枚ずつ写真を追っていく。ない。

念のために、もう一度。

今とは反対に、右から左へと一枚ずつ、ゆっくりと写真を追っていく。

やはり、ない。本当に、なかった。

銀髪鼻ピアス氏に尋ねてみた。

「あの、葉花ちゃんは？」

「あぁ。もういないです」と素っ気ない返事がきた。

もういない。その言い方が少し気になった。

「いつならいるだろう」

「いつ来てもいませんよ。やめちゃいましたから」

「やめた？　いつ？」

「二、三日前っすかね」

「どうしてやめたんだろう。何か知らない？」

「知りませんね。知ってても言えませんよ。ほら、何つーか、個人情報的なことなんで。といって、ほんとに知りませんけど」

店にしてみれば、こんなことは日常茶飯事なのだろう。牛丼屋の客みたいに、女の子たちは、それこそ次から次へと入れ替わっていくのだ。

しかし、それにしても参った。まさか、辞めていたとは。

あの三度めのとき（僕が勃たなかったときだ）には、そんなこと言っていなかった。

まあ、言う義務もないが、彼女はそんなそぶりすら見せなかった。あのとき、すでに辞めることを決めていたのだろうか。それとも、あのあとに何かがあったのだろうか。

一人意気消沈している僕に、銀髪鼻ピアス氏が言った。

「あの子に負けない、いい子がいますよ。ちょうど今、空いてます。ウチのナンバーワン。コキ具合、最高」

「いいよ、彼女がいないなら」

「じゃあ、こっちは？　昨日入ったピチピチの新人。こないだまで高校生。なりたての十八歳。まだ二日めだから、逆にぎこちなさがそそりますよ。一ヵ月後にはナンバーワンだな。おれの予想っすけど」

「いいよ、ほんとに」

すると、銀髪鼻ピアス氏の目つきが少し変わった。

「お客さん、一度入店したんだから、遊んでってくんないと。指名の写真見んのだって、タダじゃないんすよ」

「悪いけど、いいって」

そう言って、逃げるように店を出た。やや小走りになり、少しでも人けの多い駅のほうへと向かう。追いかけられたらいやだな、と思ったが、向こうもそこまではしなかった。

ほっと一息ついて、中央通りに出ると、僕は来たばかりのその道を、来たときの半分の速度でダラダラと歩いた。そして考えた。

始まってもいなかったものが、終わった。これで糸が切れた。これしきのことで、完全に糸が切れた。僕にできることは、電話がかかってくるのを、ひたすら待つだけ。まで、過去の経験からすると、待っている電話というものは、まずかかってこない。ましてや、牧田梨紗は、僕にケータイの番号を訊いただけで、電話をかけると約束したわけではない。そして五日が過ぎた。六日めも、過ぎようとしている。まちがいない。電話は、これからもかかってこない。万が一かかってくることがあるとしたら、それはまた二十年後かもしれない。

まあ、いいじゃないか、と、僕は平静を装いつつ、思う。大人になった牧田梨紗の顔を見ることができた。予想もしていなかったボーナスをもらえたようなものだ。それでいいじゃないか。結果として、彼女がヘルス嬢だったことにも、大してショックは受けなかったのだし。自分を取り巻く状況は、再会以前と何も変わってないだろ？　コンクールに落ちて、藍にフラれた。その直後と、何も変わってないだろ？　フーゾクに行き、一発抜いて、二発めも抜いた。それだけのことだろ？　でも三発めは抜けなかった。それだけのことだろ？

いやな考え方だったが、そう考えてあきらめるしかなさそうだった。現実を現実として受け止め、それを虚構の糧にしていくしかなさそうだった。

そのままダラダラと新川まで歩くつもりが、ツイてないことに、日本橋のあたりで雨が降りだした。

なので、走った。無視できる信号は無視して、走った。無視できない信号も、注意深く無視して、走った。やっぱどこかで雨宿りをしようと思うころにはもうずぶ濡れになっていて、その間の悪さというか自分の間抜けぶりを呪った。呪いつつ、走った。

そしてずぶ濡れのままコンビニに入り、こうなったらしかたがないとばかりにビール（第三のね）とポテトチップスを買った。

濡れねずみの二十九歳を憐れんだのか、勘定の際、二十歳そこそこの女性店員が、「すごい降りですね」と声をかけてきた。

「バチが当たったんだな、きっと」

そう返事をしたら、彼女は目をそらして口をつぐんだ。不審者だと思われたのかもしれない。

レーガンハウスには、十一時十五分に戻った。

五分でシャワーを浴び、バスルームから出ると、テレビのスポーツニュースを見ながらビールを飲んだ。

珍しく、高見頼也がこてんぱんに打ちこまれていた。五回六失点。許したヒットが九本。うち、ホームランが二本。制球も定まらず、与四球が五、与死球が一。それで今季初めての黒星がついた。

「今日の高見は、何といっても腕の振りが悪かったねぇ」と解説者が言った。

結果を見てからなら、どうとでも言えることだ。僕にだって言える。一人、言ってみた。

「今日の高見は気持ちがノってませんでしたねぇ。まあ、試合は観てませんけども」

負け投手なのに直接コメントを求められた（人気選手のツラいところだ）頼也は、頬をぽりぽりと掻きながら、「調子はよかったんすけどね、何が悪かったのか、よくわかんないです」と言った。

スポーツニュースが終わると、僕はテレビを消した。そして、過去に書いたシナリオを読み返してみることを思いつき、パソコンの電源をオンにしようとした。

が、そのとき、ケータイの着信音が鳴った。

画面に、十一ケタの番号が表示されていた。それがどういうことかというと、つまり、藍やら慎司やら母親やら妹やらといった、名前を登録している人からの電話ではないということだった。僕は大いに期待した。僕が名前を登録していない者。それでいて、この電話の番号を知っている者。牧田梨紗かもしれない。

伝言メモに自動で切り換わってしまわないよう、僕はあわてて通話ボタンを押した。

聞こえてきたのは、男の声だった。

落胆した。誰だよ、期待させやがって。

「おぅ、ナオタ？」とその相手は言った。「わりぃな。こんな時間に突然。おれ、タカミだけど。わかる？」

「タカミ？」

「ライヤ。タカミライヤ。忘れちったか？」

「いや。忘れるわけないけど」

「そっか。ならよかった」

「投げてたよね？　今日」

「あ、何、見てた？　ボロクソにやられちったよ」

「ニュースで見たよ。ついさっき」

「おれも見た。映像で見ても、球が走ってなかったな、全然」

そこで、一応、尋ねてみた。

「もしかして、腕の振りが悪かったとか？」

「は？　何それ。わかんねーよ、そんなの。強いて言うなら、原因は、寝不足だな。遠征先のホテルなんかだとさ、たまに変な時間に起きちゃうことがあんだよ、おれ。で、起きちゃうと、もう、眠れねーの。昨日がまさにそれだった」

「もう一つ質問だけど、どうしてこの番号を知ってる？」

「慎司に聞いたんだよ。ナオタ、慎司に電話かけたろ？　その何日かあと、おれも慎司にかけたんだよ。そのときに、ナオタの話が出た。ナオタが電話をかけてきて牧田のことをいろいろ訊いてきたよって、あいつ、言ってた。で、うわ、なつかしー、と思ってさ」

恐るべし、井口慎司。さすがはエリート官僚。電話の本当の目的を見抜いてたか（そりゃそうだろう）。

「でさ、これも慎司から聞いたんだけど、ナオタ、シナリオとかそういうの、書いてんだって？」

「書いてるよ。ただ書いてるだけで、実際に映像になったことは一度もないけど」

「スゲえな、お前。そんな才能があったんだ？」

「まだあったことを証明できてないけどね」

「書けるだけでもスゲえよ。おれなんか、ガキのころの読書感想文ですら書けなかったもんな。実際、姉ちゃんに書いてもらってたよ、金払って」

「おれも読書感想文をうまく書く自信はないよ、今も。その二つはまったくの別ものだから」

「で、何、ナオタ、会社なんかもやめたって？」

「やめたね。もう二年も前になるけど」

「今は、書いてるだけ？　そのシナリオを」

「そう。さすがにそろそろヤバいとは思いはじめてるけどね」

「まだ思いはじめたくらいなんだろ？　例えば、いついつからどこどこで働くとか、そういうあてがあったりするわけではないんだろ？」

「まあね」

「つまり、そのシナリオを書いたり何だりする時間をやりくりすれば少しは動けると、そういうわけだよな？」

「そうだけど。何？」

「あのさ、ナオタにちょっと頼みたいことがあんだよ」

「頼みたいこと。何だろう」

「電話じゃ言いづらいな。どっかで会えないか？」

「おれはいいけど、頼也が無理なんじゃないの？　シーズン中だし」

「いや。おれはピッチャーだからさ、まったく時間がとれないわけでもねえのよ。例えば今みたいな登板のあととか、その次の日とかさ。で、次はウチのホームでの試合だから、そのあとにでも会わないか？　アイシングしたりマッサージを受けたりで、時間は少し遅くなっちゃうけど。店はおれがおさえとくからさ。もちろん、全部おごるし。住所教えてくれりゃ、タクシーを迎えにもやるよ」

「いや、そこまではしてもらわなくていいけど」

「会うのはいいだろ？」

「もちろん。こっちからお願いしたいくらいだよ」

「じゃあ、その日の試合は、気合い入れて、なるべく早く片づけっからさ。日付が変わる前には、会えるようにするよ。あとは、えーと、そうだ、場所とかの希望はあるか？」

「できれば、銀座あたりがいいかな。高い店がいいとか、きれいなホステスがいる高級クラブに行ってみたいとかって意味じゃなく、銀座がいいんだ。歩いていけるから」

「あぁ。それも慎司から聞いた。ナオタ、その近くに住んでるんだよな。よし、銀座にしよう。決まったら、また電話するよ。じゃあな」

「じゃあ」

通話を終えると、さっそく、高見頼也の名で番号をケータイに登録した。それをしながら、頼みごととは何だろう、と思った。球界を代表するピッチャーが、大して親しくもなかったかつての同級生にする頼みごととは、いったい何だろう。

自分と高見頼也の関係について、あらためて思い返してみた。

同じ学校に通い、同じクラスにいたのは、三年四組のときの一年だけ。年度が変わって、二年生から三年生になったその四月に、頼也は四組に加わった。イギリスから帰国した牧田梨紗にばかり気が向いてしまうが、同じときに、頼也もよそから転校してきているのだ。

転校生男子にとって一番重要なことが何だかわかるだろうか。

一年後に自分も転校したから、僕はよくわかる。転校生にとって一番重要なのは、足が速いかどうかだ。勉強ができるかどうかはさほど重視されないが、スポーツができること、なかでも足が速いことは重視される。足さえ速ければ、どうにかなる。今はちがうかもしれない。でも二十年前から十九年前にかけてはそうだった。それが僕の実感だ。

幸いにも、僕は足が速かった。小学四年生になるときは、まだ速かった。だから、転校先の学校でも、ナメられなかった。父親がいないことはつつかれなかったし、母親が水商売を始めたこともつつかれなかった。

では頼也はどうだったかというと、もちろん、速かった。まだ野球を始めていなかったとはいえ、後にプロ選手になるくらいだから、運動能力はずば抜けて高かった。よって、足も速かった。だが僕よりは遅かった。

三年生最初の体育の授業。そのときは、さすがに緊張した。クラス一の俊足として、転校生には負けられなかったからだ。

黒岩先生は、クラス全員の期待を察したかのように、いきなり短距離走をやらせた。僕らはレースで同じ組になった(自然とそうなるものだ)。

「よーい、ドォン!」と、走る側の気が抜けてしまいそうな声で、クラス委員の南寛子が言った。

出遅れた。

一方の頼也は、見事なロケットスタートを見せた。

ヤバい、と思った。だが僕は加速型だった。たぶん、僕は生まれて初めて本気を出した。というより、初めて自然と本気が出た。今のおれ、速ぇ、と自分でも思った。そんなふうに思えたのは、このときの一度きりだ。

校庭に引かれた白いラインの手前で頼也を抜き、僕はゴールに飛びこんだ。

横から見ていた黒岩先生が言った。

「一位、小倉！　二位、高見！」

そう。思いだした。

ゴールした直後、頼也は僕のもとへ駆け寄ってきた。そして人なつっこく笑い、こう言ったのだ。

「速ぇなぁ。おれ、初めて負けたよ」と。

ほめられているのだと気づくのに、少し時間がかかった。で、気づいたあとは、単純に、いいやつだな、と思った。これが僕なら、くつのサイズがデカかったとか、走ってる途中で足をくじいたとか、そんな言い訳を口にしてしまいそうだから。

頼也は、半ば強引に僕の手をとって握手をし、ニカッと笑った。

「おれ、高見。よろしく」と頼也が言い、

「もう知ってるよ」と僕が言った。

以上。

これが僕の、頼也に関する最古の記憶だ。なので、この最初の体育の時間こそが僕と頼也の出会いだったとも言えるだろう。

あのまま、あの学校で四年に上がっていたら、たぶん、僕はあえなく頼也に最速の座を奪われていた。だがともに三年四組にいたその一年だけは、どうにか最速を守りとおすことができた。

頼也も、僕と好勝負を演じたことで一目置かれ、すぐにクラスに溶けこんだ。まあ、それがなくても、簡単に溶けこんでいたはずだ。何と言っても、彼は、嫌われるタイプのそれではなく、好かれるタイプのやんちゃ坊主だったから。

高見頼也とは、銀座の『鶏蘭《とりらん》』で会った。

年俸二億八千万円の男が行くのだから、安い店ではない。焼鳥屋というよりは鶏料理屋というべき店だ。

そこの個室で、夜十一時に待ち合わせることになった。九時すぎに頼也から電話がきて、そう言われたのだ。十一時には行けそうだから、それで頼むわ、と。

個室は、六畳分ほどの広さがある、言い換えれば、レーガンハウスの僕の部屋ほどの広さがある、文字どおりの個室だった。といっても、座敷ではなく、四人がけのテーブル席が用意された、和洋折衷の個室だ。座敷では腰やひざに負担がかかるので、頼也がそちらを望んだらしい。

例によって、新川から銀座まで歩き、店には十時五十五分に着いた。

すでに頼也は到着していた。

店員の女性に案内されて個室に入るときは、少し緊張した。何せ会うのは二十年ぶりなのだ。こちらはあちらをテレビでよく目にしているが、あちらはこちらを目にしてはいない。

「ではごゆっくり」と言われてドアが開けられ、イスに座っている頼也の背中が見えた。デカい、とまず思った。当たり前だが、そこにいたのは、小三のやんちゃ坊主ではなく、今まさにキャリアのピークにあるプロ野球選手だった。

「おぅ、久しぶり」と、頼也は三日ぶりぐらいの感じで言った。「悪いな、こんな時間に」

「いや、全然。時間があることだけが取り柄だから」

「最初、ビールでいい？」

「うん」

「じゃ、グラスのやつ、二つね」と頼也が言い、

「ビールをお二つ」と店員の女性が言って、

静かにドアが閉まった。

向かいの席に座り、頼也を正面から間近に見る。

あらためて思った。やっぱ、デカい。体の各パーツがいちいちしっかりしている。胸、肩、首。ややダボッとしたシャツを着ているが、それでも、その布地に包まれた筋肉が逞しく発達していることがわかる。実際に肉眼で拝める首だけを見ても、わかる。首がその太さで腕が針金のはずないな、と。

「料理はテキトーにって頼んどいたけど、いいかな?」と頼也が言い、

「いいよ」と僕が言った。

すぐにグラスのビールが運ばれてきたので、僕らはそれで乾杯した。スポーツ選手だから一気にグイッといってしまうのかと思いきや、そんなことはなかった。頼也は二口ほど飲んだだけで、あっさりグラスをコースターに置いた。

僕もまねした。第三のビールでない正真正銘のビールはやはりうまいので、グイッといきたかったのだが、おごられる立場上、遠慮したのだ。

「今日、すごかったみたいじゃん、試合」と僕が言い、

「ん? あぁ」と頼也が言った。

前に僕との電話で宣言していたとおり、高見頼也は、なるべく早く片づけていた。散

発の四安打、無四球の完封で、試合を終わらせていたのだ。相手ピッチャーの出来もよかったため、投手戦となり、スコアは二対〇。六時に始まった試合が、八時半には終わっていた。

「十一時には飲みはじめたかったからさ、結構、がんばったよ。相手のバッターも、みんな、初球から手を出してきてくれたし。それに、ほら、前の試合はブザマな負けだったろ？　連敗はしないって決めてんだよ、おれ」

「決めてできちゃうとこがすごいよ」

「なぁんて、うそ。結果オーライで言っただけ。決めてできるわけねーじゃん、そんなの」

煮たり焼いたり蒸したりした様々な鶏料理を味わうあいだに、僕らは様々な話をした。三年四組での一年間の話や、井口慎司の話や、野球の話なんかをだ。

頼也自身によれば、彼が野球を始めたのは、小学六年になるときだった。年齢で言えば、十一歳。将来プロ選手になる者としては、かなり遅いスタートだ。それだけでも充分驚かされるが、そのスタートがまたいきなり硬式だったというのだから、驚きはさらに増す。

きっかけは、母親のすすめだった。ゲームなどして日々ダラダラと過ごす頼也に、母、言う。あんた、野球でもやったら。頼也、答える。じゃあ、やる。そんな具合だったらしい。

そして母親が申し込みをすませた入団テストの当日。グラウンドを訪れた頼也は驚いた。自分が思っていた軟式野球ではなく、硬式野球だったからだ。母親は、あとで頼也に説明されても、軟式と硬式のちがいを理解できなかったという。結局、野球は野球なんでしょ? サッカーではなかったんでしょ? じゃあ、いいじゃない。と、そんなことをのたまったのだそうだ。

頼也はその入団テストに難なく合格し、懸命な説明を何度もくり返して、母親に硬式用のグラブを買ってもらった。なまじ軟式を挟まなかったことがよかったのかもな、と頼也は僕に言った。軟式に慣れちゃうとさ、硬式に転向するとき、やっぱ怖ぇだろ、と。

一時間が過ぎて、そんな話も一段落すると、頼也はようやく本日の用件を切りだした。

「ナオタさ、おれが結婚してんのは、知ってる?」

「知ってるよ。スポーツ紙の一面にもなったしね」

「それで、ナオタには、ある程度自由になる時間があるんだよな?」

「あるね。電話で言ったとおりだよ」

「で、こう言っちゃ何だけど、今、仕事はしてないわけだろ? 要するに、収入は、ないわけだろ？」

「ないね。コンクールに落ちたから、実はちょっとばかり期待してた賞金も、まったくもらえなかった」

頼也は両ひじをテーブルにつき、胸の高さで両手を組み合わせた。そして真顔で僕をまじまじと見つめてから、言った。

「そこで相談なんだけどさ、ナオタ、ウチのやつのあとつけてくんない？」

「は？」

「ウチのやつのあとをつけて、何かあやしいことがないか、調べてほしいんだよ」

「尾行するってこと？　頼也の奥さんを」

「そう」

「マジで言ってる？」

「マジで言ってるよ。でなきゃ、こんなとこに呼びだしたりしない」

「奥さんが、その、浮気とか何とかをしてるわけ？」

「してるかどうかはわからない。それを調べてほしい」

「てことは、疑っては、いる？」

「疑ってるといえば疑ってる。正直なとこ、おれらは、あんまりうまくいってないんだ。

というか、まったく、うまくいってない」

「奥さんは、歳上だった？」

「そう。二つ上。後援会の会長の紹介で知り合ったんだ。海運会社の社長の娘だよ。海運会社ってのが何をするとこなのか、おれはよく知らないし、そこの社長ってのが何をするのかもよく知らないけど」そして頼也はビールを一口飲み、こう続けた。「まあ、おれの考えが甘かったのかもしれない。ほら、プロ野球選手の奥さんて言われて湧くイメージってあるだろ？　料理を習って、栄養のバランスを考えて、カロリー計算をして。そんなふうにダンナをサポートする、みたいなの」

「あぁ。何となく、わかるよ」

「おれ、てっきり自分のとこもそうなるもんだと思ってたんだ。あいつもおれのことをサポートしてくれんだろうなって。でも甘かった。あいつ、メシなんかつくれないし、つくれるようになろうともしない。最近そうなったっていうんじゃなく、最初からずっとそうなんだ。まあ、それだけが原因てわけじゃないけど、そういうのって、案外大きいだろ？　毎日のことだからさ」

「うーん。そうかもね」

「でさ、あいつ、よく一人で出かけるんだよ。旅行にいくっていうんでもなく、買物に出るっていうんでもなく、ただ出かけるんだ。おれは、キャンプやら試合の遠征やらで、一年の半分は家を空けてるだろ？　そうなると、あいつ、おれがいないあいだに何やってんだろう、とも思うわけさ。チームのスケジュール表を見ればおれの居場所はわかるのに、おれのほうは、あいつがどこで何をしてるのか知らない。最近、そういうのがすごくいやなんだ」

「だいたい話はわかったけど。でも、一つ疑問があるな」

「何？」

「どうしておれなんだろう。どうしてほかの人じゃなく、おれなんだろう。素人じゃなく、専門の人たちにまかせるべきなんじゃないのかな。探偵とか、そんな人たちにさ」

「まあ、それはそうなんだけど。ああいうとこってのは、どうも信用できなくてさ。調査自体は、そりゃ、ちゃんとやるだろうけど、何か、情報が洩れそうな気がするんだよ」

「信用商売なんだから、それはないんじゃないの？」

無責任にそう言いはしたものの、一方で頼也の言うことも理解できた。

例えば、一つの探偵社に依頼しただけでも、そこに属する複数の人間が依頼内容を知ることにはなるだろう。なかには、直接調査に関わりはしないが報告書に目を通すことはできる、なんて人間も存在するはずだ。

「こういうことはさ、やっぱ、自分が知ってる人間に頼みたいんだよな」と、頼也は僕が思ったとおりのことを言った。「慎司からたまたまナオタのことを聞いて、そんなら頼めないかと思ったんだ。もちろん、時間をつかわせるんだから、それなりの礼はするつもりだよ。ということで、まずはこれを」

そして頼也は、バッグから何やら厚手の封筒のようなものを取りだして、僕に渡した。商品券だった。カード会社が発行している、デパートなんかの各小売店で金券として利用できるやつだ。

「まあ、友だち同士で現金てのも何だからさ、今日はこいつを持ってきたよ」

「結構厚いよ、これ」

「二十万円分ぐらいはあると思う。おれもわざわざ用意したわけじゃなく、前に何かでもらって家にあったのを持ってきただけだから、気にしないでつかってくれよ」

「いや、気にしないではつかえないよ。というか、その前に、やっぱ無理だよ、おれには。尾行のやり方なんか何も知らないのにうまくやれるとは思えない。女の人のあとをつけるっていうのも、ちょっと抵抗があるし」

「あいつにバレて、ナオタの立場がヤバくなったりしたら、事情を明かしてくれてかまわないよ。当たり前だけど、そのときはおれがすべて責任をとるから。そういうことで、やってくんないかな。おかしな言い方になるけど、軽い気持ちでやってくれていいんだ。それこそ気分転換とか、でなきゃナオタがやってるシナリオの材料にするってくらいの気持ちでさ」

「じゃあ、少し具体的なことを言うけど、例えば、奥さんがいつ出かけるかなんてわからないよね。それに、出てくるのをマンションの外で待つのもあやしい。どう考えたって、無理だよ」

「そのあたりに関しては問題ないよ。あいつ、昼は必ず外で食べるんで、いつも十二時くらいに家を出るんだ。だから、その前後だけ見張っててくれればいい。それと、マンションの前は広い歩道になってるから、正面玄関から少し離れた植込みの段に座ってても、全然あやしくないんだ。住人と待ち合わせをしてるか、ただ休んでるようにしか見えない」

「二十九歳の男が一人で三十分座ってても、あやしくない？」

「そう思うね。それに、その時間帯を過ぎたら、もうその日はやめにしてもらっていいよ。あとはあいつが何時ごろに出かけるのか、おれも知らないから」

「車で出ることはない？」

「それは、百パーない。あいつ、免許を持ってないんだよ。だからその心配はいらない」

「途中でタクシーに乗られるかも」

「それもない。あいつ、歩くのが好きだから。というより、タクシーがきらいだから。あの独特のにおいがいやなんだと。それから、運転手との面倒なやりとりも」

何だか僕に似てるな、と思った。ちょっとめんどくさそうな人だな、とも思った。もしかして、B型じゃないのか？　夫と同じように。

「何にしても、難しいと思うな」と僕はなおも言った。「一人の人間を完璧に尾行するには十人近くの人間が必要だって話を聞いたことがある。確かにそうだよね。尾行する側の人間だってトイレには行かなきゃならないし、顔を見られたらそこで引かなきゃならないんだから」

「まあ、それはそうだろうけどさ。そこまでの完璧さを求めるつもりはないよ。ナオタができる範囲でやってくれればいい。もしやってくれるなら、もっときちんとした形で礼はさせてもらうよ。それとは別に、かかった実費も払うし」

かかった実費も払う、と言ってしまったことで、きちんとした形の礼が現金支給を意味するのだということが明らかになった。

結局、頼也にしてみれば、僕＝小倉直丈はちょうどいい人材だったのかもしれない。例えば、僕よりもずっと親しい井口慎司にならこんなことは頼まなかったのではないだろうか。仮に慎司が今の僕と同じプータロー状態にあったとしても、その慎司に頼むという考えは思い浮かばなかったのではないだろうか。二十年も会っていなかったとはいえ知人ではある、小倉直丈。そんな意味で、僕は見込まれたのかもしれない。

そう考えると、これは自分にとってもそう悪い話ではないのではないか、という気もした。僕はシナリオを書きつづけて、ようやくあと一歩というところまできた。だがそこからは停滞を続けている。ならば、これ以上無理に書きつづけるのではなく、少し間を空けてみてもいいのではないか。何か自分とはまったく無関係なことに目を向けてみてもいいのではないか。書く気が起きないのなら、起きるまで待つべきなのではないか。ホトトギスは、鳴くまで待つのが正しいのではないか。

僕にそう思わせたのは、つまるところ、きちんとした形の礼だ。それは否定しない。その礼があれば、僕はもう少し長くシナリオを書きつづけることができる。もう少し長くシナリオに専念しつづけることができる。どう考えたって、それは悪い話ではない。

「ただ奥さんのあとをつけて、その日どこへ行ったのかを頼也に報告する。それだけでいいのかな」と、僕は試しにそんなことを言ってみた。

「充分だよ」と頼也。

「おれ如きでは何も明らかにできない可能性が高い。ものすごく高い。それでもいいのかな」

「ああ。いいよ」

「それと、途中でやめたくなったらやめるかもしれない。その自由はほしい。それでもいい？」

「いいよ。そのときはそのときで、しかたない」

年に二億八千万円を稼ぐというのは要するにこういうことなんだろう、と思った。つまり、成果が見込めない可能性が高いものにも躊躇《ちゅうちょ》なく金をつぎこめるということだ。

「今さら言うのも何だけどさ」と頼也は続けた。「その商品券は、話を受けてくれなくてもナオタにやるつもりだよ。こうやって話を聞いてくれたことへの礼として。だから、そこは気にしなくていい。受けてくれないなら返してもらう、なんてことはないから。で、それを理解してもらったうえで訊くけど、ほんとにやってくれるんだな？」

何だ、話を受けなくても商品券はくれんのか、と少しは思いつつ、そんなそぶりは見せずに僕は言った。

「やるよ」と。

「よし。じゃあ、これでもう大事な話は終わりだから、じゃんじゃん飲んでくれよ。何なら、店、かえるか？」

「いや、いいよ」

頼也がまたしてもビールを頼み、僕らはあらためて乾杯した。頼也の投手としてのさらなる活躍と、僕の探偵としてのささやかな活躍を期しての乾杯だ。

「そういやさ」と頼也が言った。「慎司と話したときに久々にその名前を聞いて、思いだしちゃったよ。今、どうしてんのかなぁ。牧田」

「あぁ」と、僕はいくらか複雑な心持ちで言った。「そうだな」

「あの事故のこと、ナオタは知らなかったんだってな」

「知らなかったよ。まったく知らなかった」

「これ、慎司から聞いたかな。おれらガキどもは邪魔になるってことで、葬式には行けなかったって」

「あぁ。聞いたよ。どこだかのセレモニーホールでやったんだよね」

「そう。ガキは、亡くなった兄ちゃんの知り合いに限られた。だから、おれに資格はなかった。けどさ、おれ、そのホールに行こうとしたんだよな、一人で」

「遠くにあるんじゃなかったっけ、それ」

「遠かった。大人たちはみんな車で行ったよ」

「頼也はどうやって？」

「チャリンコで。親にも慎司たちにもナイショで出かけたんだ」

「それで、どうした？」

「たどり着けなかった。自分でもアホだと思ったよ。場所を知らなかったんだ、おれ。知ってたのは、となり町のどっかにあるってことだけで。例えば電話帳か何かで正確な住所を調べて地図で見る、なんて知恵もなかった。まあ、小学校の四年になったばっかだから、どうせ地図を見たってわかんなかったろうけど」

「で、とにかくチャリンコで出かけてみたわけだ」

「そう。四年くらいだと、あんまり遠出とかしなかったろ？　学校からも禁止されてたし。だから、どこをどう走ったらどこに行くのか、全然わかんなくてさ。でもとにかくスタートしたんだよな。走りゃあどうにかなると思って。けど、甘かったね。となり町、広ぇの。ガキにしてみりゃ、自分の町以外は全部となり町だからさ、そのとなり町が延々と続くわけ。途中でもう、方角も何もまったくわかんなくなって、完全に、迷子。夢中で走ってたから、あれじゃ、そのホールの前を通ってたとしても、気づかなかったろうな。最終的によく戻れたと思うよ」

「葬儀に、出るつもりだったんだ？」

「いや。牧田に会おうって、ただそれだけだったな。葬儀がどうとかは、考えなかったよ。会いさえすればどうにかなるって思ったんだ。まあ、会ったところで、おぅ、とかそんなことしか言えなかったろうし、結局、会えなかったけど。家に帰ったの、もう夜の十時近くでさ、親にムチャクチャ怒られたよ。もう少しで警察に捜索願を出すところだったたって」

「理由は言った？」

「言わなかった。言えばもっと怒られてたろうし、それに、何か恥ずかしかったからさ。誰にも言ってないよ。そう。この話をしたこと自体、これが初めてかもしんない。それにしてもアホだよな。夜の十時近くに帰ったってことは、たぶん、五時間ぐらいチャリンコで走りまわってたんだぜ。スゲえよな、ガキは」

確かにすごい。だがすごいのは、ガキではなく、頼也だ。

もし僕が、その四年のときもまだ引っ越してなかったとして。

頼也と同じように、牧田家の悲惨な事故を知ったとして。

ガキどもは邪魔になるとの理由で、葬儀には行かないことになったとして。

頼也と同じように、僕はチャリンコのペダルをこぎだせただろうか。

セレモニーホールを訪れることを検討しただろうか。

梨紗にはどうせ学校で会えるんだから、と思いはしなかっただろうか。

そこで会うのを待つことだけが自分に許された道なのだと考えはしなかっただろうか。

牧田は今も元気だよ、というくらいのことは頼也に話してやるべきなのかな、と思った。だが、彼女がどう元気なのかを話すわけにはいかない。だから無理だ。

それに、彼女のことを話すとなると、僕自身のことも話さなければならない。自分がどんなに無様な形で彼女との再会を果たしたかということまで、話さなければならない。

それは無理だ。

「けど、まあ、あれか」と、頼也が独りごとのように言った。「あんだけかわいかったんだから、どうにかなってるよな。牧田」

「だといいな」

そう言って、僕は何杯めかの苦いビールを飲んだ。


翌々日。僕は探偵としての活動を開始した。

翌日から、とならなかったのは、前夜のアルコールが残っていて、とてもそれどころではなかったからだ。

高見頼也と会うことでの緊張。会ったあとの緩和。それらが僕の飲酒量をいつも以上に増やしてしまったらしい。結果、見事にアルコールが残り、とてもじゃないが、何か新しいことを始めようという気にはなれなかったのだ。

頼也は、港区にある高層マンションに住んでいた。関係が悪化しているとはいえ、もちろん、奥さんと一緒にだ。

その奥さんの名前は、高見美樹《みき》。年齢は、三十一。

プロ野球選手の奥さんは、百人いたら百人全員がきれいだ。そこに例外はない。と、少なくとも僕はそう考えてきたし、今もそう考えている。

で、もちろん、高見美樹も例外ではなかった。頼也から写真をもらった時点でそのことはわかっていたが、実物を見てやはりそう思った。ほら、例外はないよ、と。

細身で背が高く、ストレートな黒髪が、肩下三十センチくらいのところまで伸びていた。肌は白かったが、それは牧田梨紗のようなクリームがかった白さではなく、雪のような白さだった。いや。雪というよりは、かき氷。そう。牧田梨紗が練乳で、高見美樹はかき氷だ。

僕はマンションの外壁沿いの植込みの段に腰かけていた。頼也が言っていたとおり、彼女は正午にマンションのエントランスホールからその姿を現した。おかげで、待ち時間はたったの十分ですんだ。張り込みというよりは、ほとんど待ち合わせだ。

クラシックのヴァイオリニストみたいな人。彼女の第一印象はそれだった。美人ではあったが、プロ野球選手の奥さんという感じではなかった（偏見だ）。栄養のバランスを考えそうな感じでもなかったし、カロリーを計算しそうな感じでもなかった（やはり偏見だ）。家庭の匂いがしなかった、ということかもしれない。

彼女のあとをつけるのは、さすがに緊張した。すらりとした黒髪の美女。そのあとをつける、ヨレヨレのシャツにボロボロのジーンズの男。どう見てもストーカーだ。見つかったら言い逃れはできない。

幸い、彼女は振り向かなかった。ただの一度も、振り向かなかった。

ということは、高見美樹は何もやましさを抱えていないのだろうか。

いないだろう。と、簡単に結論が出た。

夫とうまくいっていないから浮気をするというのは、あまりにもチープであるような気がした。そのチープさは、高見美樹の優美な外見にふさわしくない。

高見美樹は、第一京浜を北へ進んだ。片側三車線ないし四車線ある第一京浜。その歩道を、ゆっくりと、だがしっかりした足どりで歩いた。歩くのが好きだと頼也も言っていたが、どうやらそれは本当らしい。薄い布地のゆったりしたパンツにスニーカー。服装から見ても、歩くつもりで出てきたことはまちがいないだろう。

二十五分ほど歩いたあたりで、彼女はようやく一軒の店に入った。通りから左に少し入ったところにあるカフェ。ドリンクやケーキのほかにも、サンドウィッチやパスタくらいなら出しそうなカフェだ。

見た感じ、初めからこのカフェを目指していたというわけではなさそうだった。そろそろランチにしようと考えていたところでたまたま目にとまったから入ってみた。そんな感じだ。

さてどうしよう、と思った。どちらかといえば女性向けの店。なかは狭そうでもないが、広そうでもない。男性の一人客として入ることは可能だが、そうすると、高見美樹に顔を見られてしまうかもしれない。顔を一度見られるくらいならいいが、その同じ顔を同じ日にまた別の場所で見たということになれば、それは記憶に残るだろう。そして疑念へとつながりもするだろう。

結局、店に入るのはやめておくことにした。代わりに、僕は遠めからそれとなくカフェの写真を撮った。デジカメは持っていないから、ケータイでだ。

さらに、彼女の入店時刻を同じくケータイの音声メモに残し、ついでに店の名前と、看板に書かれていた電話番号をも同様に残した。こうした細かなことがあとで役立つかもしれない。そう考えただけで、仕事に対する充実感を覚えた。

それからは、できることもなく、ただウロウロした。店の前を何度も通るのは不自然なので、その周辺を、行きつ戻りつした。そして思った。別に身の危険はないし、ぽかぽか陽気で過ごしやすい。なのにツラいな、これ。と。

きっちり一時間でカフェを出ると、高見美樹は再び第一京浜を北へ向かった。北へというのは、つまり東京駅方面、中央区方面へということだ。

新橋でJRの高架をくぐり、東京高速道路の高架をもくぐって銀座に進入し、そこを縦断した。そしてかつての僕の勤務先がある京橋で中央通りを左のわき道に折れ、八重洲ブックセンターに入った。

僕もなじみの場所であるだけに、そこでの尾行は一転してラクだった。何より、自分が立ち止まったり、あたりを見まわしたりしても不自然ではないところがよかった。相手を様々な角度からじっくりと観察できるところもよかった。

高見美樹は、本を手にとったりとらなかったりしながら、店内を散策した。僕も、本を手にとったりとらなかったりしながら、散策者ふうに尾行をした。一階から散策を開始した高見美樹は、エスカレーターで各階を移動し、最後にはまた一階へと戻った。で、何も買わずに店を出た。

ちょっとでも気を引かれた本は片っぱしから買ってしまうのだろうと予想していたから、それには少し驚かされた。この手の大型書店は、まとめ買いをすれば配送も請け負ってくれるはずなので、お金持ちらしく、そのサービスを利用するものとばかり思っていたのだ。だが彼女は本を一冊も買わなかった。もちろん、スリルを味わうための万引きもしなかった。どうやら、ここへも明確な目的があって来たのではないらしい。

僕は、高見美樹に対する人物評価を上方修正した。ダンナに料理をつくらない、ちょっとめんどくさそうな人、から、本屋を散策することの楽しさを知っている、知的な黒髪の美女、へと。

八重洲ブックセンターを出た高見美樹は、それ以上北へ進むことはせず、外堀通りを南へと戻った。そして左へ右へと一度ずつ曲がり、並木通りのカフェに入った。会社勤めをしてたころに僕がよく行っていた銀座一丁目のバー『穴蔵《あなぐら》』の近く。二丁目にある店だ。

というわけで、またしても迷ったが、そこもたまに利用する店だったので、もう思いきって入ってしまうことにした。

店の奥、カウンターに最も近いテーブル席に、高見美樹は座っていた。なので、僕は、通りに最も近い窓際の席を選んだ。壁面が背もたれになるように設えられた長イス。その同じ長イスに、ほかのテーブル席三つを挟んで僕も彼女も座っている、という形だ。

注文した飲みもの（カプチーノ）がくると、彼女は、小さなバッグから紙カバーが付けられた文庫本を出して、それを読みはじめた。

これなら少し時間の余裕があるだろうと思い、僕はブレンドコーヒーのほかに、追加でチーズケーキを注文した。尾行開始から何も食べていなかったので、猛烈に腹が減っていたのだ。

念のため、急いでそのケーキを食べたのだが、食べ終えてからも、高見美樹に動きだしそうな気配は見られなかった。そんならとばかりに、僕はバッグからメモ帳とボールペンを取りだして、ここまでの経緯を記録した。そして、外の並木通りを行く人々の姿を眺めながら、考えた。

高見美樹は、ここでいったい何をしているのだろう。主婦というよりは、OLみたいだ。友人のいないOL。その休日。大して金をつかわないことも、奇妙に感じられる。もっと散財してもよさそうなものだ。そうできるだけの資格はあるんだから。

彼女が月に百万つかったとしても、一年で千二百万。年収二億八千万のダンナをもつ妻なら許容範囲ではないかという気がする。いやがられはするにしても、許されるので

はないだろうか。それとも、夫婦関係がうまくいっていないからそうもできないという
ことなのだろうか。

一時間ばかり読書をして、高見美樹はそのカフェをあとにした。

高見美樹が出ていき、店のドアが閉まるのを待って、僕も席を立った。お釣りの小銭が切れてしまったとかで、会計の際に少し待たされた。必要経費として認めてほしければ領収書を提出しろ、などと頼也に言われてはいなかったので、レシートだけもらった。

店を出ると、高見美樹が向かった銀座四丁目方面へと向かった。そして、あせった。

彼女の姿が見えないのだ。

あわてて走っていき、十字路に出た。左を見て、右を見る。

いた。何のことはない。ただ右に曲がっただけだった。

大げさな反応を示してしまった自分を恥ずかしく思い、もう一度左右を見まわすなどのムダな演技をして、お茶を濁した（誰に？）。

高見美樹は、数寄屋橋交差点の手前で地下鉄の出入口に入り、階段を下りた。

もちろん、あとに続いた。しかも、距離をやや詰めるなどして。

彼女は地下道を歩いた。七分以上も、歩いた。

もしかして、僕をまきにかかるつもりでは。

ちがった。都営三田線の日比谷駅に行きたかっただけだ。

自動券売機で彼女が百七十円のキップを買ったのを背後から確認して、同じものを買う。ターゲットに接近するリスクを冒すくらいなら初めから高めのキップを買えばいいのだが、依頼者にムダな出費を強いるわけにはいかない。

自動改札を通って、ホームへの階段を下りる。夕方の五時台という時間帯もあってか、電車はすぐに来た。

映画『フレンチ・コネクション』で、ジーン・ハックマン扮《ふん》する刑事ドイルが、フェルナンド・レイ扮するシャルニエにやられるように、乗って、降りて、また乗る、という小細工をされてまかれるのでは、と不安になったが、そんなことはなかった。その不安感を僕が勝手に楽しんだというだけの話で。

電車に乗りこむと、高見美樹は、つきあたりのドア、すなわち進行方向に向かって左のドアのすぐ近くに立った。僕はそこから一つ後ろのドアのわきに立って、ほかの乗客たちのすき間から彼女の様子をうかがった。反対のドア側に立つべきかとも思ったが、彼女が不意にシャルニエ化《か》した場合の対応に困るので、同じ側にした。

三田駅で、彼女は普通に電車を降りた。そこは彼女と頼也が住むマンションの最寄駅だ。不審な点は何もない。

僕も同じく電車を降りて、彼女のあとを追った。

高見美樹は、上りのエスカレーターではなく、階段を使った。女性にそんなことをされると好感をもってしまうなぁ、などと思いつつ、僕はエスカレーターに乗った。いつもは階段を使うのだが、今は彼女との距離をとりたかったのだ。

だが、彼女はゆっくりと階段を上ったので、階上への到着がほぼ同時になってしまった。そこで僕は、人の流れから外れて左にそれ、ジーンズのポケットからケータイを取りだして、その画面に目をやった。つまり、メールをチェックするふりをしたわけだ。

地下から地上に出ると、高見美樹は、信号が青になるのを待って第一京浜を渡り、マンションまでの最短コースを歩いた。どこにも寄道はしなかった。料理をつくらないのだから、夕飯に何か買っていくだろうと予想していたのだが、それもなかった。

ケータリングサービスとか、そんなものを頼むのかもしれない。最近は、和洋中を問わず、かなり豪華な料理のそれもあると聞く。もはや高見美樹のような女性が料理などする必要はないのだろう。カロリー計算なんかにしても、そういうところのシェフのほうがよっぽどうまくやってくれそうだし。

午後五時四十七分。高見美樹は、エントランスホールの奥に消えた。

これからまた彼女が外出するとは考えにくい。だが、夜用のドレスに着替えをすませてすぐに出ていく、なんてことも、あり得なくはない。

自分がヒマだということもあって、三十分だけ待ってみることにした。あやしまれないよう、エントランスホールに目が届く範囲で、一方通行の車道よりも広い歩道を行ったり来たりする。

で、何もない平和な三十分が過ぎ、僕は初日の探偵業務を終えた。

疲れた。

そんな、小学校低学年並みの感想しかなかった。

今日一日、特筆すべきことはなかった。だが特筆すべきことはなかったという事実がわかったという意味において意味はあったのだ、と自らに言い聞かせて、僕は新川への帰路についた。

これといった動きがないときは報告しなくていいと頼也には言われていたが、初日ということで、今日だけはやはり報告しておくことにした。三田駅に向かって歩きながら、頼也にメールを送る。

〈奥さん、正午に出発。街を歩き、カフェでランチをとり、書店に入り、カフェで休み、地下鉄で帰宅。そんな感じ〉

何時何分に何という名のカフェに入ったとかいうきちんとした報告書も作成し、あとで渡すつもりだ。頼也のためにというよりは、自分のために。そうでもしないと、職業探偵として、見返りを享受する気にはなれないから。

翌日も、高見美樹がとった行動は、前日とほぼ同じだった。

正午に家を出て、歩き、途中でカフェに入り、その日は本屋ではなく銀座のデパートに入り、またカフェで休み、地下鉄で帰る。それだけだった。

何も買わなかったし、誰とも会わなかった。ケータイで電話をかけることもなかったし、ケータイに電話がかかってくることもなかった。化粧室でそれらが行われたのでなければの話だが。

帰宅時刻も、前日とほぼ同じ、午後六時前。

だが僕のほうは前日とはちがい、そのあとの三十分の張り込みはしなかった。

とはいえ、急いで帰ったところで別にすることもないので、その日は新川まで歩くことにした。交通費を架空請求するために、ではない。純粋なヒマつぶしのためにだ。

そして選んだのは、昼間も歩いた第一京浜ではなく、海岸通りだった。名前からくるイメージを見事に裏切り、首都高の高架のせいで歩行者はロクに空も拝めないその海岸通りを歩きながら、早くも、こんなことをして何になるんだろうか、と思いはじめた。

ここ二日はたまたまそうだったからよかったが、正午前後ではない時間帯に出かけられるだけで、僕は高見美樹に逃げられてしまう。そんなルーズな尾行は、普通、ないだろう。やるならもっと人手を増やし、交代制であたらなければダメだ。

それに、僕自身の気力も続かない。主体的にするのでない行動は案外タイクツなものなのだと、この二日でわかった。昨日は初日だったこともあり、すべてのことが新鮮だったが、もう今日はそうじゃなかった。要するに、飽きてしまったのだ。

浜離宮や築地市場や築地本願寺のわきを通って、およそ一時間で新川へとたどり着き、僕はいつも利用するコンビニに入った。

そこで夕食用の鶏そぼろ弁当（三百九十円ナリ）を買って、外に出る。

と、背後から声をかけられた。

「小倉さん」

振り向いたその先には、実際にはそうみにくくないあひるの子がいた。菊池澄香だ。気づかなかったが、彼女も同じコンビニにいたらしい。

時刻はまだ午後七時を過ぎたあたり。あやうく、今日は早いね、と言いそうになった。ドスドスドスン！　のせいで、彼女の生活パターンを知ってしまっていたからだ。

「あぁ、どうも。今、帰り？」

「はい。小倉さんもですか？」

「そう」と言ってしまった以上、一緒に帰るしかなかった。同じアパートに住む者が、あいさつを交わしておきながら別々に帰る、というのも変なので。

でもそもそもはドスドスドスン！　の被害者と加害者なわけだし、並んで歩くのも何か気づまりだよなぁ、と思ったが、菊池澄香のほうはそんなことを露ほども感じていないらしく、いきなりこんなことを言ってきた。

「小倉さんて、仕事は何をしてるんですか？」

いきなりのストレートパンチ。最初はジャブだろ、普通、と思いながら、返事をした。

「うーん。まあ、自営というか、何というか」

「あのアパートで、自営。見た感じ、占い師とかじゃなさそうだから、そうなると、インターネットで株取引、とかですか？」

「ちがうよ。ネット、つないでないし」

「でも、自営ってことは、会社とかで働いてるわけではないってことですよね？」

「まあ、そうだね」

「じゃあ、何だろう」

うーん、と、菊池澄香がそのぽってりした唇をとがらせて考えこむのを見て、別にいいか、と思い、自ら言った。

「シナリオを書いてるんだよ」

シナリオ？　あの、映画とかのですか？　すごーい」

「全然すごくない。まだ目指してるって段階だから」

「あ、じゃあ、あれですね？

「いや、二十九で夢を追うも何もないんだけどさ」

「え？　小倉さん、二十九歳なんですか？　見えなーい。ってこともないけど、でも若い。わたし、自分より少し上くらいかと思ってましたもん」

「君はいくつなの？」

「二十三です」

「じゃ、かなり上だな。君は何してるの？　仕事」

「今は何もしてません。会社、やめちゃいました」

「でも、帰りとか、いつも遅かったよね？」と、そこはつい言ってしまった。

「え？　何で知ってるんですか？」

「それは、ほら、あの、天井から音が聞こえてくる時間が、結構、遅かったから」

リストラされたサラリーマンみたいに。で、渋谷に行ったり何だりして、遊んでました」

「部屋に閉じこもってるのもいやで、毎朝、会社に行くのと同じ時間に出てたんですよ。

「けど、朝も早かったよね？」

「あぁ。飲み歩いてたんですよ、毎日」


そこで会話が途切れ、僕らはちょうどレーガンハウスに着いた。

じゃあね、と言おうとしたら、先に菊池澄香が言った。

「あの、小倉さん。ちょっとだけ、部屋に上げてもらえませんか？」

「え？　どうして？」

「別に変な意味じゃないんです。二階の音、下にどのくらい響くのかなぁ、と思って」

「あぁ。なるほど」

そういうことなら望むところだ。むしろ、こちらからお願いしたい。

というわけで、僕は彼女を部屋に上げることにした。

「じゃあ、これ」と玄関で彼女は言い、僕に一本のカギを手渡した。

「何？」

「わたしの部屋のカギ。上で小倉さんが音を出してくれないとわからないから」

「あぁ。まあ、それもそうか」と納得しかけて、言う。「けど、何？　おれが、一人で君の部屋に入るの？」

当たり前でしょ、とばかりに菊池澄香がうなずく。

「それは、ちょっと、どうだろう。君、いやじゃないの？」

「いやじゃないですよ。だって、小倉さん、もう知らない人じゃないし。かまいませんよ、入ってもらって。そうしないと、音、出せないでしょ？」

「まあねぇ」

「じゃ、お願いしまーす」

僕はしかたなくサンダルをつっかけて、彼女と入れ代わりに自分の部屋を出た。そして小走りに鉄製の階段を上って、二〇一号室の前に行き、渡されたカギでドアを開けた。やわらかく鼻をくすぐってきたその匂いで、そこが女性の部屋であることがわかった。自分の部屋でも同じようなことがあったのだろうな、と思った。菊池澄香が、臭い！などと感じてなければいいが。

なかに入ると、まず廊下の電気をつけた。僕の部屋と造りがまったく同じなので、スイッチがどこか手探りする必要はなかった。

明るくなると同時に僕の目に飛びこんできたのは、ブラジャーだった。それは、僕の顔から五十センチと離れていないところにあった。洗濯物として、部屋干しされていたのだ。バスルームのドア枠に掛けられた角ハンガーに吊るされるなどして。

サンダルを脱いで板張りの床に上がると、それら洗濯物だけでなく、あらゆる室内のものに手を触れないよう気をつけながら、流しの前を通って、奥へと進んだ。

冷蔵庫の位置やベッドの位置やテレビの位置は、僕のところとほぼ同じだった。これについてはほかの六室もそうだろう。コンセントの配置から決めていくと、そんなふうにしかならないのだ。

脱ぎ捨てられたパジャマが、ベッドの上でクシャクシャになっていた。

うーむ。これが、そこから飛び降りることで、あの強烈なドスン！　を生みだしていたベッドか。

同じ音を出すためには、やはり僕もベッドから飛び降りるべきだったが、さすがにそれはためらわれたので、その場で飛びはねるだけにした。

ジャンプして、着地。ドスン！

次いで、かかとに重心をかけてドスドスと部屋を歩き、玄関まで戻った。

再びサンダルをつっかけて外に出ると、念のためドアにカギをかけて、階段を駆け下り、自室のドアを開けた。

「どう？」

「うるさいことはうるさいけど、今のだけじゃ、よくわかんないですね」

「じゃあ、もう一回やってくるよ」

そう言って部屋を出ようとした僕の背中に、菊池澄香が言った。

「いちいち上り下りするのは大変だから、電話をつかいましょうよ」

「あぁ、そうか。それもそうだね」

そんなわけで、僕らはその場でケータイの電話番号を交換した。具体的には、僕が口述した自分のケータイ番号に、彼女が電話をかけた。

それから二階に戻り、さっきよりもやや強めのドスン！　を二度やった。

そして一階の菊池澄香に電話をかける。

「今のは？」

「うーん。まあまあうるさい、ですかね」

「さっきよりは強めにしてみたんだけど」

「あ、じゃあ、ベッドに横になって聞いてみますよ」

「うん。そうして」

電話を切る。

ドスン！　ドスドス。ドス。ドスン！

電話。

「どうだった？」

「うーん。わたしなら、あんまり気にならないかなぁ」

マズい。

「じゃあ、まだ弱いんだな。もう一回ね」

切る。

ドスン！　ドス、ドス。ドスン！　ドスン！

電話。

「あのさ、やりながら思ったんだけど、君がいつもどのくらいの感じで歩いてるのかをおれが知らなきゃダメなんじゃないかな」

「それは、そうですね」

「だからさ、ちょっとこっちに来てみてよ」

「いいですけど。何かめんどくさいですね、行ったり来たりするの」

「でも、それをやんないとわかんないからさ」

「もういいですよ」

「え？」

「たとえわたしがうるさくないと感じたとしても、小倉さんがうるさいと感じたのは事実なんだし。それに、わたしが上で小倉さんが下である以上、大事なのは小倉さんがどう感じるかだし」

「まあ、そうなんだけどね」

「これからもわたしが気をつけるってことで、いいですよね？」

「いいけど。じゃあ、終わりにする？」

「そうしましょう」

「なら、そっちに戻るよ」

切る。

何か、実はうるさくなかったみたいな感じになってないか？　と思いつつ一階に戻ると、菊池澄香はまだ僕のベッドに寝そべっていた。そして、僕が差しだした彼女の部屋のカギを受けとりながら言った。

「結局、一人二役できないとわかんないですね」

「まあ、確かにね」

「すいません。わたしから言いだしたのに」

「いや。大げさに言ったんではないってことさえわかってもらえれば、おれはいいんだけど」

「あ、それはだいじょうぶ」菊池澄香は身を起こし、足だけを床に降ろしてベッドの縁に座った。「小倉さん、そんな人には見えないですもん。まあ、こうやって、話をする間柄になれたから、わかったんですけどね」

ってことは、話をする間柄になる前は、やはり大げさだと思ってたのか？

そんな僕の疑念には思い至らず、菊池澄香はのんきな質問をしてきた。

「そのパソコンで書いてるんですか？　シナリオ」

「そう」

「何か、ストイックな感じしますよね。部屋にこもってそれだけをやってるって」

「ストイックでも何でもないよ。実際には散歩もするし、遠出もする（尾行だってするのだ）。一日中こもってることなんて、まずないからね」

「ふぅん」と言い、菊池澄香は、あらためて室内を見まわした。

「あのさ」

「はい？」

部屋に戻らなくていいのかな、と言うつもりで口を開いたのだが、実際に出てきた言葉はこうだった。

「えーと、何ならお茶でも飲んでいく？」

「あ、うれしい。もらいます」

というわけで、冷たいお茶を注いだグラスを、菊池澄香に手渡した。

彼女はベッドに座ったままだったので、僕はテーブルの前のイスに座った。

「ここって、家賃、高くないですか？」と菊池澄香が尋ね、

「むしろ安いくらいじゃないかな」と僕が答えた。

「そうなんですかねぇ」

「相場より安いと思うよ」

「にしても、会社やめちゃったわたしには高いですよ」

「となると、二年前にやめちゃったおれには、もっと高いね」

「あぁ。それまでは勤めてたんですか、会社に」

「夢を追っても金は湧かないからね」と皮肉を言った。

無視された。通じなかったのかもしれない。

「でも、やめたのが二年前って、よくお金が続きますね。もしかして実家がお金持ちだとか？」

「まさか。勤めてたときの貯金を、ただとり崩してるだけだよ」

「お金が入ってこないことへの不安て、キツいですよね」

「キツいね。入ってこないあいだも、歳はとるわけだし」

「だから小倉さん、バイトでもいいから、何か紹介してくれませんか？」

「そんなツテはないよ」

「わたし、このままだと、フーゾクで働かなきゃいけなくなるかも」

やめたほうがいい、とは言えなかった。僕にそんなことを言う資格はない。その代わりに、こう言った。

「どうして会社やめちゃったの？」

「周りとの関係でいろいろあって。わたし、フリンしてたんですよ、職場の先輩と」

あらら。そこまで言っちゃうんだ、簡単に。

「もちろん、奥さんから奪いとる気なんかなくて、その人のことを好きになっちゃっただけなんですけど。ただ、彼、変なクセがあったんですよね。クセというよりは、セーヘキっていうのかな」

セーヘキ。性癖？

「写真を撮りたがるんですよ、ベッドで。わたし、最初はすごくいやだったんですけど、彼がどうしてもって言うから」

うーむ。

「それで、奥さんに子どもができて。彼が別れたいって言いだして。わたしはいやだって言ったの。このままでもいいからって。でも、彼はどうしても別れるって。別れないならあの写真はどうなるだろうねって」

彼。すごい男だ。普通、逆じゃないだろうか。女のほうが別れたいと言いだして、それで、男が言うのだ。どうしても別れるなら、この写真をバラまくぞ、と。

僕はそこで久しぶりに口を開いた。

「もしかして、彼はそのために写真を撮ってたってこと？」

「ん？」菊池澄香は不思議そうな顔で僕を見た。「どういう意味ですか？」

「だから、初めからそういう事態を見越してて、いざというときの保険のために写真を撮っておいたんじゃないかってこと。性癖なんかではなく」

「あぁ。そういうふうに考えたこと、なかった。頭いいですね、小倉さん」

いや、頭がいいとか悪いとかじゃなく、誰だって考えることだろう。遅くとも、脅されたあとには。

「あの人、すごくエッチだったから、ずっと、好きで撮ってるんだと思ってました」

まあ、好きは好きだったのかもしれない。その趣味に、実益を兼ねさせたのだ。

「こう言っちゃ何だけど、彼は、ほかの誰かとも、そういうことをしてたんじゃないかな。思い当たるようなこと、ない？」

「疑ったことなら、あります。浮気をしてるんじゃないかって」

浮気って、しかし。

「でも彼はわたしのことが一番好きだって言うし」

それはそうだろう。お前のことは二番めに好きだ、なんて言う男はいない。

「ともかく、そんなことがあって居づらくなっちゃったから、会社やめたんですよ、わたし」

「未練とか、そういうのはなかったの？　彼に」

「うーん。ちょっとはありましたけど。でも、写真はどうなるだろうねって言われて、何なんだこの人って思った時点で消えちゃったかなぁ」

何なんだこの人。僕なんかは、彼に対してというよりも、この菊池澄香に対して、そう思ってしまう。

「小倉さんは、ベッドで写真とか、撮ります？」

「は？　撮らないよ。撮りたいと思ったことなんて一度もない」

うそじゃない。これは事実だ。

そもそも、僕は写真というものがあまり好きではない。だから撮らない。だから持たない。普通の写真ですら一枚も持たないのに、よりにもよって性行為を撮った写真だけを残しておくなんて絶対にいやだな、と思う。あまりにも強く思いすぎたせいで、短編のシナリオでもそんな話を書いたことがあるくらいだ。そう。調子に乗って女漁りを続けていた男が、逆に女の子に撮影されて脅される、という話を。まあ、映像化できるような話ではないので、コンクールに送ったことはないが。

しかしそれにしても菊池澄香は無防備だ。あまりにも無防備すぎる。

だから、自分の不倫のことを、素姓のしれない僕なんかに平気で話してしまうし、ベッドで写真とか、撮ります？　なんてことを平気で尋ねてしまう。だから、大して考えもせずに不倫をしてしまうし、大して考えもせずに写真も撮らせてしまう。だから、隣にどんな人間が潜んでいるかもわからないこの都会のアパートで、ドスドスドスン！と大きな音も立ててしまう。

自分の話に飽きたのか、菊池澄香は言った。

「わたしよくわかんないんですけど、シナリオって、書くの難しいんですか？」

「そうだなぁ。飾りという飾りを一切省けるって意味では難しくないけど、ムダというムダを一切省かなきゃならないって意味では難しいかもね」

「そんなふうに難しく言わないでくださいよ。結局どっちなのか、わかんなくなっちゃう」

「まあ、書くのはともかくとして、読むのは簡単だよ。余計な描写がないから、誰にでもすらすら読める。そこを目指して書かれてるからね。その、何よりもまず話をわかりやすく伝えるってとこを目指して」

「読むのが簡単なら、読みたいな。わたし、バカだから小説とか読めないんだけど、それなら読めるかも。読ませてもらえませんか？」

そんなことを自分から言ってくれる子は、滅多にいない。たまにはいるが、実際に原稿を渡しても、きちんと読んではくれないし、感想も聞かせてはくれない。渡してそれっきりになる、というのがほとんどだ。

「まあ、ほら、あれだよ」と僕はごまかしにかかる。「今は印刷した原稿がないからさ」

「印刷、してもらえませんか？」

「もう夜だし、うるさいよ。そのプリンター、旧型で、かなりやかましいからさ」

「読みたいなぁ」

「そのうちにね」

「印刷、してくれない気でしょ」

「いや、そんなことない。するよ」

「じゃあ、明日、してくれます？」

「え？　明日は、えーと、無理だな。ちょっと、出なきゃいけないから」

そう。出なきゃいけない。僕は探偵なのだ。ナイショだけど。

「それ、ほんとですか？」

「ほんとだよ。マジでほんと」

「じゃあ、明日の昼間、上でドスンドスンしちゃいますよ？」

「昼ならかまわないよ。夕方の六時くらいまでなら」

「何だ。じゃあ、ほんとなんだ」

「だからほんとだって」

「じゃ、できるだけ早くしてくださいよ。印刷」

「わかった。するよ」

「わたし、ほんとに読みたいんだから。約束ですよ」

「うん。約束」（何だ、それ）

「じゃあ、今日は帰ります。お茶、ごちそうさまでした」

菊池澄香はそう言って立ち上がり、玄関まで歩いていった。ベッドから降りるドスン！　で始め、ドス、ドス、ドス、と音を立てるなどして。

あぁ、なるほど、と僕は思った。

そうやって歩くのね、と。

あひるだけどやっぱり恐竜でもあるのね、と。

アヒルザウルスなのね、と。

翌日は土曜日だった。

そして、尾行三日めにして、早くもターゲットに動きがあった。

男と密会したのだ。高見美樹が。

それは、密会というにはあまりにもオープンな密会だった。ほとんど、公開密会だ。だが夫である高見頼也は広島に遠征中なのだから、コソコソする必要はない。そう考えれば、納得することができた。誰がって、僕が。

高見美樹がエントランスホールから出てきたのは、前の二日よりもやや遅めの十二時二十八分だった。土、日は行動に変化があるかもしれないと思い、十二時半までは待つことにした自分を、まずはほめ称えた。

高見美樹は、いつものように歩いたりはせず、いきなり地下鉄に乗った。

そして某駅で降り、某ホテルに入った。ラブホテルではない。ビジネスホテルでもない。要するに、高そうなホテルだ。エラソーな人が泊まりそうな感じの。

迷いこそしたが、ここが勝負どころだとばかりに、僕もあとに続いた。

高見美樹は、フロントへは向かわず、その手前に入口があるティーラウンジに入った。

コーヒー一杯が高そうだな、まあ、これは経費だよな、と思いながら、そこでも果敢にあとに続く。

制服を着たウェイトレスに、「お一人様ですか?」と訊かれたので、「はい」と答え、「お待ち合わせですか?」とも訊かれたので、「みたいなもんです」と答えた。怪訝な顔のウェイトレスに二人がけの席に案内されてイスに座り、コーヒーを頼んだ。そして、それとなくあたりを見まわしてみた。

座席数は多かったが、天井が高く、広々としていたので、このフロア中央の席からでも、高見美樹の姿を確認することができた。

彼女は窓際の席に座っていた。明るいが直射日光にさらされはしない、いい席だ。

向かいには、初老の男性が座っていた。

白いものが交ざったために全体としてグレーに見える髪を丁寧に撫でつけたその男は、土曜日だというのに濃紺のスーツを着ていた。生地も仕立てもいいスーツ。どうせ、ナントカーニだのナントカーノだのいうイタリア人がデザインしたものだろう。またそれが、大柄なその男によく似合っていた。

いざこうなると、あせった。僕は高見頼也側の人間だ。旧友の妻が不倫ということになれば、やはり心穏やかではいられない。しかも、これはあまりにも不倫然とした不倫だ。自分たちの性行為をカメラで撮影してしまうような安い社内不倫とはわけがちがう。二人は穏やかに談笑していた。ともに寛いだ様子だった。会話をしている時間に、時おり、黙っている時間が交ざった。それでも、そこに不自然さはなかった。そのことがむしろ二人の成熟した関係を表しているようにも思われた。

高見美樹が到着してから四十分ほどで、二人は席を立ち、ティーラウンジをあとにした。

僕は探偵として身構えた。さらなる勝負どころだと思ったからだ。二人がそのままホテルの部屋へ消えていくのかどうか、それを確かめなければならない。

二人は、エレベーターに向かうのではなく、表玄関から外に出た。

そして、何と、すぐ前のロータリーに停まっていたタクシーに乗りこんだ。

やられた、と思った。二人に、やったつもりはないだろう。でも、やられた。
タクシーはその一台しかいなかった。
したがって、こんな場面は幻に終わった。

直丈、続いてやってきたタクシーに乗りこむ。
直丈「前のタクシーを追ってくれ。まかれなかったら、金は倍払う」
運転手「ようがす。追いやしょう」
タクシー、発進する。
運転手「ダンナ。刑事さんですか？」
直丈「君の仕事は質問ではない。日頃鍛えた運転の腕を見せることだ」
運転手「わかってやすって。おっ、まきにかかったな。こいつはおもしろくなってきた。ダンナ、ちょいと飛ばしますぜ」

現実には、そう都合よく後続のタクシーがやってきたりはしないし、江戸っ子ふうの気のいい運転手が存在したりもしない。タクシーに乗られて、その後ろ姿を呆然と見送って、見えなくなってもまだ立ち尽くして、それでおしまい。

徒歩探偵は、こうして一敗地に塗れた。ここでタクシーを使うなんてズリィよ、と思った。待ち合わせをしてタクシーに乗るって、それ、おかしいじゃん。だったら、タクシーを使わなくてすむ場所で待ち合わせをしてくれればいいじゃん。

でも、まあ、都会の金持ちのタクシーの使い方なんて、こんなものかもしれない。二人がここから三百メートル離れたところにあるフレンチレストランの前で車を降りたとしても不思議ではないし、一気に熱海まで行ってしまったとしても不思議ではない。

ターゲットを見失うことで、午後二時前にこの日の仕事を終えた僕は、しかたなくぶらぶらと五十分歩いて八重洲ブックセンターへ行き、探偵や尾行に関する本を立ち読みした。

そこには、ほほう、と感心させられることがいろいろと書かれていたが、結局、わかったのは、やっぱ一人じゃ無理ということだった。尾行には先々への予測が不可欠で、そのすべてに一人で対処することなど、とうてい不可能なのだ。まあ、初めからわかっていたことではあるが。

それから、銀座一丁目の喫茶『銀《ぎん》』に入り、うまいマンデリンを飲みながら、今日あった事柄をメモ帳に書いて整理した。

〈動き有。電話待つ。何時でも可〉

そんなメールを頼也に送信したのが午後五時で、歩いて新川へ戻ったのが、一時間後の午後六時だった。

バスルームでうがいと手洗いをすませ、ジーンズをジャージに穿き替える。

すると、それを待っていたかのように、インタホンのチャイムが鳴った。

ウィンウォーン。

誰が来たのか、何となく、予想はできた。僕の予想はいつも外れる。でも、当たった。

菊池澄香。正解。

「印刷してくれました？」と彼女が言い、

「まだ。今帰ってきたばかりだよ」と僕が言った。

「じゃあ、これから印刷しましょうよ。今ならまだうるさいって時間じゃないでしょ？」

「今日は飲み歩かないの？」

「もうあきちゃいました。出会い系で会う男って、みんな同じなんだもん。結局、目的は一つだし」

「そういう人たちと、飲み歩いてたわけ？」

「いつもではないですけど、相手がいないときは。便利なんですよ。〈今夜飲みに行ける？〉ってメール一つで、ほいほい来ますもん。お前、すごく忙しい会社員のはずだろって文句言いたくなっちゃう」

「あぶなくないの？」

「メールのアドレスしか教えませんから。それだって、すぐに変えちゃうし」

「でも、会ったその日にあとをつけられたりするかもしれないじゃん」

「します？　そこまで」

「するやつは、するんじゃないかな」

どうにか接触にまでこぎつけた獲物に執着する男は結構いるだろう。そんな男は、接触を許されたこととすべて許されたこととをイコールで結んでしまうかもしれない。

昨日なら言わなかったようなことを、今日は言ってみた。

「そういうの、やめたほうがいいよ。やっぱ、あぶないから」

「小倉さんがそう言うならやめます」と、菊池澄香は例によって無防備に言った。「じゃあ、ほら、印刷しましょ」

本気でシナリオを読みたいわけではなく、何か気晴らしがしたいだけなのだろうな、と思った。理由は何だろうと、読んでくれて、感想を聞かせてくれるなら、こっちもそれでいい。何にせよ、もう断りきれないし。

「上がっちゃっていいですよね」と言いながら、菊池澄香は僕の部屋に上がった。

シナリオの旧作は、長短合わせて二十以上あった。もう十年もやっているのだから、すでに五十作以上は書いただろう。初期のころの習作、というか駄作は捨てた。中期のころの駄作も、捨てた。それでその二十いくつという数だ。

パソコンを立ち上げると、僕は、インクジェットプリンターで二百枚以上を一気に印刷した。シナリオライターは、様々な種類の話を書く。そのためか、一作だけで、あぁ、こういうのを書くのね、と判断されてはかなわないとの思いがどこかにあるので、読んでもらえるのならあれもこれもとなり、結果的にそれだけの数になってしまうのだ。

最初の一作がプリンターから打ちだされると、菊池澄香は、ベッドに腰かけて、さっそくそれを読みはじめた。

「あ、ほんと、読みやすい。こういうのがシナリオなんですね」

それが第一声で、その後は静かになった。

時にクスクス笑ったり、ゲラゲラ笑ったりしながら、彼女は一枚また一枚と紙をめくって、原稿を読み進めていった。

「じゃあ、とりあえず、こんなもんで」

十作を印刷し終えたところで僕がそう言うと、彼女は原稿から目を離さずに言った。

「あ、はい」

そして立ち上がり、二百枚以上もの原稿をコンビニのレジ袋に入れて出ていった。

「あとは自分の部屋で読みます」と言い残して。

菊池澄香がこんなに集中するとは思わなかったので、僕のほうは、むしろ拍子ぬけした感じだった。彼女の記憶が鮮明なうちに感想を訊いてみようと思った。菊池澄香なら正直に答えてくれそうな気がする。例えば藍だって正直に答えてくれてはいたが、やはりこちらをへこませるほどの辛辣なことは言わなかった。でも菊池澄香ならズケズケと言ってくれそうだ。持ち前の善良なニブさを存分に発揮して。

何だかんだで午後九時になり、十時になり、十一時になって、ケータイが鳴った。

画面の表示は、〈高見頼也〉だった。

通話ボタンを押す。

「おぅ、おれ。何か動きがあったって？」と頼也は言った。

「うん」と言って、僕は昼間のことを話した。

高見美樹がいつもより少し遅くマンションから出てきたこと。すぐに地下鉄に乗ったこと。ラブでないホテルに入ったこと。そこで初老の男と会ったこと。その男と仲よさげに話をしていたこと。その男とタクシーでどこかへ消えてしまったこと。ゆえにその後の足どりはわからなかったこと。

頼也は、簡単な相づちを打つだけで、最後まで質問を挟まずに僕の話を聞いた。落ちついてるな、と思った。さすがエースだ。

「その相手、ものすごく上品な感じの人だったろ」と頼也は言った。

「そう」

「髪が半分白くて、全然ハゲてはなくて」

「そう」

「体ががっしりしてる。それこそ野球のコーチみたいに」

「そう」

「顔はかなり黒い。やけてるというか、地黒」

「そう」

「それ、美樹の親父」

「え？」

「父親。鈴木《すずき》勝利《かつとし》」

「マジで？」

「マジで。土曜なのにスーツを着てたってとこで、もしやと思った。出かけるときはスーツを着る。そういう人なんだよ」

父親。海運会社の社長だという、高見美樹の実父。

気が抜けた。

「何だ、そうなのか。でも、確かかな。ケータイで写真を撮ればよかったんだけど、周りにたくさん人がいて、あやしまれそうだったから、できなかったんだよね」

「歩くときに片足を引きずってなかったか？」

「そういえば、引きずってたかもしれない」

そう。少し引きずってた。映画『スティング』でロバート・ショウが扮していたマフィアのボス、ロネガンみたいだな、と思ったのだ。

「だったら、まちがいないよ。美樹の親父さんだ」

「その親父さん、結構、会ってるの？　彼女と」

「さあな。でも、会ってたってことなんだろうな」

「全然似てないんだね、二人。まあ、似てたところで気づかなかったかもしれないけど。でも父親が色黒で娘が色白って、そういうダマしはやめてほしかったよ」

「美樹は母親似なんだ。そっちはそっくりだよ。言っときゃよかったな、父親には似てないって」

「いや。訊かなかったこっちのせいだ」

「でも親父さんと会ってるってことがわかったのは大きな収穫だよ」と、頼也は僕を励ますように言った。「また明日からも頼むわ」

「じゃあ」と言って、電話を切ったあとに、思った。

どうして、親父さんと会ってるとわかったのが大きな収穫なんだ？

ただ単に、妻の行動の一つがわかったから？

それとも、妻が自分とのことを父親に相談している可能性があるとわかったから？


翌日曜は、雨が降ったので、尾行を休んだ。

本当なら前日の失敗の埋め合わせをしたいところだったが、昼の時間帯はかなり雨足が強まったため、高見美樹もこれでは出かけないだろうと判断したのだ。

雨は、午後二時すぎには小降りになり、午後四時すぎには止んだ。

すると、さっそく気温が上がりはじめた。まだ五月ではあるが、そのさっそく上がる感じが、何となく、先に控える夏という季節を思わせた。

夕方の五時半。散歩がてら夕メシを買いに出ようかどうしようか迷い、六時になるまで待つことに決めた。その時刻では、コンビニ弁当の配送便がまだ到着していないおそれがあるからだ。値段が五百円以上の売れ残り弁当を買わされてはたまらない。消費者はうるさいのだ。特に、収入のない消費者は。

で、ともかく六時まで待った。それが幸運を呼んだ。もしも五時半に部屋を出ていたら、新川公園の隅田川テラス↓コンビニコースをたどり、結果、六時に部屋に戻ることはできなかっただろう。

五時五十八分に、インタホンのチャイムが鳴った。僕がジャージをジーンズに穿き替えたときだ。

ウィンウォーン。

日曜ということもあり、物売りや勧誘の線はない。まちがいなく菊池澄香だと思った。読んだシナリオの感想をさっそく言いにきたのだろう。いや、言いにきてくださったのだろう。

だから僕は、インタホンによる応対も、のぞき窓越しの来訪者チェックもせずに、ドアを開けた。ほら入んなよ、という感じに。どうせ入るんでしょ、という感じに。

いや、驚いた。ビリッと体に電気が流れさえした。

ドアの外にいたのは、あひるの子ではなかった。菊池澄香では、なかった。もちろん、石川藍でもない。そこにいたのは、牧田梨紗だった。

「ぉあぅ」みたいな声が口から洩れた。

「よかった。合ってた」と牧田梨紗は言った。そして、笑った。

砂色の髪に、それと似た色の瞳に、クリームがかった白い肌。

それらが至近距離にあった。彼女は淡いブルーのブラウスのうえに、それよりは濃いブルーのカーディガンを着ていた。下は、ひざまでのスカートに短めのブーツ。落ちついた服装だった。

ここ数日、高見美樹の尾行やら菊池澄香の来訪やらで、牧田梨紗のことは忘れかけていた。といっても、彼女を完全に忘れるなんてことはあり得ないから、正しく言えば、もとの状態に戻りかけていた。神田のヘルスで再会する前の、心のなかの宝箱に彼女を恭しく収めていた状態にだ。

そこへの、再々登場だった。またしても予告なしの、牧田梨紗らしい、再々登場。

その予告がなかった理由を、彼女はこう説明した。

「あのあと、わたし、小倉くんからもらったメモをなくしちゃったの。それで電話ができなくて」

「じゃあ、どうやって？」と僕は尋ねた。

「あのメモに、レーガンハウスってあったでしょ？　その名前を覚えてたの。変わったアパート名だから。中央区新川。それと、レーガンハウス。それだけわかってればどうにかなるかなぁ、と思って来たんだけど、ほんとにどうにかなった」

「自力で探して来たの？」

「ううん。交番でお巡りさんに訊いたの。レーガンハウスはどこですか？　って。親切に教えてくれた」

　そのお巡りさんには、感謝しなければならない。名所でも何でもない、このレーガンハウスを知っていてくれたことに。

「わたし、大ざっぱに地図で見て思ったんだけど、ここ、島みたいになってるんだね」

「うん。晴海とか豊洲ほど広くはないけどね」

「何かひっそりと隠れてるみたいでおもしろかった」

「初めて地図を見たときは、おれもそう思ったよ」

「来るときも気をつけて見てたら、やっぱり島だもんね。あちこちに小さい橋がかかってて」

「ここまで、どうやって来たの？」

「東京駅から歩いてきた。地下鉄に乗り換えたりするほうがめんどくさそうだったし。意外と近いんだね、東京駅から」

「歩いても三十分くらいだからね」

「三十分て、普通、歩かないけどね」

「確かに」

「あの、小倉くん、ちょっと部屋に入れてもらってもいい？」

「あ、ごめん。そうだね」

「何なら喫茶店かどこかに行ってもいいけど」

「いや。入って。散らかってるけど」

そして僕は彼女を部屋に上げた。

レーガンハウスの一〇一号室。殺風景な狭いワンルームを目にしての、牧田梨紗の第一声はこれだった。

「片づいてる！」

「そうかなぁ」と、謙遜でなく、言った。「ものが少ないだけだと思うけど」

「こういうの、散らかってるって言わないよ。ウチなんかひどいもん。男の子がいるから、もう散らかり放題」

え？

今、聞き捨てならないことを言った。

「男の子が、いるんだ？」

「そう。ヨウタ。太陽をひっくり返して、陽太。五歳」

名前を、漢字まで一気に明かされたことへの動揺を隠しつつ、僕は言った。

「いいね。すごくいいよ。何ていうか、もう、字だけで明るい感じがする。前向きな感じがする」

「わたしもそう思ったから、つけたの。自分で」

まただ。またしても、聞き捨てならない一言。自分で。

「結婚、してるの？」

「してない」と、明快な答がすぐに返ってきた。「陽太に、ほんとの意味でのお父さんはいない。いや、ほんとの意味でのお父さんしかいないって言うべきなのかな。わかるでしょ？　わたしの言いたいこと」

「何となく」

要するに、彼女は一人で息子を育てている、というようなことだろう。生物学上の父親とは縁が切れている、というようなことだろう。

「陽太にはわたしがいるだけ。わたしにも陽太がいるだけ。二人家族」そして牧田梨紗はこう続けた。「座ってもいい？」

「あぁ、どうぞ」

牧田梨紗は、いつも藍が座っていたイスに座った。僕は、それと向かい合わせの自分用のイスではなく、ベッドの縁に座った。

忘れないうちにと、僕らは電話番号を交換し、その場でケータイへの登録をすませた。

「あのさ、五歳って言ったよね。その、陽太くん」

「うん。五歳」

「今、だいじょうぶなの？　一人にしておいて」

「だいじょうぶ。慣れてるから。ちょっと長くなりそうなときは、裏のおばあちゃんに預かってもらうし」

「裏の、おばあちゃん」

「といっても、親類ではないの。まったくの他人。でもすごくいい人なの。アパートの裏の平屋に一人で住んでるんだけど、陽太のことをかわいがってくれる。初めはあいさつする程度だったんだけど、そのうち話をするようになって、陽太を預かってくれるようにもなったの。ほんと、たすかった。ただ、最近は、ちょっと具合がよくないから、民間の託児所に預けるようにしてるけど」

アパートの裏に住む、赤の他人のおばあちゃん。そのおばあちゃんに子どもを預ける若い母。今どきそんなご近所関係は珍しいだろう。いい話には聞こえるが、不安要素を挙げればきりがない。例えば、預けているあいだに子どもがケガをしたらどうするのか。反対に、子どもが悪さをしてしまったらどうするのか。

まあ、一人で子どもを育てている母親は、そんなことを言ってはいられないのだろう、と、勝手に結論を出した。そうするからには、おばあちゃんとのあいだにきちんとした信頼関係を築けてもいるのだろう、と。

「何か飲む？」と僕は牧田梨紗に尋ねた。「といっても、ペットボトルのお茶とインスタントコーヒーとビールしかないけど」

「わたし、ビールがいい」

「ほんとに？」

「うん。ビール、好き」

「本物のビールじゃなく、第三のビールになっちゃうけど」

「ウチもそう」

「なら、それで」

というわけで、グラスを二つ出し、その第三のビールを開けた。

まずは彼女のグラスに注ぎ、それから自分のグラスに注ぐ。いちいち、小倉くんの分はわたしが注ぐ、などとならないあたりに、彼女の彼女たる部分を感じた。むやみにほめすぎかもしれないけど。

僕はパソコンをベッドに降ろしてテーブルを空け、今度は彼女の向かいに座った。そして、グラスを掲げて言った。

「じゃあ、何かに」

乾杯のつもりだった。

牧田梨紗も、ふふっと笑い、同じようにグラスを掲げて言った。

「何かに」

乾杯が成立した。

僕はその最初の一杯をCMのタレントばりにゴクゴクと一気に飲み干して、言った。

「あー、本物のビールにくらべればうまくないけど、うまい。特にこうやって予想外のときに飲むと、うまい」

対して、牧田梨紗は二口ほど飲んで、こう言った。

「わたしは、ちがいなんてよくわからない。ただおいしい」

あぁ、やられた、と思った。そのやられる感じが心地よかった。

そんなふうにして、僕はいつも彼女にやられていたのだ。まだかけ算わり算もロクにできなかった、あのころでさえ。

不意に、涙が出そうになった。懸命に抑えた。意味がわからないよ、今泣くのは。と、そう思って。

気をそらすためにも、思いきって訊いてみた。

「梨紗ちゃんは、今、どこに住んでるの？」

神田の店では聞けなかった答が、あっけなく返ってきた。

「ヒライ」

「ヒライ。総武線の、平井？」

「そう。その平井の、駅から十分歩いたとこにあるアパート。もっと近くにもいい物件はあったんだけど、十分歩かされる分、家賃が安いの。で、裏に、親切なおばあちゃんがいた」

「その平井から神田まで通ってたんだ？」

通ってた。つい過去形で言ってしまい、ひやりとした。彼女が店を辞めたことを、僕はまだ知らないはずなのだ。

「わたし、お店、やめたの。ちょっと、いやなことがあってね。まあ、別に大したことではないんだけど。それに、あそこは半年もいたし、もういいかな、と思って」

「で、今は？」

「次を探してるとこ」

またああいうお店を？　とは訊けなかった。そこまでは、立ち入れなかった。

牧田梨紗が自ら言った。

「これから陽太のことでお金がかかるから、もう一つ上のことをしなきゃいけないかなぁ、と思ってるんだけどね」

「もう一つ上？」と、そこは訊いた。

返答はシンプルなものだった。あまりにもシンプルすぎた。たったの三文字だ。カタカナの、もの悲しい、三文字。

「ソープ」

「それは、やめたほうがいいんじゃないかな」

彼女は何も言わなかった。ちょっと意外だとは思ったようだ。僕を見ているその目、そして眉、そして鼻、そして口、そして頬などのすべて、すなわち表情でそれがわかった。

「おれなんかが言うことじゃないかもしれないけど、やっぱり、よくないんじゃないかな。その、何ていうか、体への負担だって大きいだろうし。これまでのあれとは、やっぱりちがうんだろうし。自分も客だったくせにこんなことを言うのって、ほんとに勝手だけど、でも、これまでのああいうのとソープは別ものというか、その二つには大きな隔たりがあるというか。ほんとにおれなんかがこんなこと言うのはおかしいんだけど、その、陽太くんのためとかそういうことでもなくて、いや、もちろん陽太くんのためでもあることはあるけど、でもそれよりもまず梨紗ちゃん自身のために、やらないほうがいいんじゃないかな。あの、何ていうか、ごめん。ほんとに、おれなんかが言っていいことじゃないんだけど」

何ていうかとやっぱりとほんとにを何度言うんだよ、と思いながらも、僕はどうにかそんなことを言い終えた。

「ありがと」牧田梨紗は、驚くでも気味悪がるでもなく、言った。「人にそんなふうに言ってもらえると、うれしい。だけど、いろいろなことを考え合わせてみると、やっぱり今のままでは無理かも。何もなければこのままいけるかもしれないけど、もし何かあったら、パンと破裂して終わっちゃう」

そう言われたら、もう何も言えなかった。

僕らはともにビールを飲み、ともにグラスを置いた。

あらためて、牧田梨紗が今ここにいるのだ、と思った。うそみたいな話だった。ひょっとすると、うそなのかもしれない。これは虚構なのかもしれない。ついに僕は現実に虚構を取りこんでしまったのかもしれない。

「事故があってから、わたし、あのころの人たちとは誰とも会ってない。誰とも。一度も」牧田梨紗は何の前置きもなしにそう言った。「で、このままずっとそうなんだろうなって思ってた。だから、小倉くんがお店に来てくれたとき、ほんとにびっくりした。あのころの人たちとかいう以前に、お店で知り合いと出くわしたこと自体、一度もなかったから」

「おれも驚いたよ。すごく」

「あぁ、こんなことがあるんだなって思った。そう思ったのは、二度め。一度めは、あの事故のとき」

「うん」と、間の抜けた相づちを打った。

「小倉くん、初めてお店に来てくれたとき、わたしに気づかなかったでしょ？　だから、わたしも気づかないふりをしようかと思ったの。小倉くんが気づかないなら、そのままにしちゃおうかって。手で仕事をしてるあいだ、ずっとそのことばかり考えてた。でね、一度は言わないことに決めたの。でも、言っちゃった」

「よかったよ、言ってもらって。正直、言われた直後はムチャクチャ恥ずかしかったけど」

「わたしも恥ずかしかった。小倉くんが感じた恥ずかしさとは、またちがう恥ずかしさだと思う」

そう言って、牧田梨紗はグラスのビールの最後の一口を飲んだ。その空いたグラスに、僕が二杯めを注ぐ。

「でも、もっと恥ずかしかったのは、二度めのときかな。やっぱり、お客さんていうよりは、昔のお友だちっていうふうに見ちゃうから。だけど、来てくれたことは、ほんとにうれしかった。それっきりになっちゃう可能性だってあったんだもんね。せっかく二十年ぶりに会えたっていうのに」

「うん」と、またしても間の抜けた相づちを打った。

肝心なところで言葉が出ない。シナリオライターなのに。

「あの二度めのとき、小倉くん、もうすでに無理してたよね。お客さんとしてでなく、お友だちとして来てくれてた」

「いや、でも、何ていうか、勃ったよ」

穏やかに笑ってから、牧田梨紗は言った。

「もう、だいじょうぶ？」

三度めのときの、勃たなかったことを言っているのだろう。

「あぁ。うん。いや、試してはいないけど。でも朝とかは普通に。いや、朝のあれとはまたちがうかもしれないけど。でも、たぶん、だいじょうぶ、かな」

「小倉くん、しどろもどろ」と言い、彼女は穏やかにの一つ上のレベルで笑った。「だけど、ああいう形で会えたからよかったのかもしれない。わたし、この先も、自分からあのころの誰かに会いに行ったりはしなかっただろうし」

「なら、よかったんだよ、ああいぅ形で会えて。こっちも、恥ずかしがりがいがあった」

ビールを飲み干すと、僕はイスから立ち上がり、冷蔵庫から新たなビールを取りだして、またイスに戻った。そしてタブを開け、中身を自分のグラスに注ぐ。

「でもそういえば小倉くん」と牧田梨紗が言った。「あの事故のことは、知らなかったんじゃない？」

あせった。そのせいで、傾けた缶を戻すのが遅れ、ビールがグラスから溢れそうになった。あわててその泡をすする。

彼女がごく自然に事故のことを口にしたから、こちらもごく自然に流していた。事故って？　と、わざわざ訊き直すこともないだろうと思ったのだ。

「事故があったのは四年生のときだし。小倉くんは、その前に引っ越したんじゃなかった？」

「そう。だから、知らなかった」

牧田梨紗にうそをつく必要はない。これぱっかりは、本当に、ない。だから事実を言った。

「慎司に電話をかけて、訊いたんだ。あの店で、梨紗ちゃんと会ったあと」

「シンジ？」

「井口慎司」

「あぁ。わかる。井口くん」

「梨紗ちゃんのことを知りたくて、慎司に電話した。そしたら事故の話が出た。驚いたよ」

牧田梨紗は考えた。僕の顔を見て、何の装飾もなされていない部屋の白い壁を見て、それからもう一度僕を見た。そして言った。

「そういうことは、もうしないで。直接訊いてくれれば、わたし、何でも答えるから。わたしのことを知りたいときに、わたし以外の人に訊くのはやめて」

正直に言えば、僕は今の自分の行為を、少し誇っていた。うそをつかずに事実を言った自分のことを、少しいいやつだと思っていた。牧田梨紗なら、そんな僕のことを評価してくれるのではないかとさえ、思った。でもそれは僕のおごりだった。人間てやつは、よほど気をつけてない限り、こんなインチキをやらかす。そのいい見本だ。

「ごめん」と素直に謝った。

それで、思いだした。

そう。彼女は店を辞めたと銀髪鼻ピアス氏に聞かされたあのとき。僕は彼女に謝るつもりだったのだ。謝るつもりで、店を訪れたのだ。

それが、期せずして、実現した。

とはいえ、期せずしてはいやだったので、もう一度言った。

「ごめん」と。期して。

「別に怒ってるわけじゃないの」と牧田梨紗は言った。「だから謝らなくてもいい」

別に怒ってるわけではないと、彼女がそう言ったのだから、彼女は別に怒っているわけではない。でも謝ることができた。よかった。

「わたしも直接訊くね」そして彼女は言った。「小倉くんのやりたいことって、何?」

神田の店で、会社を辞めたことは話したはずだ。だから、シンプルにこう答えた。

「シナリオ」

僕は、事実をありのままに説明した。大学二年のときにシナリオを書きはじめたことや、会社に入ってからも書きつづけたことや、コンクールに落ちつづけていることや、最近また落とされたことや、藍と別れたことや、今のこの生活を続けていられるのもあと半年弱の見込みであることなんかを。

書いたシナリオを読ませて、というようなことを、牧田梨紗は言ってこなかった。その点で、菊池澄香とはちがっていた。僕のほうも、菊池澄香には、ほいほいと読ませた。そこには、おもしろいと言ってもらいたい、ほめてもらいたい、という凡庸な欲望があった。でも、牧田梨紗に過去の作品を読ませたい、という気は起きなかった。そしてその事実は、僕がまだ自分の作品をよきものと認めてはいないのだということを示していた。

そうだ、それでいい、と思った。僕はまだ、自らいいと思えるものを書いていない。牧田梨紗にぜひ読ませたいと思えるものを書いていない。だったら、書かなければならない。でもって、それは、タイムスリップがどうとかいうものではない。入れ替わりがどうとかいうものでもない。それらのものは、あとで書けばいい。プロになって、こういうものを書いてほしいとの依頼がきたときに書けばいい。

牧田梨紗は、こんなふうに、僕をしゃんとさせる。

特に何を言うでもなく。ただ、いるだけで。

あらためて、すごい人だと思う。

午後六時にレーガンハウスにやってきた牧田梨紗は、二時間後の午後八時に帰っていった。

都営バスで錦糸町まで行けることを教えたが、バスは時間がかかるし、電車との乗り継ぎだとお金がもったいないから、と彼女が言うので、無理にはすすめなかった。送ろうか、とも言ったが、いい、とも言うので、彼女を送るのは玄関までにした。

太陽をひっくり返した陽太くんによろしく、という言葉を、僕はさよならに代えた。


その映画『ゴーン・ウィズ・ザ・デッド』は、3D上映であることが売りだった。

3D。立体映画。血しぶきやら、もげた腕やらが、スクリーンを飛びだしてこちらに迫ってくるように見える映画だ。

『ゴーン・ウィズ・ザ・デッド』。

明らかに、『ゴーン・ウィズ・ザ・ウィンド（邦題、風と共に去りぬ）』を意識している。邦題を日本語にするなら、『死者と共に去りぬ』というところか。だが、わかる人にはわかると思う。これがいわゆるゾンビ映画なのだと。つまり、本当に意識しているのは、『ドーン・オブ・ザ・デッド（邦題、ゾンビ）』のほうなのだ。で、その手のパクリっぽいタイトルをつけられた映画のほとんどがそうであるように、この『ゴーン・ウィズ・ザ・デッド』も、見事なまでのB級映画だった。

3D映画であるからして、その観客たちは、入場時に渡された、フレームが厚紙のチャチな専用メガネをかけていた。レンズの片方が赤で、もう片方が青のあれだ。

もちろん、たった二人の観客のうちの一人である僕もかけていた。その映画を観るのが僕の仕事だったからだ。シナリオライター志望として後学のために映画を観る、という意味ではない。今僕がここにいるのは、シナリオライターとしてではなく、探偵としてだ。

要するに、二人しかいない観客のもう一人が、高見美樹なのだ。シネコンに複数ある劇場のなかの一つ。そこに僕と高見美樹はいる。尾行者と被尾行者として。同時に、映画の観客として。

僕は、最後列の右から三番めの席に座っていた。高見美樹は、その三列前の真ん中あたりの席だ。もちろん、彼女も赤青メガネをかけている。

この日、例によって正午すぎにマンションを出た高見美樹は、近場のカフェでランチをとると、すぐに電車に乗った。地下鉄ではない。ＪＲの山手線だ。

そして東京でその山手線を降りると、駅構内を有楽町方面に、六、七分歩いた。動く歩道を利用するなどして。ディズニーランドが好きな人ならわかるだろう。つまり、京葉線に乗り換えたのだ。

東京駅の地下深くにあるホームから出発した京葉線快速は、途中で地上に出て、東京湾沿いの高架を走った。

高見美樹は、そのディズニーランドがある舞浜駅では席を立たなかった。立ったのは、それから十数分後。幕張メッセがある海浜幕張駅に着いたときだった。

駅の海側でないほうの出口から外に出ると、彼女はバスロータリーのすぐ先にある建物に入った。飲食店やシネコンなどがある複合商業施設だ。そしてエスカレーターで二階に上がり、シネコンの集中カウンターで、チケットを買い求めた。

映画を観るなら、そのあいだに逃げられることはないだろう、と思った。劇場から出てくる時刻もだいたいわかるから、そのころに出入口付近をウロついていれば、まずまちがいなく見つかるだろう。

だが僕は、自分も映画を観てしまうという、最も確実な尾行法を選ぶことにした。探偵としても、またシナリオライターとしても、興味を引かれたのだ。彼女がわざわざ他県にまで足を運んで観る映画とはいったいどんなものなのだろう、と。

それにしても。

たいていの大人は働いており、たいていの子どもは学校にいる平日午後の時間帯であるとはいえ、また作品自体がひどくマニアックなものであるとはいえ、まさか映画館で二人きりになるとは思わなかった。間抜けな感じの赤青メガネに感謝したくらいだ。よかった、これで顔を隠せる、と。

で、まさかとは思ったが、『ゴーン・ウィズ・ザ・デッド』は、そのまさかのゾンビ映画だった。『ゴーン・ウィズ・ザ・デッド』(セレクテッド・バイ・ミキタカミ)は、こんなストーリーだ。

政府の研究機関(これが何の研究機関だかはっきりしない)からウイルスを持ちだした科学者(これがまた何のために持ちだしたのかはっきりしない)が、そのウイルスに侵されてゾンビになり、家族や近所の者たちを次々に襲っていく。そしてゾンビが殖えていく。殖えて、殖えて、殖えていく。以上。

それだけの話が、またひどく淡々と進んでいくのだ。特にこわがらせるでもなければ、笑わせるでもなく。もちろん泣かせるでもなければ、しんみりさせるでもなく。僕が気に入った点はただ一つ。それは、上映時間が短かったことだ。

高見美樹がわざわざここまで足を運んだ理由は、簡単に推測できる。上映館が少なかったからだろう。ここのほかに、二、三ヵ所。そのなかには東京の劇場もあったのだろうが、あっという間に打ち切られてしまったにちがいない。最近の封切映画事情は、かなりシビアだから。

まあ、何であるにせよ、高見美樹がこの映画を観たくて観たのだということもまちがいない。そうなると、僕は彼女に対する人物評価を、また上げざるを得ない。だって、ゾンビ映画が好きな女性なんて初めてだ。それを一人で観に行き、一人で赤青メガネをかけている美人女性なんて初めてだ。

実を言うと、僕もゾンビ映画が嫌いではない。さすがにこの『ゴーン・ウィズ・ザ・デッド』まで好きと言ってしまえるほどのマニアではないが、基本的にゾンビモノは好きだ。だから高見美樹には興味を引かれる。彼女の趣味嗜好には、興味を引かれる。

さて、主人公かと思われた科学者があっさりゾンビになり、ではこいつが主人公かと思われた警官もあっさりゾンビになり、みんながみんな、あっさりとゾンビになって、『ゴーン・ウィズ・ザ・デッド』は終わった。

場内が明るくなると、高見美樹は席を立った。先に出ていくわけにはいかないので、僕は、映画の余韻に浸るふりをして（浸るほどの映画か）、なお座っていた。

高見美樹が、わきの出入口から出ていった。

十秒待って、僕もそこから出た。小走りになり、角を左に曲がった。

目の前に誰かがいた。高見美樹だった。そこで立ち止まっていたのだ。ケータイの電源を入れるか何かするために。

どうにかかわそうとしたが、かわしきれなかった。肩と肩とがこすれ合い、僕のほうが転びそうになった。

どうにか踏みとどまって、言った。

「うわっ、すいません」

「いえ。こちらこそ、立ち止まっちゃって」

僕は自分が落としたものをあわてて拾った。ぶつかった際に落としたもの。それは赤青メガネだった。最悪だ。

それを見て、高見美樹が言った。

「『ゴーン・ウィズ・ザ・デッド』を観てたかた、ですよね？」

「あ、はい」

「ガラガラでしたね。わたしたちだけ。ちょっと、びっくりしました」

「平日だから、なんですかね」

　高見美樹に顔をはっきり見られてしまった。そのうえ、会話までしてしまった。失敗だ。もう彼女も僕の顔を覚えてしまっただろう。Ｂ級ゾンビ映画を平日の午後に一人で観に来ている得体の知れない男性として、記憶に刻みこんでしまっただろう。

「どうでした？」と高見美樹が尋ねてくる。「今の映画、おもしろかったですか？」

「うーん」と僕は考えこんだ。ここは何と返すべきだろう。おもしろかった、か。おもしろくなかった、か。迷ったので、先送りにした。「どうなんですかねぇ。そちらはどうですか？」

「おもしろくなかったですね（即答）。まあ、予想はしてましたけど。でも、こんなものですよね、最近のゾンビ映画って。これでも一時期よりはよくなったのかもしれませんけど。もう出尽くしてしまったというか、変に落ちついてしまったというか」

「あぁ。確かにそうですね」

　本音だった。確かに、出尽くした感はある。変に落ちついた感もある。年に数本は封切られるが、大きな話題にはならない。一つのジャンルとして、無難に定着した感じだ。もう、ただのゾンビ映画でお客を集めるのは難しいだろう。

「こういう映画、結構、観ます？」と問われたので、

「観ますね、それなりに」と答えた。

「じゃあ、この手のものでは、何が一番好きですか?」

「うーん。やっぱり、『ゾンビ』ですかね。リメイクの『ドーン・オブ・ザ・デッド』じゃなく、おおもとのそれ。邦題が『ゾンビ』のやつ」

「ロメロのですよね。ジョージ・A・ロメロ」

「ですね」

「わたしも同じです。やっぱりそれになっちゃいますよね。原点という意味で、最初の『ナイト・オブ・ザ・リビング・デッド』がいいって言う人もいますけど、わたしは『ドーン』のほうだなぁ。じゃ、あれは観ました? ちょっと前にやった、ロメロの『ランド・オブ・ザ・デッド』」

「観ましたね」(もちろんだ)

「どう思いました?」

「そうだなぁ。人間がゾンビを締め出して、狭い地域で暮らしてるって設定はよかったと思いますけどね、でも、『ゾンビ』にくらべると、どうも」

「ですよね。何か、つくりものっぽい感じもしたし」

「それに、デニス・ホッパーとかに出てこられちゃうと、何かちがうかなぁって」

「そう。それ、わたしも思いました。初めから知ってる顔が出てくるだけで、何か違和感があるんですよね、ゾンビモノって。ジョン・レグイザモくらいなら、かろうじてどうにかなるんですけど」

そのかろうじてどうにかなるというのがおかしくて、つい笑った。探偵としてではなく。シナリオライターとしてでもなく。小倉直丈として。

シネコン内の薄暗い通路で、僕らはそのようなゾンビ談議をしていた。その不自然さに思い至ったのか、高見美樹が言った。

「あの、わたし、あやしい者ではないので、もしよかったら、どこかでお茶ぐらい飲みませんか?」

彼女があやしい者でないことは知っている。名前だって、住所だって、知っている。夫とあまりうまくいっていないことも、その夫が雇った素人探偵にあとをつけられていることも知っている。

その彼女が、その素人探偵を、お茶に誘う。

で、素人探偵は言う。

「あぁ。いいですね。飲みましょう」

どんなバカでもわかる。いいはずがない。だがこの場ではそうしておくべきだという気がした。変に断っていやな印象を残すよりはいいと思ったのだ。バレたあとのことを懸念して。

というわけで、僕らは、同じ建物の一階にあるチェーン店のカフェに入った。尾行中のターゲットとカフェで向かい合わせに座る探偵。あり得ないな、と思った。もうこれで完全におしまいだ。まあ、こんな終わり方もいいだろう。

高見美樹はカプチーノ、僕はコーヒーを飲みながら、話をした。

「わたし、ホラー映画全般ではなくて、あくまでもゾンビモノが好きなんです。もちろん、血や臓物（！）が好きということではないですけど」

「それ、ぼくもです」と言い、そのあとで、ヤバいな、と思った。

高見美樹が自分より二歳上だということを知っているから、おれではなく、ぼくになった。僕はそんなこと知らないはずなのだから、そこは普通におれでよかったのだ。

気をつけていけよ、と僕は自分を戒めた。今日初めて会った者として、僕は高見美樹と接さなければならない。まちがっても、住まいを聞いてないうちから、どうしてわざわざ遠くの映画館に？　などと尋ねたりしてはならない。

「初めてロメロの『ゾンビ』を観たのは、高校三年のときでした」と高見美樹は言った。「深夜、衛星放送の映画チャンネルで何となく観はじめたんですけどね、結局は観入っちゃいました。内容が内容だから、感動したりはしなかったけど、感銘は受けましたね。

何かすごいものを見たなぁって。そちらはいつですか？『ゾンビ』を初めて観たの」

「ぼくも高校ですね。一年のときだったかな。クラスの友だちにホラー好きなのがいて、そいつの家で深夜に鑑賞会をやったんですよ。仲間四人で集まって、レンタル屋でビデオを借りて。ＤＶＤじゃなく、ビデオでしたね、あのころはまだ。で、四本だか借りてきたやつを順番に観ました。『ゾンビ』は、三番めくらいだったのかな。午前二時とかで、ちょうど眠いころでした。実際、ぼく以外の三人は眠りこけてましたよ」

「それでそれで？」

「正直、そのときは、四本観たなかで、『ゾンビ』が一番つまらないと思ったんですよね。七〇年代の作品で、映像に派手さはなかったし、話のテンポも速いとは言えなかったから」

「ゾンビたち自身も、ダラダラしてますもんね」

「そう。舞台も、ショッピングモールから動かないし。でも、そのあと何日か経って、一番強く印象に残ってたのも、やっぱり『ゾンビ』なんですよ。ほかの三つはどんな話かも忘れちゃったけど、あのショッピングモールをウロウロするゾンビたちの姿は、何故か記憶に残ってた。何なんだろうな、これ、と思いましたよ。で、今度は一人でビデオを借りて。返すまでに四、五回観ましたかね。それで、何となくわかりました。話がどうこうじゃなくて、ゾンビが普通にウロついてるあの世界を眺めていたいんだなって」

「すごくよくわかります。もう、理屈じゃないんですよね。別にそんな世界になってほしいわけではないし、自分がゾンビになりたいわけでもないんだけど、何か拒絶できないっていうか、惹かれるものがあるっていうか。そんなことを言うと、興味のない人からは、ただのゾンビフェチだろ、とか言われちゃうんですけど」

興味のない人というのは例えば頼也のことだろうか、と思いながら、言った。

「映画の最初っから、もうゾンビがうじゃうじゃいるとこがいいですよね。これこれこういうわけでこうなって、みたいな説明描写がほとんどなくて。いるもんはいるんだからしょうがないじゃんて感じで始まる。有無を言わさずに」

「そうそう。で、ラストでも何も解決しないの。あきらめかけたけど、やっぱりまた逃げるっていうだけ。逃げ方も単純。ゾンビを蹴散らして、ヘリコプターに乗っちゃう。初めと終わりで、何も状況が変わらない。それどころか、悪くなってる」

「その悪くなり方がいいですよ。話のなかで何か特別なことが起きて悪くなってるんじゃなく、ただ時間が経つことで悪くなってる」

「正義のヒーローもいないし、だからといって、悪もいない。普通の見方をすればゾンビが悪ってことになるのかもしれないけど、でもよく考えたらゾンビは悪じゃない。悪意をもって人間を食べるわけではないし、好きでゾンビになったわけでもないから」

「『ゾンビ』のあとにやたらとつくられたゾンビ映画では、単なる悪にされちゃってますけどね」

「そう。だから、たいていのものはおもしろくないの」

「でも映画館でやるっていうと？」

「観に行っちゃう。今日みたいに。どうせ期待外れなんだろうなぁって思うんだけど、観ちゃうの。映画会社の思うツボ」

「もしかしたら、ゾンビの姿を定期的に目で知覚しなければならない、なんて体になってるのかもしれないですね、ぼくら」

「ええ。本当にそうかもしれない」

と、まあ、そんな話をしているうちに、僕が高見美樹に対して抱いていた疑念は、完全に消え去った。僕が抱いた疑念。彼女が毎回こんなふうにして男を釣るのではないかという、疑念。

それはない。話をしていて、はっきりとわかった。彼女が餓えていたのは、男にではない。ゾンビにだ。大好きなゾンビの話ができる、その状況にだ。

男を釣るのが目的なら、たぶん、血とか臓物とかゾンビフェチとかいう言葉はつかわない。そもそも、高見美樹のような女性が男を釣ろうとするなら、ゾンビの話などする必要はないのだ。

「今日はわざわざ観に来てよかったです」と高見美樹は言った。「こういう話ができる機会って、まずないから」

「ネットでなら話せるんじゃないですか？　専門のサイトなんかもありそうだし」

「顔がわからないのはいやなの。無意味な言い合いになったりしそうだから」

「まあ、そうですね。見知らぬゾンビ好きは、確かにちょっとこわい」

「そう言ったそばからこう言うのも何ですけど、またお会いできませんか？　わたし、もっとこういう話をしたくて。ダメですか？」

全然ダメではない。僕だって、もっと話したいくらいだ。例えば藍なんかにゾンビの話をしたところで、悪趣味！　と言われるだけだったし。

ただ、それにしたって、尾行者が被尾行者と、約束して会うのはマズいだろう。それを一石二鳥とは言わない。

「さっきも言いましたけど、わたし、ほんとにあやしい者ではないので」

「会いましょう」僕はきっぱりと言った。それどころか、こんなことも言った。「次に会うときまでに、もう一度『ゾンビ』を観ておきますよ」

「いいですね。わたしもそうします。今観たら今観たで、また新たな発見があるかもしれない」彼女はやわらかく笑って言った。「わたし、高見美樹です」

困った。名乗られたからには、名乗らないわけにはいかない。一瞬の判断で、こう言った。

「ぼくは、小倉です。小倉直丈です」

偽名などとても使いこなせない、と思ったのだ。自分が小倉直丈であることを明かしたところでデメリットはないだろう、とも。

メールのアドレスを交換し、カフェを出たのは、午後六時すぎだった。映画が終わったのが四時前だから、二時間以上も話をしていたことになる。

「わたし、東京なんですよ」

高見美樹がそう言ったので、こう言った。

「ぼくもです」いきなり付きまとう気かと思われてもいけないので、すぐに続けた。「そのもの東京なんですよね。東京駅から歩いても帰れます。ここからだと、最寄駅は八丁堀だけど」

「へぇ。いいところにお住まいなんですね」

あなたほどじゃありませんよ、という言葉を呑みこんで言った。

「場所がいいだけですよ。ただのワンルームです。それに、歩いて帰れるといっても、二十分は歩きます」

「二十分なんて、歩いたうちに入りませんよ」

そんなわけで、当然、一緒に帰ることになった。

時刻が時刻であったため、上りの京葉線快速は少し混んでいた。僕らは東京湾側のドアのわきに立ち、「東京湾とはいえ海の見える電車っていいですね」「高架線だから余計いいのかもしれないですね」などと、どうでもいい話をした。もうゾンビの話はしなかった。してもよかったが、しなかった。周りの乗客たちに配慮したのだ。

八丁堀駅で先に電車を降り、高見美樹と別れると、僕はさっそく頼也に報告メールを送った。

〈失敗。バレたわけではありませんが、話をしてしまいました。詳細は電話で〉

そしてその電話は、僕がアパートまで歩き、シャワーを浴び、夕食をとり、ウダウダし、することがないからもう寝ようかなぁ、と考えていた午後十一時にかかってきた。

「ごめん」とまず僕は謝り、失敗した経緯を頼也に説明した。

いつものように尾行を開始したこと。彼女が電車に乗り、海浜幕張駅で降りたこと。

シネコンで映画を観たこと。僕が通路で彼女にぶつかってしまったこと。そこでお茶に誘われたこと。でも映画の話をすることが目的であって、彼女に他意はなかったこと（もちろん僕にもね）。

「ゾンビ映画かよ」頼也は予想外のところに食いついて、そう言った。「そんなのが好きだったんだ、あいつ」

「こうなったからには、もう無理だよ。悪いけど」

「無理じゃないだろ」

「いや、無理でしょ。顔を知られちゃったんだから」

「顔を知られてても、あとはつけられるだろ」

「つけられるけど、無理だよ。今度顔を見られたら、もう言い逃れはできない」

「だから、もしそうなったら明かしちゃっていいって。考えてもみろよ。むしろ都合がいいかもしんないぞ。次に会ったとき、もっといろんな話が聞けるんだから」

「次に会ったときって、もう会わないよ。会えるわけがない」

「アドレス交換、したんだろ？」

「したけど。あの場ではしかたなかったからだよ。もうアドレスは変えるし、連絡もしない」

それしかない。高見美樹と別れたあと、冷静に考えて、思った。残念だが次はない、と。

「しろよ。かまわないから」

「かまわないことないでしょ」

「おれはナオタのことを知ってるんだぜ。それに、ここまでの流れだって知ってる。かまわないだろ、別に。あいつと二人で会うからって、ナオタのことを疑ったりしないよ。だから頼む。もう少しやってみてくれよ。これまでだって、結構いろんなことがわかったろ？　あいつが大した目的もなく街をぶらついてるとか、親父さんと会ってるとか、たまには映画にも行くとか。ナオタ、かなりうまいことやってくれてるよ。だからもう少しだけ頼む。な？　いいだろ？　ナオタが動いてくれてると思うと、おれ、安心すんだよ。だから、ほら、ここ二戦連続で完封してる。ナオタのおかげなんだぜ、それ」

そんな言葉を鵜呑みにしたわけではない。鵜呑みにしたわけではないが、断れなかった。断りきれなかった。シネコンの通路で高見美樹にぶつかってしまったのは、やはり僕の不手際だから。

「わかったよ。でも、次にヤバいと思ったら、もう、すぐに引くからね」

「あぁ。それでいいよ。よろしく頼む」

そんなことを高見頼也に言わせている自分は何様だよ、と思った。ただのイヌ探偵のくせに、飼主に条件を出すとは。

自らそう思っただけで途端に弱腰になった僕は、失敗の埋め合わせをするためにも、探偵とは無関係なところで点数稼ぎに出た。

「あのさ、そういえば、牧田の消息がわかったよ」

「マジで?」

「マジで。いろいろあって、こないだ、会った。元気だったよ」

「そうかそうか。元気だったかぁ。で、そのいろいろあったってのは?」

「いろいろは、いろいろだよ」

「よくわかんないけど、まあ、いいか」そして頼也は、百五十キロのストレートのような質問を僕にぶつけてきた。「牧田、きれいだったか?」

「きれいだったよ。今でもすごくきれいだ」

「そりゃそうだよな。ブサイクだったやつが大きくなったらきれいになるってことはあっても、きれいだったやつが大きくなったらブサイクになるってことはないもんな。いや、ちょっとはあるかもしんないけど、そんなにはないもんな。それに、何つったって牧田だし」

「そう。何つったって牧田だ」

「じゃあさ、近いうちに、牧田と三人で飲まないか？　こないだ二人で飲んだときみたいな感じで」

「それは、どうかなぁ」

「ダメか？」

ダメではないが、キビしいかもしれない。牧田梨紗には、陽太がいるのだ。夜十一時からの飲み会に出かけるために、その陽太を裏のおばあちゃんに預けるというわけにもいくまい。

「彼女の都合もあるだろうから、訊いてみるよ」

「あぁ。そうしてくれよ。おれが一緒に飲みたがってるって、言ってみてくれ。何なら飲まなくてもいいから、とにかく会いたがってるって」

「わかった」

「じゃあ、それと、美樹のほうも頼むな。もう少しがんばってみてくれよ」

「がんばるよ。どうにか」

「そんじゃ」

「じゃあ」

通話を終え、ケータイをパタンと閉じる。

そして、思った。牧田梨紗が今何をしてるのかとか、結婚はしてるのかとか、そんなことを訊いてこないところが頼也らしいな、と。

僕なら、それとなく訊いてしまうだろう。そういえばさ、とか、ふと思ったんだけど、とか、そんな言葉をつかうなどして。井口慎司に電話をかけたときみたいに。


二日後、高見美樹からメールがきた。

〈小倉さま。さっきゾンビのＤＶＤを買いました。さっそく今夜にでも観直します。高見〉

メールをもらうまでもなく、僕は彼女がＤＶＤを買ったことを知っていた。はっきりそれが『ゾンビ』だとわかったわけではないが、何となく予想はできた。尾行中だったからだ。

このメールについても、そう。彼女はカフェのなかからメールを送り、僕はカフェの外でそのメールを受けた。

頼也に続行を頼まれてから、尾行はより慎重なものになっていた。

というのも、顔を知られた今となっては、もしも見つかった場合、ストーカーだと思われる可能性が高いからだ。しかも、一度顔を合わせて話をしたにもかかわらず、あとをつけまわしているのだから、かなり複雑に屈折したストーカーだと思われてもしかたがない。

僕自身、メールが高見美樹からであることを知ったときは、さすがに罪悪感を覚えた。今からカフェに入っていき、彼女にすべてをぶちまける。一分もあればそんなことができるのだな、と思った。だが僕の依頼者は高見頼也だ。僕は頼也に頼まれてこんなことをしている。それを忘れてはならない。

と、まあ、きれいごとはそのくらいにして、僕はメールを打つ。

〈高見さま。僕もゾンビを買いますよ。で、さっそく今夜観ます。小倉〉

そして、送信。

わずか五分で、新たなメールがくる。

〈小倉さま。では明日かあさってにでもお会いするというのはどうですか？　高見〉

僕もムダな尾行を続けるのはいやなので、こんなメールを打つ。

〈では明日で。時間は高見さんが決めてください〉

送信。

また着信。

〈だったら午後三時でどうでしょう。待ち合わせは東京駅の八重洲南口改札などで〉

〈わかりました。午後三時、東京駅八重洲南口改札で〉

送信した直後、バイブにしていたケータイがブルブルと長めに震えた。

メールではない。電話だ。

〈牧田梨紗〉

すぐに通話ボタンを押す。

「もしもし、小倉くん？」

「うん」と言い、尋ねた。「何、どうしたの？」

「小倉くん、今、というかこれから、時間ある？」

尾行中だから、ないといえばない。だが、あるといえばある。

「あるよ」

「あの、こんなことを頼めた義理じゃないんだけど、陽太のこと、見ててもらえない？」

「見るって、どうかしたの？」

「昨日から熱を出しちゃって。なかなか下がらないの。で、わたしは今日から仕事に出なきゃならなくて。基本的には早く上がれる時間にしてもらったんだけど、今日は初日だから店長がいる夜にしてくれって言われてるの。それで、裏のおばあちゃんに頼もうかと思ったんだけど、やっぱりちょっと無理みたいで。いつもなら、こんなときは一人で家にいさせるんだけど、熱が三十九度も出ちゃったから、困っちゃって」

「いいよ」と遮るように言った。それ以上は言わせたくなかった。「おれが梨紗ちゃんのとこに行けばいいんだね？　えーと、平井のアパートに」

「ほんとに、いい？」

「かまわないよ、全然。時間ならあるし。ただ、陽太くんが、いやがらない？」

「それはだいじょうぶ。あの子、人見知りしないから」

「じゃあ、これからすぐ行くよ。今銀座だから、一時間もあれば行けると思う。それでいい？」

「うん。そうしてくれると、すごくたすかる。今度のお店は錦糸町で近いから、そのくらいならわたしも待ってられるし」

「あのさ」今そんなことを話している場合ではないと思いながらも、僕は尋ねた。「お店って、どういう？」

「前と同じ。手だけのとこ」

そして牧田梨紗は、僕にメゾン御園《みその》というアパート名とその所番地を告げて電話を切った。

今夜、高見美樹は『ゾンビ』を観るわけだから、このあと派手に動きまわるおそれはないだろう。

ということで、僕は尾行を打ちきり、JRの有楽町駅へと向かった。

が、自分も『ゾンビ』を観なければならないことを思いだし、銀座インズのなかにあるHMVに寄って、DVDを買った。さらに、交通会館のなかにある三省堂書店にも寄り、道路地図でメゾン御園のおおよその場所を確認した。

有楽町から山手線に乗り、秋葉原で総武線に乗り換えて、平井へ。

降り立った平井は、見たところ、普通の住宅地だった。一戸建てもあれば、マンションもある。駅前からは商店街が延びていて、そこに多くの自転車が駐められていた。

その商店街を抜けて少し行ったところに、目指すメゾン御園はあった。新しくもなければ古くもない、ごく一般的な二階建てのアパートだ。一階三室、二階三室の計六室。でもそれぞれが二部屋を有している分、レーガンハウスよりはハコがデカい。

とはいえ、インタホンのチャイムは、レーガンハウスのそれとほぼ同じだった。

ウィンウォーン。

ドアが開き、牧田梨紗が顔を見せた。すでにメイクをすませており、すぐにでも出かけられそうな様子だ。

「すごい。早かったね」と彼女は言った。

同じく彼女が神田の店で口にした「すごい。元気いいね」という言葉を思いだし、密かに身をよじった。

「がんばったよ。久しぶりに走った。疲れたけど、気分がいいよ」

「入って」と彼女に言われ、入った。そして居間の隣の和室に案内される。

フトンが敷かれ、そこに、牧田陽太、五歳、が寝ていた。

「陽太」と梨紗が声をかける。

眠っていると思われた陽太が、寝返りを打って、こちらを見た。その顔は、梨紗によく似ていた。目鼻立ちも、クリームがかった白い肌（今は熱のせいで赤いけど）も、砂色の髪も。すべてが母親譲りだった。

「この人はママのお友だち。小倉直丈くん。ママが帰ってくるまではいてくれるから」

「頼みたいことがあったら、遠慮しないで言って」と僕。

「うん」と陽太。

居間に戻ると、梨紗が僕に早口で言った。

「冷蔵庫にヨーグルトと皮をむいたリンゴが入ってるから、陽太にはそれを食べさせて。

そのあとにのませるお薬は、そこのテーブルに載ってる。あと、スポーツドリンクも二時間ごとに飲ませてほしいの。脱水症状を起こすといけないから。それと、汗をかいたら、別のパジャマに着替えさせて。タンスの一番下の引出しに入ってるから。それ以外にも、何かいるものがあったら、悪いけど、適当に探して。あるものは何でも使っていいから」

「わかった。そうするよ」

「じゃあ、わたし、行くね」

「うん。気をつけて」

牧田梨紗は、玄関に行って、くつを履きかけた。が、すぐに戻ってきて、僕をハグした。ふわりと。どこからか吹いてきた風のように。

「ほんとにありがとう」と、彼女は僕の耳もとで言った。

そしてまたふわりと離れていった。

「帰り、十二時過ぎちゃうかも」

「いいよ。何時まででもいるから」

「じゃ、お願い。いってきます」

「いってらっしゃい」

梨紗が出ていくと、僕はドアにカギをかけて、再び和室の陽太を見舞った。

「陽太くん、気分はどう？　って、いいわけないけど、もしほんとに悪かったら言って。あと、汗かいたら、パジャマ替えるからさ。じゃあ、隣の部屋にいるよ」

そう言って出ていこうとした僕に、陽太が尋ねた。

「ママのお友だち？」

振り向いて、答えた。

「そう。同じ小学校で、同じクラスだった。だから心配しなくていいよ。変なおじさんではないから」

それを聞いて陽太が笑ったので、少し安心した。

「暑いけど、我慢してフトンをかけてれば、汗と一緒に熱も出てっちゃうからさ。じゃあ、とにかく、何かあったら呼んで」

「呼ぶ」

居間に戻って、そこのカウチに座り、あたりを見まわした。洗濯物やら陽太のおもちゃやらで、散らかっているといえば散らかっていたが、まあ、許容範囲だった。むしろ、片づけられているほうだろう。

何だか落ちつかないので、すぐに立ち上がり、今度はキッチンを見てみた。冷蔵庫には、肉や野菜やチーズやヨーグルトや皮をむいたリンゴやペットボトルの天然水やウーロン茶やポカリスエットや発泡酒（第三のビールでなく）が入っていた。テーブルの上には、カップラーメンと食パンとバナナがある。

トーストにバナナ。夕食のプランが決まった。

そうなると、もうそれでやることはなくなった。どうしようかなぁ、と思い、『ゾンビ』を観ることにした。

二十インチの液晶テレビが置かれ、ＤＶＤデッキが収められている、ＡＶラック。その下の段にあったヘッドホンを借りた。陽太からのＳＯＳに気づかないのはマズいので、左耳のほうだけはパッドをややずらして頭に装着する。

久しぶりに観る『ゾンビ』は、やはり以前と変わらぬ『ゾンビ』だった。

最近のものにくらべると、特殊メイクのクオリティは低かったが、そんなことはあまり気にならなかった。ストーリーの進み具合も遅かったが、一瞬でも飽きさせたら負けと言わんばかりのやたらと速いカット割りに慣れた目には、それも新鮮に映った。

ゾンビたちの動きは、のろい。人間たちに小バカにされるくらいに、のろい。事実、転んでもすぐには立てなかったりする。簡単に銃で頭を撃ち抜かれたりもする。

だが、減らない。減る速度よりも、殖える速度のほうが、速い。ゾンビは数で圧倒する。動きは鈍いが、捕まえたら勝ちだ。彼らを笑っていた人間たちは、捕まえられた途端、泣き叫ぶ。笑っていられるか泣き叫ぶかは、単に距離だけの問題だ。距離を保っていられればセーフだが、距離を詰められたらアウト。死は常にそこに在る。目に見えるゾンビという形で、そこに在る。あらためて、すごい世界だな、と思う。

一時間半が過ぎたところで、不意に何かの気配を感じ、横を見た。

「うおっ」と声を上げる。

すぐそこに陽太がいた。

「これ何?」

「映画」と答えて、リモコンの停止ボタンを押す。「ごめん。気づかなかった。呼んだ?」

陽太は首を横に振って、言った。

「おしっこ。汗もかいた」

「よし」と言って、立ち上がる。「じゃあ、トイレに行ってきな。パジャマの替えを出しとくから」

陽太がトイレに行っているあいだに和室に入り、タンスの引出しを開けた。パジャマは、聞いたとおり、一番下に入っていた。パンツも替えるべきだろうと思い、一つ上の引出しを開けたら、女性ものの下着が目に飛びこんできた。あわてて引出しを閉め、陽太が戻ってくるのを待った。

陽太は、ドタドタと走って戻ってきた。少し元気になったようだ。頬の赤みも、さっきよりは引いている。

「なあ、パンツ、どこかわかる?」

「わかる」と言って、陽太は、僕が今閉めたばかりの下から二番めの引出しを開けた。

そこには、確かに陽太のものと思われるパンツも入っていた。

さっそく自らスッポンポンになった陽太に、一番上にあったパンツを渡し、それからパジャマも渡した。陽太は、それも遊びであるかのように体をくねらせてパンツを穿き、パジャマを着た。

「ポカリ、飲む?」

「ポカリ、飲む」

二人で居間に行き、ポカリスエットをグラスに入れて、陽太に飲ませた。僕も飲んだ。

「うまいな、ポカリ」と僕。

「ポカリうまい」と陽太。

「さあ、もう一回派手に汗をかけば、完全に熱が下がるぞ」と根拠のないことを言って、陽太を寝かしつける。

それから、『ゾンビ』の後半を観た。

観終えてから陽太の様子を見ると、具合がよくなったのか、ぐっすり眠っていたので、『ゾンビ』を頭からもう一度観た。

だが七時になったあたりで、そろそろ陽太にリンゴとヨーグルトを食べさせるべきかと思い、またしても途中でＤＶＤを停めた。

引戸のすき間から、眠っているのなら起きないであろう大きさの声をかけてみる。

「起きてるか？」

「起きてる」と返事がきた。

「リンゴ食おう。じゃなくて、食べよう。それからヨーグルトも」

「食べる」と言って、陽太はムクリと起き上がった。「また汗かいた」

「上出来。よくやった。先に着替えちゃおう」

で、着替えさせた。今度は普段着に。パジャマは寝る直前に着させたほうがいいだろうと思ったのだ。

食欲が出たらしく、陽太は、リンゴ六切れと低糖のヨーグルト一カップをきれいに平らげた。陽太が食べているあいだは、二人でテレビを見た。

五歳の彼が選んだ番組は、何と、巨人阪神戦だった。見たかったアニメが野球中継のせいで飛ばされてしまったわけだが、しかしチャンネルは替えなかった。

「野球、好き?」と尋ねると、

「普通」という答が返ってきた。

試しに、こうも訊いてみた。

「巨人でも阪神でもないけど、高見選手、知ってる?」

「知ってる。ピッチャー」

陽太の反応はそれだけだった。梨紗は、自分が高見頼也と同級生であったことを陽太に話してないのかもしれない。だから野球に関する質問はそこまでにした。話してないのなら、僕が言うのはお節介になる。

食後に陽太の体温を計ると、三十七度一分だったので、熱冷ましは与えずに、通常の薬だけをのませた。お昼にたくさん眠ったから眠れないよ、とブーたれていた陽太は、パジャマに着替えてフトンに入ると、コロッと眠った。さすがは医師の処方薬。まさにイチコロと言ってよかった。

一人になって、トーストとバナナを食べ終えたのが、午後九時。

さてどうしようかなぁ、と思い、『ゾンビ』を観ることにした。さっき停めたところからではなく、またしても頭からだ。

何度観たところで、別に飽きるということはなかった。『ゾンビ』を観るのは、水族館で魚たちを観るのに似ていた。僕は、水槽のなかをスイスイ泳ぎまわる魚たちを眺めるかの如く、画面のなかをウロウロ歩きまわるゾンビたちを眺める。そこにストーリーは求めない。ウロウロしていてくれればそれでいいのだ。高見美樹も、その意見に賛成してくれるのではないかと思う。

しかしながら、ストーリーを自ら求めなければならない立場にもいる僕は、過去にゾンビモノのシナリオを一つだけ書いたことがある。

タイトルは、『ゾンビくん』。

ゾンビモノだが、ホラーではない。といって、コメディでもない。ごく普通の現代劇だ。

主人公は、大学生の究人《きゆうと》。

あるとき、究人はカノジョと大ゲンカをして、一人、ヤケ酒をあおる。そして酔っぱらっての帰り道、公園で、金目当ての二人組にカラまれる。

と、そこへ、究人と同年輩の男が通りかかる。まさに通りかかったその男は、殴ろうとしている二人組と、殴られようとしている究人のあいだを通り抜ける。それにキレた二人組は、究人の代わりに男を殴る。ひどく殴る。が、無表情に何度も立ち上がるも攻撃は仕掛けてこない男におそれをなし、退散する。

たすけてくれたお礼に朝メシでも、と自宅アパートに男を招いた究人は、そこで初めて男がゾンビであることを知る。シャツに隠された腕に、猛獣に肉を嚙みちぎられたかのようなひどい傷があるのを見たからだ。究人は問う。もしかして、ゾンビなの？　男は答える。たぶん、そう。

というわけで、究人とゾンビくんの奇妙な共同生活が始まる。

ゾンビくんはものを食べない。排泄もしない。それに、ほとんど言葉をしゃべらない。訊かれれば、わかる範囲で答える。そしてその範囲は狭い。また、ほうっておけば、一日中でも究人の部屋の床に座っている。究人が出かけようと言えば、一緒に出かける。コンビニに入れば、店内の通路を延々と左まわりに歩いたりもする。だが人を襲ったりはしないし、究人に嚙みついたりもしない。

一方、東北地方のある県の農道で、人の惨殺体が発見される。発見者である農家の老人は、もちろん、警察に通報する。しかし警官とともに現場に戻ってみると、死体はなくなっている。絶対に見まちがいではない、と老人は言う。わき腹の肉がえぐり取られたあの状態で生きていられるはずがない、と。愉快犯によるイタズラではないか。死体が何者かに持ち去られたのではないか。真相は不明だが、残されていた血液が人間のものであることは判明したので、県警による捜査が進められている。

新聞の片隅に載せられていたその記事を読んだ究人は、その死体もゾンビになったのではないかと考える。そんなふうにして、自分たちの知らないところで少しずつ何かが進んでいるのではないか、と。

ゾンビくんを究人の恋人と勝手に勘ちがいをして騒ぎ立てたカノジョとも別れ、究人は、昼は就職活動、夜はゾンビくんとの散策、という日々を送る。

ゾンビくんと接するうち、究人は彼に自由を見出すようになる。本当の意味での自由を獲得しているのは、目的をもたずにどこへでも行けるこのゾンビくんだけなのではないか。ゾンビくんは、むしろ恵まれているのではないか。そして、気づく。どこへでも行けるゾンビくんを引き止めてしまったのは、ほかならぬ自分なのだと。

人間たちが少しずつゾンビの存在に気づき、恐慌をきたしだすなか、究人はゾンビくんに言う。

究人「ゾンビくんは、そろそろ行くべきなんじゃないかな」

ゾンビくん「そろそろ行く」

ゾンビくん、床から立ち上がり、玄関へ。

究人も続く。

ゾンビくん、玄関でスニーカーを履く。

究人、ドアを開けてやる。

究人「じゃあ」

ゾンビくん、出ていく。が、戻ってくる。

ゾンビくん「ぼくは君を嚙む？」

究人「（迷って）いや、嚙まなくていいよ」

ゾンビくん「なら嚙まない」

ゾンビくん、歩き去る。一度も振り向かずに。


そんな具合に、話は終わる。それこそ、あっけなく。

ゾンビはゾンビくん一人しか出てこないし、ゾンビが人を襲う場面もない。全然こわくない。派手なおもしろさもない。それは認めざるを得ない。でもこういう話が好きだ。だからダメなのかもしれない。

三度めにしてようやく『ゾンビ』を通して観終えたところで、牧田梨紗が帰ってきた。

午後十一時二十五分。当初言ってたよりは早い帰宅だ。

「おかえり」と僕が言い、

「ただいま」と彼女が言った。

「陽太くん、眠ってるよ」

「熱はどう？」

「七度一分。だから熱冷ましはのませなかったけど、いい？」

「うん。よかった。ほんとにありがとう。すごくたすかった」

「じゃあ、帰るよ」

「そんな。ダメだよ。これで帰らせるなんてこと、できるわけないじゃない」

「けど、電車、まだあるし。陽太くんの具合が悪かったら、明日も来るよ」

「そういうことじゃなくて、ダメ。泊まっていってよ。わたしもお話ししたいし。いや？」

いやなわけない。そんなわけがない。

「ビール飲もう。付き合ってよ。一人で飲んでもつまらないから」

「じゃあ、あの、うん。でも、ほんとにいいの？」

「もちろん。じゃ、わたし、先にシャワー浴びちゃうね。小倉くんも浴びたら？」

「え？」

「あ、別に変な意味じゃないよ。飲んでからより飲む前のほうが面倒がなくていいんじゃないかってこと」

というわけで、牧田梨紗、小倉直丈、の順でシャワーを浴びた。

彼女が用意してくれたバスタオルで体を拭いてバスルームから出ると、居間のテーブルにはすでにグラスが二つとポテトチップス（！）が用意されていた。

そして、彼女が冷蔵庫から発泡酒を取りだしてきた。糖分がゼロで、アルコール度数も低いやつだ。

「ごめん。こんなのしかないの」

「充分だよ。発泡酒だなんて、むしろレベルが高い」

牧田梨紗はタブをクシッと開け、中身を僕のグラスと自分のグラスとに注いだ。

「今日は何に乾杯する？」と僕。

「じゃあ、何も思いつかないから、わたしのすっぴんに」

僕らはカチンとグラスを合わせて乾杯した。四、五年前にお肌の曲がり角を曲がったはずなのにツヤツヤと美しい、牧田梨紗のクリームがかった白のすっぴんに。

何かを飲むたびに何かに乾杯するというのは、いい。言い換えれば、何かを飲むときに誰かがそばにいるというのは、いい。それが最高の相手なら、その時間までもが最高になる。

「こんなことしてて、陽太くん、起きちゃわない？」

「ちゃわない。あの子、寝たら起きないもの」

「熱、朝には完全に下がってくれてるといいね」

「下がってくれてると思う。親切にしてもらったんだもん。下がってくれなきゃ」

自宅にいるからか、仕事明けだからか、牧田梨紗はとても寛いでいるように見えた。

おかげで、自宅にいるのでもなければ仕事明けでもない僕までもが寛ぐことができた。

例の事故のことや仕事のこと。そんな話でさえ、梨紗は自ら進んでした。

それでまずわかったのは、彼女が高校を卒業すると同時に町田の家を出たということだった。

「やっぱり、ちょっとは居づらかったりしたの？」

「居づらいってことはなかった。一緒に住んでた歳の離れたいとこ、お姉ちゃんて呼んでたけど、そのお姉ちゃんは、短大を卒業して就職するとすぐに出ていっちゃったから、空いた部屋を使わせてもらえたし。それに、伯父さんも伯母さんも、すごく優しくしてくれたから。ただ、伯父さんは、少し優しすぎたけど」

「というのは？」

「例えば、わたしがおフロに入ってるときに、すでに足りてるバスタオルをさらに足してくれようとしたり。それで、声をかけていくの。バスタオル置いといたからって。おフロの戸をちょっと開けたりして」

「あぁ」

参った。何してくれてんだよ、伯父さん。

「初めは、親切でやってくれてるんだと思うようにしたの。でも、さすがに無理があった」

「伯母さんも、家にいたんでしょ？」

「そういうときは、いなかったかな。お隣に回覧板をまわしに行ってたり、ちょっと買物に出てたり。まあ、今になれば、伯父さんなりの愛情表現だったのかなって思うけど、中学生のころって、そういうのが一番いやな時期でしょ？　だから、ちょっとのことでも敏感になっちゃって」

「ちょっとのことではないよ、それ」

「あの家のおフロ、カギがついてないのよ。それが本当にいやだった。でも言えないのよね、カギをつけてほしいなんて。引きとってもらった身分で」

「伯母さんに話してみたら、どうだったのかな」

「それは無理。そんなことしたら、家のなかがおかしくなっちゃうもん」

「じゃあ、伯父さんに直接は？」

「一度言った。角が立たないように、やわらかく。バスタオル持ってきてくれなくてもいいですよ、恥ずかしいからって」

「そしたら？」

「遠慮しなくていいんだよ、家族なんだからって。大失敗」

「ちょっと訊きづらいけど、何ていうか、もっとひどいことは？」

「それはなかった。わたしも極力注意してたし、伯父さんも、そこまでは考えてなかったと思う。そう思えるから、育ててくれてありがとうって、今も感謝できる。ただ、一緒に住むのは、あそこが限界だったかな」

「高校を出てすぐ一人でなんて、やっていけた？」

「いけなかった。昼は小さな会社で事務をやって、夜はファミリーレストランでバイトしたんだけど、それでも大変だった。その後、いろいろあって、陽太が生まれたりもして。結局、今の仕事をするようになったの」

　そのいろいろの部分こそ聞きたかったが、彼女はそこを省いた。彼女が省くのだから、僕が聞く必要はないことなのだろう。

「ねぇ、小倉くん」と、梨紗は僕の顔を見て言った。「昔の話をして。何でもいいから、あのころの話を」

僕は彼女が望んだとおり、そして自分自身も望んでいたとおり、思う存分、あのころの話をした。

小学一年のとき、僕らは教室の席が近くて、よく話をしたこと。秋の遠足で山道を歩いてるときなんかも、地面から引っこ抜いた猫じゃらしを振りまわしながら、延々とおしゃべりをしたこと。それから、彼女が超一流のフォークダンサーであったこと。おそらく男子は全員、彼女とペアになるのが待ち遠しくてならなかったこと。僕にいたっては、一日中フォークダンスだけをやっていたいとさえ思ったこと。彼女がイギリスに行ってしまうとわかったとき、胸が張り裂けそうになったこと。実際に行ってしまうと、それからの一ヵ月は、遠足のときの写真を眺めてばかりいたこと。母親が、この子はおかしくなったんじゃないかと本気で心配したこと。一年後、彼女が予想外に早く戻ってきたときは、生きてればいいことがあるのだと、八歳にして思ったこと。とはいえ、いざ彼女が四組に戻ってみると、何だかしっくりいかなかったこと。それは明らかに、僕を含めたバカ男子どものせいであったこと。井口慎司と南寛子が先頭になって、男女が対立し、そこに決定的な溝が生じてしまったこと。でも時間が解決してくれるだろうと僕は思っていたこと。なのに、そうなる前に自分が転校する羽目になってしまったこと。その意味で、離婚した両親を恨んだこと。

　幼いころのことだったせいか、僕は当時の自分の気持ちを、包み隠さずにすらすらと述べることができた。

　しかし牧田梨紗は、僕が語った出来事のほとんどを覚えていなかった。初めて聞くような態度で、彼女はそれらの話を聞いた。そして僕にあれこれ質問し、笑った。

「小倉くん、細かいことまでよく覚えてるね」と梨紗は素直に感心した。

「がんばれば、もっと思いだせるよ」

「うらやましいな。わたし、何にも覚えてない。そんなつもりはないんだけど、無意識に、あのころのことを忘れるようにしてたのかな」

　無意識に、忘れる。もしかしたら、本当にそんなことがあるのかもしれない。肉親をいちどきに三人も亡くしてしまうといった経験をした人には、そんなことが起こるのかもしれない。起こってもしかたがない。それが少しでも心の負担を減らすことにつながるなら。

「こんな話でよければ、何度でも聞かせるよ」と僕が言い、

「うん。何度でも聞きたい。同じ話でいいから、何度でも」と梨紗が言った。

彼女はどうなのか知らないが、僕は少し酔っていた。理想的に、酔っていた。

砂色の髪と、それに近い色の瞳と、クリームがかった白い肌が、僕の目の前にあった。あのころと変わらず、牧田梨紗は美しかった。酔っていない目で見ても美しいのだから、酔った目で見ても、美しかった。

そして、僕が手を伸ばせば触れられるところに、彼女はいた。

僕と彼女の距離は、今、とても近い。ヘルスで会った過去三度のときよりも、近い。あのときは、彼女の手と僕の体の一部（ペニ公だ）が実際に触れ合っていた。今は触れ合ってない。

にもかかわらず、今のほうが近い。ずっと近い。

だがそれでいて、隔たりもある。近さは遠さでもあるのだ。

そんなことを、思った。

「頼也」と僕が言い、

「ん？」と梨紗が言った。

「頼也に、梨紗ちゃんのことを話したんだ。元気にしてるよ、とだけ」

「高見くんと、話をしたの？」

「会った。頼也は、おれと梨紗ちゃんとの三人で飲みたいって言ってた。どうかな？」

「会いたい」と梨紗は言った。飲みたいではなく、会いたいだった。「だけど、今は野球のシーズン中でしょ？　ほんとに会えるの？」

「もちろん。頼也自身が望んでるんだからね。たぶん、こっちでの試合で投げた日の夜になると思うけど。都合、つく？」

「早めにわかってれば、どうにかなると思う」

「夜十二時からなんてことになっちゃうかもしれないけど、陽太くんはだいじょうぶ？」

「だいじょうぶ。寝かしつけて行くから。むしろそのほうが安心。仕事があったとしても、一度帰って、様子を見て行けるから」

何ならおれが見てようか、と言いそうになったが、どうにかとどまった。三人で飲むのだから、それではおかしな話になる。

「頼也に言っとくよ。日が決まったら、連絡する。もしかしたら頼也が直接電話するかもしれないから、番号、教えちゃっていい？」

「うん」

「じゃあ、そのときの乾杯に向けて、もう一度乾杯しよう」

そう言って、僕は梨紗のグラスと自分のグラスとにビールを注いだ。

彼女はそんな僕を見て、笑っていた。美しく、ほほ笑んでいた。

ミューズだ、と思い、いや、美神はヴィーナスか、と思った。僕は酔っていた。もしくは、酔ったふりをしていた。梨紗に対してではない。自分に対してだ。

「次の乾杯に乾杯」と僕が言い、

「乾杯」と梨紗が言い、
僕らはグラスを当てた。

カチンと。


時々、自分の何もなさにびっくりする。

あまりの圧倒的な、何もなさに。


寝たと思ったら、目が覚めた。

牧田家の居間で、朝七時半だった。

「よかった。お熱、下がってる」

隣室から、牧田梨紗のそんな声が聞こえてきた。そして、女性と子ども特有の、聞く者の耳の奥をくすぐるかのような、小声での会話が続いた。

数分後、梨紗が居間に出てきた。

カウチに寝そべったまま、「おはよう」と声をかけた。

「おはよう。起こしちゃった？」

「いや、起きてた。陽太くんは？」

「六度二分。平熱に下がった。小倉くんのおかげ」

そこで上半身を起こした。

「薬をのませただけだよ、おれは」

「そんなことない。安心して寝てられたっていうのが大きいんだと思う」

「じゃあ、その役目は終わったから、もう帰るよ」

「朝ごはん、食べていって。といっても、トーストとサラダくらいしかないけど」

というわけで、朝ごはんを頂いていくことにした。

牧田梨紗と牧田陽太と小倉直丈の三人で、居間の低いテーブルを囲む。

陽太は、昨夜と同じく、リンゴとヨーグルトを食べた。梨紗と僕は、トーストに生野菜のサラダにリンゴ、それとインスタントコーヒーだった。

完全に赤みがとれた陽太の肌は、母親と同じ、クリームがかった白に戻っていた。並んだところを見ると、二人は本当によく似ていた。

陽太は美男子だった。こりゃモテちゃうだろうな、と思った。今だって、すでにそうだろう。たまに預けられるという民間の託児所で、居合わせた女の子や保育士さんをドキドキさせているにちがいない。

平熱に下がって元気をとり戻した陽太は、食事中、僕に様々な質問をぶつけてきた。

ぼくはメビウスが好きだけど、ウルトラ兄弟では誰が好き？　ぼくはキバだけど、仮面ライダーでは？　ウツノミヤ、知ってる？　クジラ見たことある？　オバケはこわい？　ぐるぐるまわるコーヒーカップでは、目がまわる？　子ども、いる？　インドって、どこ？

暗いストーリーが多いけど、おもしろいからウルトラセブン。やっぱり、初代の仮面ライダー一号。栃木県の宇都宮のことなら、知ってる。見たいけど、ナマで見たことはない。オバケはこわい。目がまわって、気持ちが悪くなる。子どもはいない。日本のずっと西。

と、まあ、そんな具合にきちんと答を返しつつ、トーストを食べ、コーヒーを飲んだ。コーヒーは、お代わりもした。

楽しかった。朝食が楽しいというのは、新鮮な感覚だった。自分が子どもだったころには、感じ得なかったことだ。

今日のお昼までは寝てなきゃダメ、と梨紗に言われた陽太は、おとなしくその指示にしたがい、寝床へと戻った。

牧田梨紗が買物に出るというので、彼女の支度が整うのを待って、一緒に出ることにした。

流しで食器を洗っている彼女と、こんな話をした。

「いつも陽太くんと同じ時間に起きるの？」

「うん。朝ごはんを食べさせなきゃいけないから。そのあとにもう一度寝ちゃうこともあるけどね、結局、起こされちゃう」

「大変だな」

「大変かどうかは、よくわからない。よそを知らないから。でも、こわさは常にあるかな。どんな形であれ、陽太を失いたくないもん」

さらりと言われたが、耳に残った。

そうだ。過去に家族三人を失った牧田梨紗が、陽太まで失うようなことがあってはならない。絶対に、そんなことがあってはならない。だがリスクは常にあるのだ。彼女が陽太を一人で育てている以上、普通の家庭にあるそれよりは遥かに高いリスクが。

食後にのんだ薬が効いたのか、またしてもぐっすり眠りこんでいる陽太に小声で「ばいばい」を言い、牧田梨紗とともにアパートを出た。それが、九時五十五分。十時開店のスーパーで特売があるからそこに行きたいのだと、彼女は僕にそう説明した。

玄関のドアにカギをかけると、「あ、ちょっと待ってて」と梨紗は言い、メゾン御園の裏手へとまわった。

尾行癖がしみついているわけでもないが、やや遅れて、何となく僕も続く。

そこは居住者用の駐車スペースになっていて、垣根で仕切られたその先に一軒家があった。こぢんまりとした、平屋だ。

その垣根越しに、梨紗が誰かと話をしていた。近くに寄るまで姿が見えなかったのは、その誰かの背が極端に低かったからだ。

その誰かは、七十をとっくに越えていそうな、腰の曲がった女性だった。

僕に気づいた牧田梨紗が言った。

「話したでしょ？　裏のおばあちゃん」

そのおばあちゃんは、一人で洗濯物を干しているところだった。人好きのする、優しそうな顔をしたおばあちゃんだ。その彼女が、僕を見て、言った。

「あれっ、イサミさんかい？」

「ちがうの、おばあちゃん。イサミさんじゃない」と、梨紗が大きめの声で言う。

イサミさん。ひょっとして陽太の父親だろうか、と思った。

でもそうでないことはすぐにわかった。

「だって、ミチルちゃんと一緒にいるんだから、イサミさんだよ」

「おばあちゃん。わたし、ミチルちゃんじゃない。梨紗。そこのアパートに住んでる、梨紗」

「あぁ。何だ、そうかい。で、イサミさん、今日は仕事はお休みかい？」

「いえ、あの」と、尻ごみしつつ、僕が言った。「ええ。まあ」

牧田梨紗が僕を見て、弱々しくうなずいた。そしてすぐに振り返る。

「おばあちゃん。お洗濯してたの？」

「そうそう。洗濯したんだよ」

「こないだみたいに、洗濯物を出しっぱなしにしたらダメだよ。夕方にはきちんと取りこまないと。ね？」

「そうだねぇ。ところで、ナゴムはどうした？　カゼはよくなったかい？　熱を出してたんだろ？」

「心配してくれて、ありがとう。おばあちゃんに報告しようと思って来たの。陽太はよくなった。もうだいじょうぶだから、心配しなくていいよ」

「あぁ、それならよかったねぇ」

「そのうち遊びにこさせるから。また今度ね」

「はいはい。そうだねぇ」

「何か困ったことがあったら、言ってね。遠慮しなくていいからね」

そう言うと、梨紗はおばあちゃんに手を振り、もと来たほうへと歩きだした。

僕が横に並ぶのを待って、彼女は言った。

「あんな具合だから、昨日も陽太を預けられなかったの。何でもないときはまったく普通なんだけど、たまにああなっちゃう。で、ああなる頻度が、このところ、高くなってきてるの。だからこうやって、ちょくちょく顔を出すようにしてる」

「おばあちゃん、一人なの？」

「何年か前にダンナさんが亡くなってからは、そう。仙台に、息子さん夫婦がいるみたいだけど」

「仙台か。遠いね」

「最初に気づいたのは、わたしじゃなく、陽太なの。半年くらい前かな。ママ、ナゴムって誰？　って陽太が言った。おばあちゃんがぼくをそう呼んだよって。そのときは、ぼく陽太だよって言ったら、おばあちゃんもすぐわかったらしいから、ちょっとまちがえただけかと思ったんだけど。でも、それからも何度かそういうことがあって、最近ではわたしのこともミチルちゃんて言うようになったの、今みたいに。イサミさんていう名前も、一度だけ聞いたことがある。こうなってるときにちょうど小倉くんが来たから、そのイサミさんだと思っちゃったのね、きっと」

何とも言えない話だった。一目でその人柄が察せられるおばあちゃんだけに、痛々しさはいや増した。

「だからね、おせっかいかもしれないけど、わたし、その仙台の息子さん夫婦に連絡をとってみようかと思ってるの」

「うん」言葉を選んで、僕は言った。「長い目で見れば、早いうちにそうしておくことが、おばあちゃんのためになるんじゃないかな」

「でもわたし、何かズルい」

「どうして？」

「陽太のことで世話になっておいて、厄介払いをしようとしてるみたい」

「そんなことないでしょ」と、そこは強く言った。

「ううん。ないことないの。例えば、わたしが仕事に出てるあいだに、おばあちゃんがアパートに来て陽太を連れだしたらと思うと、こんなこと言っちゃいけないけど、すごくこわいの。もちろん、おばあちゃんは親切でしてくれるんだけど、でもその結果どうなるかはわからない。おばあちゃん、陽太を連れてどこかへ行っちゃうかもしれないし、陽太の前で倒れちゃうかもしれない。といって、おばあちゃんが来てもついてっちゃダメって話したところで、陽太にはその理由がわからないだろうし。それに、わたしもそんなことは言いたくない。だからツラいの」

確かにツラい。おばあちゃんが親切な人であるだけに、ツラい。

「だけど」と梨紗は続けた。「やっぱり、お世話になったわたしが連絡するべきなのよね。もう少しあとになってから、介護福祉士さんなんかがするっていうのが普通なのかもしれないけど。でも、それならわたしがしたいもん」

「きっと、梨紗ちゃんが自分で考えて、一番いいと思ったことをやるべきなんだよ。それで出てきた答にまちがいはない。おれはそう思うな」

「結局、自分でやるか、先延ばしにして人にやらせるか。そういう話だもんね」梨紗は横断歩道の前で立ち止まって、言った。「じゃあ、わたしはここを渡って、スーパーに行くから。道、わかるよね？」

「ここをまっすぐ行けば、駅。だよね？」

「そう。じゃあ、小倉くん。ほんとにありがとうね。陽太を見てくれたことだけじゃなく。昨日、昔の話をしてくれたことも。今、勇気づけてくれたことも」

「また何かあったら、言ってよ。留守番くらいならできるから。じゃあ、例の件、日時が決まったら電話するよ。おれか頼也から」

「わかった。待ってる」

「じゃあ、また」

梨紗の渡る横断歩道の信号が青になり、僕らはそこで別れた。

特売日のスーパーへ向かうヘルス嬢と、快速の停まらないＪＲの駅へ向かうシナリオライター志望のプータロー。そんな二人の、午前十時の別れ。ロマンティックだ。悪くない。

高見美樹とは午後三時に会う約束だったから、それまでにはまだ間があった。

レーガンハウスに戻ったのが午前十一時前で、それから二時間眠り、冷たいシャワーを浴びた。そしてその際にふと思いついたことを、バスルームから出るとすぐに実行した。シナリオ『ゾンビくん』を印刷する。それがその思いつきだ。

東京駅の八重洲南口改札には、午後二時五十六分に着いた。

高見美樹は、二時五十八分にやってきた。カジュアルなカットソーにパンツというその服装から、今日も歩いてきたな、と判断した。

当たりだった。

「お待たせ。歩いてきてしまいました」と高見美樹。

「同じく」と僕。

自分が尾行をしていた相手とこうも大っぴらに会うのは、きわめて妙な気分だった。ちょっとした背徳感さえ覚えた。こんな背徳感に身をからめとられるなどして、人は不倫だの何だのにのめりこんでいくのかもしれない。今度菊池澄香に訊いてみよう、と思った。取材だと言えば、話してくれるだろう。彼女なら。

「カフェかどこかに行きます?」と高見美樹が言い、

「そうですね」と僕が言った。

「じゃあ、銀座あたりまで歩きましょうか」

「今歩いてきたんじゃないんですか?」と言ったあとで、しまった、と思った。彼女が銀座を通ってきたことを、僕が知っていてはいけないのだ。

「わたし、歩くのが好きなんですよ」

「実はぼくもです。ほっとけば、ずっと歩いてますよ。それこそゾンビみたいに」

アホらしい、と自分で思ったが、彼女が笑ってくれたので、たすかった。

高見美樹と並んで街を歩くのは、一言で言って、気分がよかった。身を潜めて十数メートル後方を歩くのにくらべれば、それこそ月とスッポンだ。

外堀通りを南進して銀座に着くと、並木通りに折れて、カフェに入った。僕が尾行を開始した日に、高見美樹を追って入った、あの店だ。

高見美樹が選んだのは、あのときに僕が座った窓際の席だった。壁沿いの奥側に彼女が座り、手前側に僕が座る。彼女はカプチーノを頼み、僕はブレンドコーヒーを頼んだ。それもあのときと同じだ。

「観ましたよ、『ゾンビ』」と高見美樹が言い、

「ぼくも観ました。それも、立て続けに三回」と僕が言った。

「やっぱり、おもしろいですね。というか、いいですね」

「ほんと、おもしろいというか、いいですね」

「あの先をずっと撮りつづけても、ずっとあの感じだったんでしょうね」

「ええ。今、続きを撮ったら、何か映像的に派手なことをやらかしちゃうんでしょうけど、あのときに続きを撮ってたら、確かにあのままでしょうね」

「一時的には逃げたけど、よその町で、またゾンビに襲われちゃう」

「で、あの主役たちはすぐゾンビになって、たまたまそこで生き残ってた別の人間たち

の話になる。要するに、誰だっていいんですもんね、出てくる人間は」

「そう。わたしでもいいし、小倉さんでもいい。ここの店員さんでもいいし、銀座の歩行者でもいい」

「観たいですね、銀座のゾンビ」

「観たいですねぇ」

「ただ、そうは言っても、ゾンビは外国製って認識があるから、日本でゾンビモノをつくっても当たらないし、実際、おもしろくない。形にこだわりすぎちゃうんですかね。ゾンビのキャラクターに振りまわされちゃうというか」

「確かに、日本でゾンビモノをやっても、日本人がゾンビのものまねをしてるようにしか見えないですもんね」

だからやはり日本でゾンビ映画をつくるべきではない、という話にならないうちにと思い、僕はバッグからA４判の封筒を取りだして、それを高見美樹に渡した。

「何ですか？」

「まあ、見てください」

高見美樹が封筒から中身を抜きだす。ちょうど表紙が上向きになっており、そこにはこう記されている。

『ゾンビくん』小倉直丈
「これは」

「シナリオです。内容が内容なんで、誰にも読ませたことがなかったんですけど、高見さんならいいかと思って」

「読ませてもらって、いいんですか？」

「ぜひ。つまらなかったら、そう言ってください。傷ついたりしませんから。いや、密かに傷ついたりはするんですけど、慣れてますから」

「わかりました。あとでじっくり読ませてもらいます。で、思ったことは、遠慮なく言わせてもらいます」

自分から要請しておきながら、理知的な美人にいざそんなことを言われると、ちょっとこわい。さっそく怯みつつ、僕は言った。

「お手やわらかに願います」

原稿を封筒に収めながら、高見美樹が言った。

「読ませてもらえるのは本当にうれしいけど、でもこんなことしてだいじょうぶ？」

「はい？」

「立場が、マズくなっちゃわない？」

彼女の口調がそれまでと少し変わったような気がした。何だかさわさわする。屋内なのに、どこからか風が吹いてきたみたいだ。

「例えば」と彼女が言った。「わたしが夫に見せてしまうかもしれないじゃない。高見頼也に、見せてしまうかもしれないじゃない」

ドカン！　ときた。風どころじゃない。落雷だ。

叫びだしたい気分だった。ダッシュでこの場から逃げ去りたい気分でもあった。だがどちらもせずに、僕は低くうめいた。声にはならないあたり、胸のずっと奥深くで。

高見美樹が今なお顔に笑みを浮かべているのが不思議だった。本当なら、僕にカプチーノをぶちまけていてもおかしくはないのだ。束の間、彼女がゾンビに見えた。美しいゾンビだ。言うなれば、ゾン美《び》。くだらねー。

などとパニックを起こしている場合ではなかった。僕は言葉を発さなければならない。彼女がそれを楽しそうに待っているのだから、彼女を楽しませなければならない。

「すいません。ほんとにごめんなさい」と、まずは謝った。「で、いつわかりました？」

高見美樹は、そこで具体的な日にちを口にした。

「五月二十二日」と。

頭のなかにカレンダーを思い浮かべてみる。五月二十二日というと、今から二週間前。

参った。初日だった。僕が尾行を開始した日だ。

「初日です」と正直に言った。「何でわかったんですか？　振り向かれたりは、しなかったと思うけど」

「あの日、わたし、カフェに入ったでしょう？」

「ええ。浜松町と新橋のあいだあたりで、ですよね？」

「そう。そのときに、小倉さん、四度もお店の前を通ったの。それも、毎回、なかを見て」

「そんなに通りました？　なるべく通らないようにしたつもりだったんですけど」

「わたしが気づいただけで四度だから、実際にはもっと通ってたかもしれない。行って、戻って、やっぱり行く。三度までならわかるけど、四度はおかしいわよね。しかも、そのたびになかを見るんだから。ああいうのって、それとなくやってるつもりかもしれないけど、座って外を見てるほうからすれば、丸わかりなの。それなら、初めから誰か探してるって感じにしたほうが、まだ自然かもしれない」

「わかりました。参考にします。って、もう次はないですけど」

「ただ、その段階では、変な人がいるなぁっていうくらいだった。問題は、そのあと」

「もしかして、八重洲ブックセンターですか？」

「そう。あそこで、小倉さん、常にわたしの近くにいたでしょ？」

「いたかも、しれません」

「カフェで四度も見てるから、さすがにおかしいと思った。それで、確かめたの」

「確かめた、とは？」

「階を移動してみたの。どのフロアでも、小倉さんがいた」

「あら」

「で、そのあとに」

「このカフェにもついてきた。何と、入ってきた。それで、今のこの席に座った」

「そういうこと」

「外で待ってるのがツラかったんですよ。まだ初日だってのに」

「本当に初日だったの？」

「ええ。今さらうそはつきません。ほんとに初日でした。やっぱ、無理ですよね、素人じゃ」

「だと思う。同じく素人のわたしに見破られたくらいだし」

そう言って、高見美樹は笑った。楽しそうに、かつ優雅に、だ。

「それで、高見さんは、どこまで知ってるんですか？」

「ほぼすべて、かな」

「ぼくがご主人の、というか頼也の友だちであることも、ですよね？」

「ええ。それから、小倉さんがシナリオを書かれていることも」

「じゃあ、例えばカノジョと別れたことなんかは？」

「そこまでは知りませんでした。情報として求めていたのは、小倉さんが何者なのかというところまでだったので」

「でも、まさか、ご自分でぼくのことをお調べになったわけではないですよね？」

「もちろん。言ったとおり、わたしも素人ですから」

「差し支えなければ、訊いてもいいですか？　どうやって調べたのか」

「父のツテを利用したんですよ」

「お父さん」

「一度、見てますよね？　ホテルのラウンジで」

「あぁ、そうですね。すいません」

「その父の会社が使ってる探偵社に調べてもらったの。さすがにプロはちがいますよ。二日でわかりましたもん、小倉さんのことが」

「二日ですか。すごいな。すごいし、こわいですね」

「小倉さんがわたしのあとをおつけになった（何と悲しき敬語かな）次の日、さっそくそこの調査員が小倉さんのあとをつけたんです」

「てことは、高見さんのあとをつけたぼくのあとをその人がつけてたってことですか？」

「ええ。わたしも、普段どおりにふるまうのに苦労しました。あとをつけられてるのを知ってるのに知らないふりをするのって、案外難しいんですよ」

「わかります。自然にしろと言われるのが一番難しいって、よく言いますもんね、役者さんなんかが」

「でも、やりとおした甲斐がありました」

「じゃあ、映画館でのあれは、わざとですか？　あの、通路でぼくとぶつかったあれは」

「わざとじゃないです。あれは偶然。わたしも驚きました。でも、ちょうどいい機会かな、と思って」

「どこまでも間抜けなやつですね、ぼく。いいとこが一つもない」

「それはちがいます。いいところはありますよ。通路でぶつかったあのあと、カフェに入って、お話しましたよね？」

「はい」

「そのとき、小倉さん、ご自身のことに関しては、すべて事実をおっしゃってたでしょう？　それでわたし、少し信用したんですよ」

「あれは、偽名を使ったりうそをついたりするとボロが出るかなぁ、と思っただけなんですけどね」

「でも信用しました」

「具体的な偽名が、とっさには思いつかなかったっていうのもあるし」

「でも信用しました」

「具体的なうそも、とっさには思いつけなかったし」

「でも信用しました」

「頼也のことだけ言わなきゃいいかなぁ、とも思ったし」

「もう黙って」

怒らせたのかと思ったが、高見美樹はやはり笑っていた。

「せっかく信用したって言ってるんだから、それでいいじゃないですか」

「はい。あの、じゃあ、それで」

「初めて映画の好みが合う人とお話ができて、わたしも楽しかった。ゾンビの話って、あまりできないんですよ。ゾンビが好きな女友だちは一人もいないし、それは男友だちでもそう。たまにいても、たいてい話は合わないの。ゾンビがうじゃうじゃいて、それを銃でバンバンやっつける映画が好きなだけだったりするから」

「あぁ。なるほど」と、とりあえず首肯し、少し間をとってから言った。「で、あの、ぼくは、どうしたらいいんでしょう」

「どうしたらって？」

「えーと、まずは謝ります。ほんとにすいませんでした」

「さっき謝りましたよ」

「あれじゃ足りませんよ。だからもう一回。ほんとにほんとにすいませんでした。で、このあとは、どうしたらいいでしょう」

「わたしが決めるんですか？」

「まあ、ご意見は伺うべきかと」

「自分のあとをつけてるのが誰なのか、また目的は何なのか。それはわかったから、もういいですよ。小倉さんの好きなようにしてください。バレたと頼也に報告してもいいですし、それがおいやなら、適当なことを言って切り上げてもらってもいいです。バレなかったことにして、このまま続けたいっていうなら、それはそれでかまいません。といっても、盗聴とか盗撮はいやですけど」

「いえ、まさかそんなことは。技術も知識もないですし」とバカ正直に言った。

「信じるか信じないかは小倉さんの自由ですけど、これ以上わたしのあとをつけたところで、頼也が望むようなものは何も出てきません。それだけは、一応、お伝えしておきます。小倉さんが、ムダなことをなさらなくてすむように」

「そのことは、えーと、何ていうか、信じます。というか、初めから、大して疑ってはいませんでした。これはほんとに」

「わたしが言っておきたいのはそのくらいですけど、あと、希望を聞いてくれるなら、一つだけお願いがあります」

「何でしょう」

「これからも趣味の合うお友だちではいてください。仮に頼也との関係がこじれたとしても」

「それは、ぼくと頼也の関係がこじれても、ということですよね？」

「ええ。そのつもりでしたけど、でも、そうですね、もしわたしと頼也の関係がこじれたとしても、お友だちではいてください」

「ゾンビ仲間ということですよね。いや、ゾンビスト仲間と言うべきかな。ぼくら自身がゾンビなわけではないので」

「ゾンビスト仲間。いいですね、それ」

「たぶん、ゾンビのようには殖えていきませんけどね。というか、一人も増えないだろうな」

それを聞いて、高見美樹が笑った。なので、僕も笑った。

彼女が質問をしてくる。

「小倉さんは、どうして頼也の依頼を受けたの？」

「すいません。軽い気持ちからでした。理由になりませんけど、書くほうでちょっと行きづまってもいたので」

「報酬の約束は？」

「具体的なことは何も。といっても、頼也は何かしてくれるだろうと思ってはいますけど。だから、結局は、その軽い気持ちだけで動いたわけではありません。正直、その何かへの期待もありました。それは認めます。恥ずかしながら」と言ったところで、思いだした。「あっ、具体的な報酬、すでにもらってました。二十万円分の商品券。手付けみたいなものとして。まだつかってはいませんけど」

何だかベラベラしゃべっちゃってるな、と思った。でも、しかたないだろう。バレたときはすべて話してもらってかまわない、と頼也も言ってたし。

「いやな話ですけど、頼也が小倉さんの足もとを見た、とも言えそうですね」

一瞬、意味がわからなかったが、すぐに気づいた。収入のない僕を頼也が金で釣った、ということだ。

「うーん。どうなんでしょう。ぼくには断る権利も与えられてたと思うので、その表現が正しいかどうかはわかりません」

「そんなふうに言わないで、ただ、そうですねって言っちゃえばいいのに」

そう言って、高見美樹はまたしても笑った。そしてその笑いを収めたあとで、話題をかえた。

「わたし、野球のことなんて、何も知らなかった。でも、それでいいんじゃないかと思った。そのほうがむしろいいんじゃないかって。ダメだったけど」

「あの、こんなことを訊くのはあれですけど、頼也が浮気をしたりとかは」

「知らない。したかもしれないし、してないかもしれない。ここ一、二年は、そういうことについて考えたこと自体がないの。ただ、不思議なもので、そうなってからのほうが、彼と普通に話ができるようにもなった。だから、彼が小倉さんにこんなことをさせてると知ったときは、少し驚いたの。彼もわたしと同じような感じなのかと思ってたから。でも、そんなはずはないわよね」

「あの、またさらに訊きづらいことなんですけど、お子さんは」

「そのことで、頼也は何か言ってた？」

「いえ、何も。まあ、こちらから尋ねたりもしてませんけど」

「子どもはできなかった。二年試して、わたしたちにはできないんだと悟った。だから今みたいなことになってるわけではないとわたしは思ってるけど、彼がどう思ってるかは知らない。で、今のわたしは、できなくてよかったとも思ってる。できてたら、こんな、ある意味では穏やかな状態ではいられなかっただろうなって」

　こんな、ある意味では穏やかな状態。絶妙な言いまわしだ。

「ついでにもう一つ。子どもができなかった原因は、わたしじゃない。そのときに調べたの。その、結婚して二年経ったときに。病院で。わたしのほうに問題はないって言われた」

「それを、頼也は？」

「知らない。何なら小倉さんが言ってくれてもいいですよ、頼也に」

「いや、それは」

「むしろ結婚してるあいだは言わなくてもいいかと思ったんですよ。おかしな理屈だけど」

高見美樹が結婚のその先をすでに想定しているのであれば、僕が尾行などする必要はない。頼也はそのことを知らなかったのだろうか。それとも、少しでもよい条件で離婚を成立させるために、僕に尾行をさせたのだろうか。

「小倉さん、さっき、カノジョと別れたって言いましたよね？」

「ええ。言いましたね」

「そのカノジョ、どんな人でした？　小倉さんと合う人でしたか？」

「うーん。あらためてそう言われてみると、合うというほどでもなかったんですかね。合わない部分のほうが、多かったのかもしれない。音楽の趣味なんかは、結構、合いましたけどね」

「どうして別れたんですか？」

「ぼくがこんなことをしてるから、でしょうね。合う合わない以前の問題で、要するに、愛想を尽かされたわけです」

「でもお聞きする限り、わたしと頼也よりは、合ってたみたいですね」

「どうですかねぇ」

「よく、合わないところがある人とのほうがうまくやっていける、なんて言ったりしますよね」

「言いますね。お互いが合わせようと努力するから、というような意味なのかな」

「本当にすべてが合わない者同士は、やっぱり無理なんですよ」と、高見美樹は諭すように言った。「でもそれでいて、そんな二人が結婚してしまうなんてこともあり得るんです。すべてが合わないとわかるのは時間が経ってからだし、すべてが合わないからと言って、きらい合うわけでもないから」

わかるようなわからないような話だった。どちらかといえば、わからない。ただ、わかりたい話ではあった。

「わたし、すごくたくさんビールを飲むんです」

「はい?」

「毎日、たくさんビールを飲むんです。でも太りたくはないから、歩くの。小倉さんもご存じのように、ある程度長い距離を」

「ぼくもビールは飲みますよ。といっても、安い、第三のビールですけど」

「わたしもそうですよ。いえ、発泡酒だったかな。カロリーオフで、アルコール度数も低いのがあるでしょう? ああいうの」

昨夜、牧田梨紗のところで飲んだようなやつだ。何にしても、意外ではある。お金持ちなのに。

「わたしね、量をたくさん飲みたいの。おいしいとかおいしくないとかはどうでもいいから、とにかくたくさん飲みたい。で、実際、飲むの。毎日。五百ミリリットルの缶を五本くらい。食べるものは、サラダだけにして」

「飲みながら、何かするんですか？」

「何もしない。自然と何か考えてたりすることはあるけど、わざわざ何かを考えたりはしない。でも今夜は、この頂いたシナリオを読みながら飲むことにします。ゾンビについて考えながら、飲むことにします」

「はい」としか言いようがなかった。

「またゾンビ映画がきたら、今度は一緒に行きましょうね」

「今度は、というか、今度も、ですけどね」

「じゃあ、初めから一緒に、ということで」

「ええ。初めから一緒に」

「頼也のことは、さっきも言ったように、小倉さんが一番やりやすいようにしてくださ い」

「わかりました。そうさせてもらいます。それと、念のために言っておきますけど、もうあとをつけたりはしませんから」

「そうですか。それは残念」

そう言って、高見美樹は笑った。相変わらず、優雅に。

そして僕らは、どちらからということもなく、席を立った。

カプチーノとブレンドコーヒーの代金は、僕が払った。

「ぼくが払っても、高見さんが払っても、お金の出どころは同じですから」と言って。


僕が一番やりやすいこと。それは、バレたと頼也に報告することだった。

だが僕はそれをせず、頼也に電話をかけて、牧田梨紗が三人で飲むのを承諾したことだけを伝えた。今梨紗がしている仕事のことや、彼女に子どもがいることは話さなかった。梨紗が彼女自身の言葉で話せばいい、と思ったからだ。話さないつもりなら、それでもいいし。

ただ、彼女のケータイの番号はきちんと頼也に教えた。

「日時が決まったら、自分で連絡する？」

僕がそう言うと、頼也はこう言った。

「それはナオタがやってくれよ。会う前に話すの、何か照れくさいから」

それからの二週間は、何もしなかった。

もちろん、尾行もしなかった。

頼也から、飲み会の日時と場所を伝える電話がかかってくることもなかった。梅雨に入ったせいで、試合の中止などがあり、先発ピッチャーの長期的なローテーションを組みづらくなっているのだろう。

そうこうしているうちに、六月二十六日がきて、僕は三十歳になった。

そうこうしているうちに、六月二十八日もきて、高見頼也も三十歳になった。

参った。三十路だ。

頼也はまだいい。おれも三十になっちったなぁ、とそのくらいだろう。

だが僕は。

うーむ。

マズいな。何かマズい。

そう思っていたところで、インタホンのチャイムが鳴った。

ウィンウォーン。

面倒だったからではなく、対面したときの驚きを楽しみたいとの幼稚な（三十だぞ）遊び心から、インタホンによる応対を省いて、いきなり玄関のドアを開けた。

驚きは、少なかった。結果を見れば、まあ、そうだよな、となる、最も妥当な相手。菊池澄香だった。

「こんばんは」と言い、彼女は僕のわきをすり抜けて、部屋に上がった。開けてくれたんだから、そりゃ上がるわよ。そんな感じだった。

十作ものシナリオ原稿を彼女に渡してから、何だかんだで、もう一ヵ月以上が過ぎている。渡したときは、翌日にでも感想を言いにくるだろうと思っていたが、そのあてが外れてからは、もう来ないかもしれないと思うようになっていた。

「遅くなってすいません。ほんとはすぐ来るつもりだったんだけど、ちょっと思いついたことがあって。シナリオ、どれもおもしろかったです」

「それはどうも」

菊池澄香が、彼女の定位置である僕のベッドに座った。しかたなく、僕はイスに座る。

「『レイニー・デイ』もおもしろかったし、『ごたまぜのキッド・ボトム』もおもしろかった。『キッド・ボトム』の主人公の想平《そうへい》。あれ、ギターでもヴォーカルでもなく、ベースっていうのがいいですね。ベースなのにバンドで一番顔がいい。最高でした。彼のハチャメチャなお母さんもよかったし。映画にしてくれれば、わたし、絶対観ますよ」

「そう言ってくれるのはうれしいけど、音楽モノの映像化は、たぶん、難しいよ。実際の音楽にはかなわないって思いが、観る側にあるからさ。こっちは、そんな目線で書いてるわけじゃないんだけど」

「でも小倉さんが書く話、妙に現実感があって、わたしは好きですよ。ドラマで、よくあるじゃないですか。例えば人と人とが入れ替わっちゃったりするとか。ああいうの、観ててつまんないですもん。絶対にないことだって思っちゃうから」

それは意外だ。この菊池澄香はそういうもののほうが好きだろうと思っていた。わからないもんだ。あぶない、あぶない。

「で、あんまりおもしろかったから、わたし、ああいう話が実際にあり得るのかどうか、試しちゃいました」

「は？」

「あり得ました。これがその結果です。はい」

そう言って、彼女はスカートのポケットから取りだした何かを僕に差しだした。

お金だった。二つ折りにしてあるからか、それなりに厚い、お札だ。

僕はそれを受けとらずに言った。

「何これ」

「アイデア料です。二十五万円。わたしが半分もらって、小倉さんが半分。それで、この金額」

「ちょっと待った。意味がわからないよ」

「だから、わたし、実際に試してみたんですよ」

「試したって、何を」

「小倉さんが書いた話を。半分で二十五万。それでピンときませんか?」

「こないよ」

きていた。

半分で二十五万。ということは、全部なら五十万。

まさか。

「あれですよ。あの短編。『女子に性欲はない』」

やっぱり。

でも、何だ? 実際にやってみた?

「もしかして、誰かを脅迫したってこと?」

「キョーハクっていうと、何か言葉がキツいですけど。でも、まあ、そういうことになるのかな」

「言葉がキツいも何もない。脅迫は脅迫だよ。けど、何? うそなんでしょ? ほんとにやったの?」

「うそだったら、こんなお金、用意できませんよ」

そう言うと、菊池澄香は、二つ折りからもとの大きさに戻したその二十五枚の壱万円札を肩の高さでひらひらさせた。

踊る福沢諭吉。

二十五人の、罪にまみれた諭吉。

「ちょっと、何なんだよ。信じらんないよ」

「信じてくださいよぉ。ほんとなんだから」

「いや、うそを言ったと思ってるわけじゃなくて、驚いてるんだよ。君が実際にそれをやったことに」

菊池澄香は、悪びれることもなく言った。

「五十万ていう金額の設定がうまかったんだと思いますよ。学生だって、ほんとに無理すれば払えちゃう額ですもんね」

「学生、だったの? 相手」

「ええ。学生を選びました。小倉さんがそう書いてたから。で、つぐほ役がわたし」

「マジで信じられない。それ、犯罪だよ? ものすごく立派な犯罪だよ?」

「だとしても、世の男たちがやってることだって同じですよね。お金を払って女を買うし、その相手は未成年だったりもする。ただヤリたいだけのバカ男。あれって、そういう男たちをこらしめるために書いた話じゃないんですか？」

「そうだとしても、架空の話だよ。少なくとも、実行することを想定して書いたわけじゃない」

前に一度触れたような気がするが、『女子に性欲はない』はこんな話だ。

アパートで一人暮らしをする叡智《えいち》（Hの意味も込めて）は、大学二年生。女にうつつを抜かすことを生きがいにしている。

そんな叡智が、ある日、電車のなかでつぐほと知り合う。さっそくうつつを抜かした叡智は、すぐにつぐほを落とし、二人の交際が始まる。

一週間が過ぎたころ、つぐほは叡智に意外な一面を見せる。アパートでことに及ばんとする叡智を全裸にし、持参した手錠で彼をベッドにつなぎとめてしまうのだ。

初めての経験にとまどいつつも興奮する叡智。具体的には、とまどいつつもペニ公をオンの状態にする叡智。

その光景をおもしろがったつぐほは、それをケータイで写真に撮る。そして態度を一変させ、五十万出して、と叡智を脅す。出さないと、あんたのケータイに登録されてるすべてのアドレスにこの写真を送るから。

最初の一週間で、つぐほは叡智から個人情報をあらかた聞きだしていたのだ。例えば、父親が学校の校長であり、母親が学校の副校長であることなんかを。だから、確信していたのだ。学生とはいえ、五十万くらいなら、海外旅行に出るとでも何とでも理由をつけて用意させられるだろうと。

女子に性欲はない、というのは、要するに、叡智のモットーだ。いやよいやよも好きのうちを信じて突き進んでいたら、痛い目にあいかけた。そこで初めから女子に性欲はないものと決め、下手下手に出て目的を達することにしたというわけだ。

だが叡智は誤った。手錠なんかを持ちだされたことによって、そのモットーを忘れた。女子にも性欲はあると思ってしまったのだ。

「そりゃね」と、僕は菊池澄香に言った。「実行できないことはないよ。たいていの犯罪は、実行しようと思えばできちゃうもんだから。ただ、実行しようと思わないのが普通なんだ。確かに、あの話からは、男どもよ、テキトーなことをしてるとバチが当たるぞっていうような、ちょっとしたメッセージは感じとれるかもしれない。けど、それを実行しちゃマズいよ」

「だって、できそうに思えたんだもん。実際、できたし」

「だから、やっちゃダメなんだって」

「だったら、どうして見せたんですか？　わたしに」

「どうしてって、その質問はおかしいよ。その質問が出てくること自体がおかしい。君に実行させるためにおれがあれを見せたと思う？　本気でそう思う？」

菊池澄香は黙っていた。それこそ不運に見舞われたみにくいあひるの子のような、ひどく悲しげな目つきで。

参った。まさか、ほめられるとでも思っていたのだろうか。おぉ、よくやった。二十五万か。上出来、上出来。と頭をナデナデしてもらえるとでも思っていたのだろうか。

正直なところ、この件（というか事件だな、もう）に関するこれ以上の情報を仕入れたくはなかった。だから、こんな言い方をした。

「このお金、返してきなよ。一刻も早く。で、もし写真があるなら、それも消去する。そうしたほうがいいって」

「そしたら捕まっちゃうもん」

「捕まらないよ。相手が金を払ったのは、事を大げさにしたくなかったからでもあるんだし」

「小倉さんのためにもなるかと思ったのに。そう思うのも、おかしい？」

「いや、おかしくない。いやいや。おかしくないことはないんだけど、でも君の言いたいことはわかるし、そう考えてくれたことはうれしいよ。でも、やっぱりおかしい」

「受けとってくださいよ、これ」

そう言うと、菊池澄香はその二十五枚の壱万円札を無造作にテーブルに置いた。そのうちの数枚が、はらはらと床に落ちる。

あわててそれらを拾い、二十五枚を一つの束にして、彼女に差しだした。指紋がついちゃったな、なんて思いながら。

「小倉さんが受けとらないなら、わたしも受けとらない」

「意味がわかんないよ、それ。なあ、ちょっと、ほんとにダメだって、こんなの」

「小倉さんのせいだもん」

「は?」

「小倉さんがわたしをそそのかしたんだもん」

本当に、参った。

あっけらかんとしたこの菊池澄香だからこそ、あの手の作品（ちょっとしたエロね）も平気だろうと思った。むしろ似たような経験をした彼女だからこそ、快哉を叫んでくれるのではないかと思った。でもちがった。配慮が足りなかった。僕はやはり女を知らない。つぐほに脅された叡智みたいなもんだ。

「とにかく、これは受けとれないから」と言って、僕はその二十五万円を菊池澄香に突きつけた。

高見頼也からは二十万円分の商品券を受けとった僕だが、さすがにこれは受けとれない。そこは譲らないつもりだった。

「わかりました」

不満げにそう言って、菊池澄香はその二十五万円を受けとった。そしてベッドから立ち上がると、ドスドスと歩いて玄関へ行き、ミュールを履いて、出ていった。

バタン、とドアが閉まり、静かになった。

ふう、とため息をつく。

と、閉まったばかりのドアのほうから、何やらカサカサと音がして、パタン、という音がそれに続いた。さらに、カン、カン、カン！　鉄製の階段を駆け上がる音だ。

ダッシュで玄関に行き、ドアポストのフタを引き開けた。

二十五万！

やりやがった。あひるの子め。

僕はその二十五万を手に、サンダルをつっかけると、猛ダッシュで部屋を出た。そして一段抜かしで階段を駆け上がり、十秒フラット（推定）で二〇一号室の前に到達する。すでに菊池澄香の姿はドアの奥に消えていたので（素早いあひるの子でもあるらしい）、インタホンのボタンを連打した。

ウィウィウィウィウィンウォーン。

どうせ無視だろうと思い、ドアポストに二十五万円を入れ返そうとした。が、その手もとが狂った。ドアが開いたからだ。突き指をしそうになり、急いで身を引いた。

ふくれっ面をした菊池澄香が、ドアの向こうに立っていた。まだミュールを履いたままだった。僕が追いかけてくることを予測していたのだろう。彼女の両目に涙がたまっていた。頬をふくらませているせいで、ただでさえぽってりした唇が、さらにぽってりしてもいた。

「入って」と言われたので、入った。

だが部屋に上がりはしなかった。上がりたくても上がれなかったのだ。ドアを閉めた途端、彼女が抱きついてきたから。

まったくの不意打ちだったので、思わず後ずさり、ドアに後頭部をぶつけた。ゴン、と間の抜けた音が響く。

ヘタをすれば鼻に頭突きを食らうところだったな、と思った。その鼻が、シャンプーの匂いを嗅いだ。ほかにも、女の人がつける様々なものの匂いを嗅いだ。

菊池澄香の両腕には、しっかりと力が込められていた。女が男にする抱きつき方というよりは、子どもが親にする抱きつき方だった。彼女のおっぱいがムギュッとなっているのを感じる。

肩を抱くわけにもいかず、僕は両手を宙に浮かせていた。しかも片手には二十五万円を持っている。妙な画《え》だ。この金をやるよ、と言った男に、うれしい、と女が抱きついた。そんなふうに見えないこともないだろう。

「わたし小倉さんのこと好き」と、菊池澄香が何故か棒読み口調で言った。

何なんだよ、これ、と思った。まるで昼ドラだ。全体的に安〜い感じで、展開だけがやけに速い。そんな、昼ドラ。

スースーいう彼女の呼吸音だけが聞こえていた。僕の鼓動は、自覚するほどでもなかった。何せ突然だから、ドキドキするヒマがなかったのだ。

二十秒かそこらで僕から離れると、菊池澄香は、右手で右目をぬぐい、左手で左目をぬぐった。そして、その大きくて真ん丸な目で僕を見上げて言った。

「わたしのこと、バカだと思ってるでしょ」

「バカだとは思ってないよ。極端な人だとは思うけど」

「わたしのこと、きらいですか？」

「きらいじゃないよ」

そう。嫌いじゃない。好きか嫌いかということで言えば、好きかもしれない。いや、まちがいなく好きだろう。

ただ、彼女が人を好きになるそのなり方には、あまり賛成できない。何度も言うように、彼女は無防備すぎるのだ。例えば今回のことでも、仮に僕が本気でそそのかしていたら、彼女はもっとひどいことまでやっていたような気がする。それを考えると、少しこわい。いや、かなりこわい。

「お金」と言って、菊池澄香が右手を出した。「もらいます」

「あぁ。うん」と言い、僕は彼女に二十五万円を渡した。

任務終了。これでもう、ここにいる理由はなくなった。

「じゃあ、帰るよ」

「はい」

「あの、もし返せるなら、お金は返したほうがいいよ。その、何ていうか、相手のためにってことじゃなく、君自身のためにさ」

ズルい逃げ口上だと思ったが、僕に言ってやれることはそのくらいしかなかった。そもそも、僕と菊池澄香の関係は、アパートの上の住人と下の住人、というものでしかないのだ。なのにお金を返す交渉人役を自ら買って出るとしたら、僕はバカだ。探偵役でこりているはずなのに、そのうえ交渉人役を買って出るとしたら、僕は本物のバカだ。と、そんなふうに断を下したにもかかわらず、菊池澄香と別れて自室へと戻るその足どりは重かった。行きは十秒フラット（推定）であったところが、帰りはその三倍近くかかった。

あーあ、こりゃビールかな、と思った。今日は第三のじゃなく、本物のビールかな、と。

高見頼也と牧田梨紗とは、例の銀座の『鶏蘭』で会った。

そのほうがわかりやすいとの理由で、僕がそこを希望したのだ。

約束の時間は、前回と同じ午後十一時。

高見美樹とのときと同じ東京駅八重洲南口改札で牧田梨紗と待ち合わせをし、僕が彼女を銀座の店まで連れていった。

店に着いたのは、十時五十分。

今回も、頼也は先に来ていた。前回以上の速さでもって、彼はその日の試合を終わらせていたのだ。具体的には、二安打無四球の完封で。

二十年ぶりに会った牧田梨紗に頼也がかけた言葉は、こうだった。

「うわっ。ほんとに牧田じゃん。やっぱ、きれいだな。予想したとおりだよ」

それを聞いて、牧田梨紗は笑った。

僕も笑った。感じたことを感じたままに言える頼也のことが、少しうらやましかった。ヘルスなどでなく、こんな形で牧田梨紗と再会できた彼のことは、かなりうらやましかった。

個室の四人がけのテーブル席で、僕と梨紗が頼也と向かい合わせに座った。

ビールで乾杯すると、頼也が言った。

「牧田は、今、何してんの？」

僕は頼也に、現在の梨紗のことを何も話していなかった。そして、頼也に何も話していないということを、梨紗には話していた。

「ヘルス嬢」と梨紗は即答した。「嬢って言えるほど若くないけど、ほかに言いようがないから、ヘルス嬢」

「マジで？」と頼也は言った。さすがに驚いたらしい。

「もう三年くらいやってる。少しはお金を貯めないといけないから」

「貯めるって、何のために？」

「子どものために」

「子ども、いるんだ？」

「陽太。五歳」

「男の子か。牧田に、似てる？」

「どう？」と梨紗に意見を求められたので、僕が言った。

「似てるよ。よく似てる」

「じゃあ、カッチョいい男になるな。きれいな母親から生まれた男は、まちがいなくそうなるから」

「もうすでにカッチョいいよ」と僕。「五歳にして、カッチョいい。このまま成長したら、何ていうか、ちょっとヤバい」

「そっかぁ。子どもがいるかぁ」と、頼也が感慨深げに言った。「じゃあ、結婚は？」

「してない」と梨紗。「今はしてないっていうんじゃなく、したことがないの」

「へぇ。じゃあ、今日は平気なわけ？　その陽太（呼び捨てだ）は」

「仕事のあと、一度帰って寝かせてきたから、だいじょうぶ。あの子、しっかりしてるの。ガスの元栓のことも、わたしへの電話のかけ方も、全部わかる」

「へぇ。スゲえな。カッコよくて、しっかりしてて、五歳。会ってみたいよ。牧田ジュニア」

それへの梨紗の返事は笑みだった。彼女はただやわらかく笑い、グラスのビールを飲んだ。おいしそうに。そして、楽しそうに。

じゃんじゃん運ばれてくる鶏料理を食べながら、僕らはいろいろな話をした。

まずは、高見頼也投手の話だ。

「こないだ、ついにFAの権利をとったじゃん」と、そう言ったのは僕だった。「おれなんかがこんなことを訊いていいのかどうかわかんないけど、メジャー、行くの？」

「行かないんじゃねえかなぁ」と、頼也は人ごとのように言った。「こっちにくらべてメシがまずそうだし、言葉なんかもめんどくさそうだから」

「行けば活躍できるのに」

「わかんねえよ、そんなの。ボカスカ打たれるかもしれないし、ホームシックになるかもしれない。前にも言ったろ？　遠征先のホテルで、よく変な時間に起きちゃうことがあるって。おれ、こう見えて、結構、弱っちいんだ。もしも向こうのやつらにデッドボールを当てて、マウンドに向かってこられたら、スタンドまで逃げちゃうかもしれない」

「そのときは逃げればいいじゃん。足は速いんだから、逃げられるよ」

僕がそう言うと、頼也は笑顔でこう返した。

「まあ、ナオタよりは遅かったけどな」

「そんなの、昔の話だよ」

「そう。昔の話だ。けど、はっきり覚えてる。おれにとっちゃ、衝撃的なことだったんだ。それまでに負けたことなんか一度もなかったし、そのあとも、負けたことはないから」

「一度しか、負けたことないわけ？」

「高校の県予選の試合なんかでは負けてるし、プロになってからも負けてる。そういう負けなら、何度もある。でも、それはそのときのゲームに負けたってだけのことで、おれ自身がほんとに負かされたと思ったことはないんだ」

「何がすごいって、それがすごいよ。その、負かされた経験がほとんどないっていうのが。まあ、プロにまでなれる人たちっていうのは、みんなそうなのかもしれないけど。おれなんか、ずっと負けっぱなしだよ。コンクールに応募しちゃあ、落とされる。そのくり返し。よく気力が続くなぁ、と思うよ、自分で」

「おれさ、自分が負かされたこともあって、ナオタは絶対将来スゲえやつになるだろうと思ったんだ」

「それ、わたしも思った」と牧田梨紗も同調する。

「あらら」と僕。「となると、見事に期待を裏切ったわけだ」

「これからだろ」と頼也。「おれ、シナリオのこととか何も知らないけど、これだけは何となくわかる。ナオタはこのまま終わったりしないよ」

二十年前の走力と、現在のシナリオ執筆能力。その二つには、何の因果関係もない。そんなことは、身体科学に疎い僕だってわかる。頼也だって、わかってはいるはずだ。

「ナオタが引っ越すことになったとき、そりゃねえよって思ったよ。勝ち逃げはねえだろって。だから、おれ、お前に訊いたんだ。家の事情って何だよって。そしたら、返ってきた答が親の離婚だろ？　ガキながら、何も言えなくなったよ。おれ、ムチャクチャ落ちこんだんだぜ、それで」

「頼也が落ちこむことじゃない。おれが落ちこむことだよ」

「そうだけど。あぁ、この先もこうやって負けたままでいるしかねえのかって思ったんだ。勝つチャンスは与えられねえのかって」

速ぇなぁ。おれ、初めて負けたよ。

そんな頼也の言葉を思いだす。初めて負かされたことで、頼也は僕という人間を認めたのかもしれない。その後は一度も負かされなかったことで、僕という人間を、過剰なまでに高く評価するようになってしまったのかもしれない。

それから、話題は必然的に当時のことへと移っていった。

そのころのことなら、ほかの二人よりもよく覚えている自信があった。だが、頼也も僕に負けてなかった。

「これ、覚えてるよな？　あの年の秋に行った遠足で、おれと牧田がキスしたの」

「何それ」と牧田梨紗が言い、

同じことを、僕が心のなかで言った（というよりは、叫んだ）。

「いや、キスっつっても、あれだよ。間接キス。おれら、まだガキだってのに、その遠足で死ぬほど歩かされてさ、帰る間際に、迎えのバスを待つか何かで、広場に座りこんでたんだよな。みんな、しゃべったりふざけたりする気力もない感じで。そこで、見かねた先生が言ったんだ。おやつはダメだけど、水筒の飲みものは飲んでよし！　って。けど、おれの水筒はスッカラカンでさ、逆さにしても一滴も出てこねえんだよ。そしたら、横にいた牧田が、中身の入ったカップを差しだして言ったんだ。高見くん、飲む？　って」

話が見えてきた。そうか。それで間接キスか。

「おれ、ムチャクチャ飲みたかったんだけどさ、またムチャクチャ迷いもしたんだよな。だって、そこでおれが牧田のカップに口をつけたら、まちがいなく言われるだろ？　高見と牧田が間接キス！　って」

「それで、どうしたの？」と梨紗。

「親切で言ってくれた牧田に悪いと思ったからさ、というより、実際にはノドが渇いて死にそうだったからさ、おれ、飲んだんだよ。カップに口をつけて。で、それとなくあたりを見まわした。みんな、もうすっかりくたばっちゃってるから、おれらのことなんか見てなかった。やった、セーフ！　と思ったよ。けど、そこで、きたねぇ。間接キス！　が。言ったの、誰だと思う？」

「慎司」と僕。

「はずれ。何でおれが今ここでこの話をしてるのか、考えてみろよ」

「てことは、まさか？」

「そう。お前だよ。ナオタに見られてたんだ。でっけぇ声だったよ。間接キス！　じゃなくて、間接チュウ！　だったかな」

「マジで？　全然覚えてないよ」

マジで全然覚えてない。覚えてなくて当然のようでもあるが、しかし牧田梨紗絡みのこんな話を僕が覚えてないというのは当然ではない。なのに、覚えてない。

「それ、ほんとにおれだった？」

「まちがいない。ナオタだったよ。そのあとのことも覚えてる。牧田が言ったんだ。小倉くんも飲む？　って。ナオタは飲まなかったよ。そりゃ飲めないよな、間接チュウ！　なんて言ったあとで」

なるほど。そこでも僕は、当時開花させたばかりであったバカを存分に発揮していたわけだ。

ただ、それにしても、覚えてないなんて。小三の秋といえば、僕らと梨紗とのあいだに溝があったときだ。つまり、互いの接触はほとんどなかった時期だ。なのに、そんな貴重な出来事を覚えてないなんて。

やはり僕も、都合のいいことを都合よく覚えているだけなんだろうか。自分のいいように記憶を改編してしまっているだけなんだろうか。

だけなんだろうな、実際。

「驚いたのはさ」と頼也がなおも言う。「その飲みものってのが、お茶とか麦茶とかじゃなく、紅茶だったんだよ。しかも、砂糖をたっぷり入れたやつ。甘いものを水筒に入れてきちゃいけませんて言われてたはずなのに、その先生からの指示を完全無視。で、その紅茶を一口飲んで驚いたおれに、牧田は何て言ったと思う?」

「さあ」と梨紗。

「ナイショよって。まちがえたんじゃない。やっぱ、自覚してんだ。あとで訊いたらさ、牧田、おやつも、決められた三百円分以上を持ってきてたんだよな。その理由がよかったよ。だって、収まらなかったんだもん」

「わたし、そんなこと言った?」

「言った。たくさん持ってきたって先生にわかるわけないじゃない、とも言った。こりゃ器がちがうわって思ったよ。おれ、ふざけてて掃除用具のホウキを折っちゃったり、理科室のビーカーを割っちゃったりしたことはあるけど、そういう指示は、結構、守ってたもんな」

「そんな違反、したかなぁ。もしそうなら、わたし、すごくいやな子だね」

「いやな子じゃなく、きちんとものごとを見極められる子だったんだよ」と、これは僕。

「だって、おやつは三百円まで、の大した根拠はないんだし、残したら残したで、家に持ち帰って食べればいいんだから」

その的外れなフォローに、頼也と梨紗が笑った。

僕自身、笑うしかなかった。僕というやつは、牧田梨紗がたとえ宝石強盗をしたとしても、それを正当化してしまうんじゃないだろうか。彼女が身につければ宝石もより輝くんだから、などと言って。

ともかく、そんなふうにして、僕らはよく飲み、よく食べ、よくしゃべった。

午前二時になったあたりで、頼也が梨紗に言った。

「おれ、今のローテなら、次の登板もこっちだから、よかったら、試合、観に来いよ。その陽太を連れて。チケットは用意するから」

「いいの?」

「いいよ、もちろん。ナオタも来いよ」

「いや、おれはやめとくよ」

「どうして?」と梨紗。「三人で行こうよ。陽太も、小倉くんのことは知ってるんだし」

「せっかくだから、親子水入らずで行ってきなよ。そういう機会、あんまりないでしょ?」

「そもそもが二人だから、いつも水入らずっていえば水入らずだけど」

「でも二人で行ってきなよ。頼也がいい席を用意してくれるはずだから」

「ああ。そうするよ」と頼也。「けど、あれだ、陽太は、おれのこと、知ってんのかな」

「知ってたよ」と僕が言い、梨紗に向けて、こう続けた。「ほら、陽太くんに晩ごはんを食べさせてたときにさ、テレビで野球をやってたから、訊いたんだ。高見選手、知ってる？　って。知ってるって言ってた」

「そりゃ知ってるわよ。話してるもん。ママ、この人と同じ学校に行ってたんだよって」

何だ。そうなのか。だったら、陽太ともう少し頼也についての話をしておくんだった。

「まあ、とにかく来いよ。仕事のほうは、どうにかなるだろ？」

「どうにかする。ちょっと早めに上がらせてもらう」

というわけで、話は決まり、会はお開きになった。

そこでの飲食代も、帰りのタクシー代も、すべて頼也が出した。飲食代は自らカードで払い、タクシー代は僕に二万円を渡すなどして。

方向が同じということで、僕は牧田梨紗と二人でタクシーに乗った。

銀座と新川は近い。車なら、ほんの数分だ。深夜なら、それがさらに短縮される。

ドアが閉まって車が走りだすと、すぐに梨紗が言った。

「今日は楽しかった。小倉くん、ありがとうね」

「お礼なら、頼也に言おうよ」

「高見くんへのお礼は高見くんに言う。でも小倉くんへのお礼は小倉くんに言う」

牧田梨紗らしい言葉だった。そういうのを聞くと、僕はやっぱりうれしくなる。

「それとね、言おうかどうしようか迷ってたんだけど」

「何？」

「わたし、裏のおばあちゃんのことで、仙台の息子さん夫婦に電話したの。おばあちゃんに不審がられるといけないから、陽太を連れて遊びに行ったときに、勝手に住所録を盗み見て」

「それで？」

「一度、息子さん自身が様子を見にきてくれるって。といっても、わたしの言うことをすべて信じてくれた感じではなかったけど」

「あの状態を見れば、信じてくれるでしょ」

「でも、息子さんが来たときにああはならないかもしれない。なったとしても、わたし、結局はおばあちゃんに恨まれるかもしれない」

僕は考えた。そして、話の本筋からは外れた疑問を口にした。

「そのことを、どうしておれに言おうか迷ったの？」

「小倉くんには、ただでさえ迷惑かけてるし。そのうえおばあちゃんのことまでは、と思って」

「あのさ、迷惑なんかかけられてないよ、おれ」

迷惑なんかかけられてない。だからといって、何でも相談してほしい、とまでは言えなかった。少し前なら、言えたかもしれない。でも、今は言えない。

「ねぇ、小倉くん」

「ん？」

「一つだけ教えて」

「何だろう」

「小倉くんて、ものすごく優しい人なの？　それとも、ものすごく冷たい人なの？」

僕はまたしても考えた。でも、答を出すのに時間をかけるわけにはいかなかった。車が早くも新川に入ったから。

「どちらかといえば、あとのほうかもしれない」と僕は言った。「いや。どちらかといえばじゃなく、あとのほうだ」

それが正しい答なのかどうかはわからなかった。そこは、梨紗に判断してもらうしかない。

闇とまでは呼べない薄暗がりのなかで、梨紗が僕を見ていた。車内の薄暗がりにその美しさを潜めた梨紗が。黙って。

「お客さん、この辺でいいですか?」と、タクシーの運転手が言った。

「あ、はい。このあたりで」

そう言って、僕は頼也から渡された二万円を梨紗に渡した。

車がゆっくりと左に寄って停まり、ドアが自動で開く。

「じゃあ、また」と僕が言い、

「おやすみなさい」と梨紗が言った。

僕が車から降り、ドアが自動で閉まる。

タクシーは、さすがに人けのなくなった鍛冶橋通りを進み、永代通りへと曲がった。

そして、あっけなく僕の視界から消えた。

午前二時半の新川。もの言わぬ島。

その島のほぼ中心に、一人、立ち尽くし、平井の親子に向けてこんなことを言ってみる。

「おやすみ」

不意にわき道から出てきたおっさんに怪訝な顔をされた。

僕、赤面。

それほどの量を飲みはしなかったはずだが、翌日はきちんと二日酔いに見舞われた。

それを僕は三十のせいにした。二十五歳くらいから始まっていた衰えがここへきてより加速したせいなのだろう、と。

もしそうなら、こうしてはいられない。早いとこ、どうにかしなければ。そう思った。だがやはり書く気は起きなかった。始まった何かがまだ完結していない感じがした。それが完結するまでは、書けそうになかった。

実際に吐くところまではいかない中途半端な吐き気に翻弄され、ベッドのうえでスローな寝返りを打った。眠気はないのに吐き気はある。最悪だった。そんな僕を、窓から射しこむ平日の昼間の光が、優しげに見せてキビしく糾弾した。

そして、さらに僕を糾弾するものが、外部から現れた。

まずはインタホンのチャイムが鳴った。

ウィンウォーン。

出ないつもりだった。

普通なら、昼間の来訪者は一度しかチャイムを鳴らさない。その時間、ワンルームの住人は不在であることが当たり前だからだ。

だが、チャイムは二度鳴らされた。

大して間を空けずに、三度めも鳴らされた。

コンコン、というノックの音がそれに続く。

「小倉さーん、すいませーん」という男の声が聞こえてきた。

宅配便だろうか。だとすれば、高らかに言うはずだ。宅配便でーす、と。それをしないとなると、ゴリ押しタイプの新聞勧誘員か？　でも、どうして僕が小倉であることを知ってる？

なお無視することもできたが、来訪者の意図が不明なのも気味が悪いので、僕はベッドから降りて、インタホンの受話器をとった。

「はい」

「小倉直丈さんですか？」

「ええ」

「あの、お二階のかたのことで、ちょっとお話が」

「どなたですか？」

それまでよりはやや抑えた声で、相手は言った。

「警察です」

警察。お二階のかたのこと。

混乱した。混乱しつつ、近所の手前もあって警察という言葉をすぐには出さなかったのか、と思った。

インタホンの受話器を戻し、玄関に直行して、ドアを開ける。

外には、二人の男がいた。

手前は、四十代、小柄でずんぐり、ごま塩頭、半袖のワイシャツにノーネクタイ。後ろが、三十代、大柄でがっちり、ソフトモヒカンふうの短髪、同じく半袖のワイシャツにノーネクタイ。

ずんぐりのほうが、何かをチラッと見せた。警察手帳、だったのかもしれない。

「お忙しいとこすいません。お訊きしたいことがあるんですが」

「はぁ」

「といっても、任意です。強制じゃありません。いいですか？」

任意です、と警察に言われ、じゃあ、いやです、と言える一般人がどれだけいるだろう、と思いながら、言った。

「はい」

「ここでは、そちらもあれでしょうから、なかに入れてもらっても？」

「あ、どうぞ」

二人がなかに入り、ドアが閉められた。

ワンルームの狭い玄関に大人の男が二人。それだけでも、圧迫感があった。エアコンがつけられているとはいえ、暑苦しくもあった。

二人組の刑事といえば、気さくとコワモテの組み合わせを連想するが、この二人はちがった。どちらもコワモテなのだ。ただ、見た感じ、一応は四十代のほうが気さくの役割を担っているらしい。

「ちょっと確認したいだけなんで、かまえなくて結構ですから」と、その四十代ずんぐりデカが言った。

「二階に住んでる菊池澄香さんを知ってますね？」と、三十代がっちりデカがコワモテで続く。

「名前と顔ぐらいですけど、まあ、知ってます」

「彼女が何をしたかも？」とがっちりデカ。

これには少しビビった。犯罪が行われたことを知ってたのに通報しなかったザイ（罪）、か何かで連行される自分を想像した。刑事の上着を頭にかぶせられ、手錠を隠すために手首にタオルを巻かれて連行される姿をさえ、想像した。ずんぐりデカもがっちりデカも上着を着てないけど、だいじょうぶなのか？　と思った。クラッときた。体内に残っていたアルコールのせいかもしれないが。

僕の返事を待たずに、ずんぐりデカが言った。

「ご存じとは思いますが、彼女は男から金をゆすりとりました。で、取り調べを受けた。そこでの供述が正しかったのかどうか、我々はそれを確認したいわけです」

「わかり、ました」

「ではさっそく。小倉さんは、えーと、その、何だ、シナリオを、書いてらっしゃる？」

「はい。書いてます」

「で、男が女に金をゆすりとられる、みたいなものを書いた」

「まあ、はい」

「それを菊池澄香さんに見せた」

「はい」早くも限界だった。「といっても、それだけを見せたわけじゃなく、いくつも見せた原稿のなかにそれも含まれてたってだけですけど」

「それは聞いてます」

「こうなることを予測して書いたわけでもないですし」

それも聞いてます、とは言ってくれなかった。不安だ。

「何にせよ、見せたことはまちがいないですね？」

「えーと、はい」

笑顔であることは印象としてわかるが残念ながらとてもそうは見えない顔で、ずんぐりデカが言った。

「心配しなくてもいいですよ。共犯だと疑ってるわけじゃないから」

共犯。言葉だけでもゾッとする。

「ただ、念のためにうかがっときますが、彼女をそそのかしたりは、してないですね？」

「してません」即答した。コンマ数秒の間さえつくらなかった。そしてダメを押す。

「まちがいなく、してません」

「その原稿は、パソコンから打ちだしたのかな」

「そうです」

「まだデータとして入ってます？　パソコンに」

「ええ。入ってます」

「それ、見せてもらえますか？　パソコンの画面で見るだけでいいから」

「はい」

「じゃあ、上がりますよ」

「どうぞ」

「あとで、強引に上がりこんだとか言わないでね」

「言いませんよ、そんなこと」と本気で言ったあとで、気づいた。冗談だったのだ、と。

部屋に立っている大小二人の刑事の前で、僕はイスに座り、テーブルに置かれたパソコンの電源を入れた。旧型なので、立ち上がるのに時間がかかる。何ともいまいましい。

ヒマつぶしということなのか、ずんぐりデカがこんなことを言ってきた。

「小倉さんは、何、その、シナリオライター志望、ですかね。シナリオライターなんだ？」

「シナリオライター志望、ですかね。それで稼ぐとこまではいってないから」

「それにしては、いいとこに住んでるね」

ドキドキさせんなよ、と思いながら、言う。

「会社で働いてたときの貯金をとり崩してるだけですよ。そろそろヤバいです」

言ってすぐに後悔した。そろそろヤバいから、菊池澄香をそそのかして、金を手に入れようとした。そうとられるのではないかと思ったのだ。

「つまり、夢を追ってるわけだ」と、ずんぐりデカが真顔で言った。

菊池澄香と同じ発想だ。それがおかしくて笑いそうになったが、どうにかこらえた。

それとなく自分の腿をつねるなどして。

パソコンが立ち上がると、僕は、二人の刑事に流れが伝わるように、わざとゆっくりあちこちをクリックし、『女子に性欲はない』の文書ファイルを開いた。

「ご自分で見ますか？」

そう言って、イスから立ち上がる。

「いい？」

「どうぞ」

ずんぐりデカがイスに座った。そして、思いのほか器用に画面をスクロールさせていく。あっけなくエンドマークにたどり着くと、またすぐに先頭に戻った。

「確かにこれだな」

「ですね」とがっちりデカ。

僕はといえば、それで安心するべきなのか不安になるべきなのかがわからず、そんなときの常として、不安になった。

唐突に、ずんぐりデカが言った。

「女子に性欲って、ないの？」

「ないことも、ないでしょうけど」

「そうだよねぇ。ないわけは、ないよねぇ。ただ、男のそれとは、ちがうってことなんだろうなぁ」そしてずんぐりデカは、両手でポンとテーブルを叩き、こう続けた。「はい、じゃあ、わかりました。どうもありがとう」

「いえ。で、あの」

「ん？」

「彼女、どうなるんですか？」

「うーん。わかんないねぇ、今の段階では。あんまりくわしいことも言えないし。気になる？」

「まあ、ちょっとは」

「おたくたち、まさか、そういう関係じゃないでしょ？」

「ちがいますちがいます」と、あせって二度返事をする。

「最初、足音のことで苦情を言いに行ったんだって？」

「ですね」

「そこで止めとけばよかったけどねぇ」

「はい？」

「いや、付き合いをさ。まあ、何にせよ、小倉さんに非はないけど。でも、これだけは言える。ほんと、金を受けとらなくてよかったよ。もし受けとってたら、ジューハンととられてもおかしくなかったからね」

「あぁ。はい」と言いながら、考えた。ジューハン、とは？

すぐに答が出た。重版ではない。住販でもない。従犯だ。

「そんじゃあ、失礼しますよ」と言って、ずんぐりデカがイスから立ち上がった。

そして、がっちりデカとともに玄関へ向かう。

そこでは、がっちりデカがきびきびとした動作でくつを履き、先に外に出ていった。

続いて、ずんぐりデカが、こちらは緩慢な動作で、くたびれた革ぐつを履く。

「最後にもう一つね。これは個人的な意見なんだけど」

「何ですか？」

「話としてはおもしろいのかもしんないけど、あれ、テレビとかじゃ放送できないでしょ。あんな、勃ったとか勃たないとかさ」

「できない、でしょうね」

「でも楽しめた。まあ、がんばってよ」

「はぁ。どうも」

「じゃあ、これで」

そう言って出ていきかけたずんぐりデカに、恐る恐る声をかけてみた。

「あの」

「何？」

「そのうち、取材とかさせてもらえませんか？」

「取材？」

「ええ。刑事モノなんかを書くときの参考に」

「あぁ。そういうのは、広報に言ってよ」と簡単に断られた。「そんじゃ、どうもね」

そしてずんぐりデカが出ていき、ドアが閉まる。意外にも、静かに。

二人が引きあげたことをのぞき窓越しに確認してから、ベッドに戻り、ゴロンと横になった。酔いは残っていたが、吐き気は少し引いたようだ。アルコール臭を嗅ぎとられてしまっただろうか、と思った。だとしたら印象が悪いな、と。

それから、あらためて菊池澄香のことを考えてみた。

ずんぐりデカの言っていたことから判断して、彼女はおそらくあったことのすべてを正直に話したのだろう。

まずは、一階の住人（僕）から足音がうるさいと苦情を言われたこと。その後、大家さんにチクられるのではないかと不安になり、謝りに出向いたこと。それをきっかけに、一階の住人がシナリオを書いていると知ったこと。タイクツしのぎに、そのシナリオを読ませてもらったこと。そのなかに、自分の過去の経験と重なる話があり、その実行を思い立ったこと。そして実行し、まんまと五十万円をせしめたこと。その半分をアイデア料として一階の住人に渡そうとしたこと。でも受けとりを拒否されたこと。

菊池澄香は、これらのことを、訊かれるままに話したはずだ。

刑事たちも、そこにうそはないと判断したのだろう。だから、僕への対応がこの程度ですんだのだ。もしも彼女が、あのシナリオには一階の住人からのメッセージを感じました、とか、明らかに実行を期待してる様子でした、とか言っていたら、僕は今ごろ警察の取り調べ室で、ベソをかきながらカツ丼を食べていたのかもしれない。

二階からタスタスタスンが聞こえてこないことを、僕はさびしく思った。もとの痛烈なドスドスドスン！　に戻ってもいいから聞こえてきてほしい、と願った。

僕が責任を感じる必要はない。それはわかっていた。ただ、『女子に性欲はない』を渡すことはなかったんじゃないか、という気もした。僕は彼女の不倫の話を聞いていたのだから、そのくらいの配慮はするべきだったのだ。

金を受けとらなくてよかったよ、と、ずんぐりデカは言った。確かにそのとおりだ。

だが僕には、あの時点で何かやれることがあったかもしれない。無防備な彼女の手だすけをしてやるくらいのことは、できたかもしれない。

しかし無情にも時は流れ、菊池澄香は警察の手に落ちてしまった。今ではもう、できることは何もない。というか、僕は今まさに、できることを終えたばかりだ。保身に留意しつつ刑事の質問に答えるという、誰にでもできることを。

では、今から、僕に何ができるのか。

てっとり早く思いつけることは、一つだけだった。

僕は冷蔵庫からビール（第三の）を取りだし、タブをクシッと開けて、中身をゴクゴク飲んだ。つまり、酔いに酔いを重ねた。

迎え酒。アホだ。


〈小倉さん。お茶でも飲みませんか？　高見〉

そんなメールがきた。本当に僕らが友だち同士であるかのようなメールだ。

だが、先が見えないまま三十になった今、友だちは多いほうがいい。

なので、お茶を飲みに出かけた。

場所は前回と同じ、銀座の並木通りにあるカフェだった。今回は、待ち合わせ場所を初めからそこにした。その待ち合わせの時刻も、前回と同じ、午後三時だった。

店に着いてみると、高見美樹は、これまた前回と同じ、窓際の席に座っていた。そして僕を見て、ほほ笑んだ。

その魅惑的な笑みを見た瞬間、これは不倫ではないのか、と思った。もちろん、そんな意識は僕にはないが、第三者が見れば、そう感じてしまうかもしれない。しかも、旧友の妻との不倫。タチが悪い。

そこで考えてみた。不倫というのは、いったいどこからを言うのだろう。

ベッドをともにする。これはまちがいなく、不倫だ。

キスをする。これもまあ、不倫だろう。

会ってお茶を飲む。これは微妙だ。だがお茶を飲みながらゾンビの話をすれば、それは不倫ではないような気がする。

よし。不倫ではない。そう思うことにした。

注文したカプチーノとブレンドコーヒー（これも前回と同じだ）がくると、高見美樹が言った。

「すごくおもしろかったです。『ゾンビくん』」

「あぁ。それはどうも」

「本流ではないところに位置するような話。そこがとてもよかった」

「ほめ言葉、ですよね？　それ」

「もちろん。極上のほめ言葉ですよ。ゾンビの存在を何となく知った人間たちが、半信半疑ながら、ざわついていく感じ。何だかゾクゾクしました」

「でも人によっては、映像としての派手さがないとか言いそうですけどね」

「人間がもっと派手に襲われる画がほしいってことですか？」

「ええ」

「それは、やめてほしいですね」

「同感です」

「あの作品、コンクールには応募してないって言いましたよね？」

「ですね。コンクール向きではないような気がするし。ほとんど趣味で書いたようなものなんで」

「もったいないと思いますけど」

「うーん」と言ったあとで、本音らしきもの（自分でもよくわからないのだ）を打ち明けた。「何か、あれがあっけなく落とされたらいやだなって思っちゃうんですよね。実際、あっけなく落とされるんだろうし」

「わたしはそのあたりのことはよくわかりませんけど、落とされちゃうんですかね」

「おそらく」

「だったら、ご自分で撮ってみたらどうですか?」

「え?」

「監督をやるんですよ、小倉さんが」

「自主制作、ですか?」

「そう。今は、普通のビデオカメラでもある程度のものは撮れるらしいし、ゾンビはゾンビくん一人しか出てこないわけだから、特殊メイクなんかも、そう大変ではないでしょう?」

恐れ入った。自分で撮る。モノにならないなら、自分でモノにしてしまう。お金持ちだからこそ出てくる発想だ。おもしろい。

「できないことはないかもしれません」と僕は言った。「大げさなロケも必要ではないし、登場人物も少ないから」

「何なら、主役の究人くんを、小倉さん自身がやっちゃえばいいですよ。あるいは、ゾンビくんの役を」

「監督、脚本、主演。一人三役のゾンビ映画ですか。斬新ですね」

「巨匠っぽいです」

「とてもいい案だと思いますよ。感心しました。でも、何ていうか、演出までやるつもりはないんですよ。そもそもが監督志望なら、自分で撮る映画のシナリオは自分で書いたと思います。けど、ぼくは話をつくりたいだけなんで、そちらへの欲求はありません。少なくとも、書くことすらロクにできてない今は」

「そうですか。残念」

「ただ、いつか撮るなら、そのときには、発案者として高見さんにも出演してもらいますよ。無理にでも女ゾンビをストーリーにねじ込んで。あっさりした、いいゾンビになるんじゃないかな」

「それ、ほめてます？」

「極上のほめ言葉ですよ」

と、まあ、そんな具合に、僕らは午後の茶飲み話を楽しんだ。

もちろん、ゾンビ以外の話もした。高見美樹の話。僕の話。それから、尾行し、尾行されていたころの思い出話（！）。

その流れで、僕がまだ尾行をやめたことを頼也に伝えていないと言うと、高見美樹は、「そう」とだけ言った。その二音だけで夫婦の関係やらほかの何やらが想像される、意味深い、そう、だった。

二時間ばかり話をして、僕らはカフェを出た。

今回は、高見美樹がカプチーノとブレンドコーヒーの代金を払った。「わたしが誘ったから」と言って。

こんなふうに、たまに彼女とお茶を飲むのはいい気晴らしになるかもな。と、そんなことを考えていたら、彼女が言った。

「小倉さん、このあと時間あります?」

「ええ。ありますけど」

「野球、観に行きませんか?」

「野球?」

「今日、彼が投げるんですよ」

そう。今日は頼也が投げる。そのことは知っていた。何となく、気にしていたのだ。

牧田梨紗と陽太が観に行く試合だから。

「高見さんが観に来ることを、頼也は知ってるんですか?」と尋ねてみた。

「知らない。だから、チケットをもらってもいない」と答がきた。「当日券を買って入りましょうよ。平日だし、売りきれてるはずもないから。わたし、ここ二年は一度も観に行ってないんですけど、誰かと一緒ならいいかなと思って。そんなのに付き合わされるの、いやですか？」

「いえ、そんなことは」

「野球場で、ビールでも飲みましょうよ」

野球場で、ビール。二人でバーかどこかへ飲みに行ってしまったら、不倫になるかもしれない。でも野球場で紙コップのビールを飲むのなら、それは不倫ではない（よな、たぶん）。

「いいですね。飲みましょう」

外堀通りに出ると、高見美樹は車道に寄って片手を上げ、走ってきたタクシーを停めた。

「どうせなら最初から観ましょう」

「はい」

高見美樹が先に後部座席に乗りこみ、僕があとに続く。彼女がスタジアムの名前を運転手に告げると、車はすぐに走りだした。

普段はタクシーになど絶対に乗らない僕が、この一週間で二度もそれに乗っている。一度は牧田梨紗と。一度は高見美樹と。妙だ。

ふと思いだしたことがあったので、隣の高見美樹に、声を潜めて訊いてみた。

「タクシーは、きらいじゃなかったですか？」

「ん？　あぁ。頼也がそう言ったの？」

「ええ。まあ」

「基本的に乗りものはきらい。でも乗らなきゃいけないときは乗る。わたしはゾンビくんではないから、残念ながら、自分の足でどこまでもは行けない」

そんなことを滑らかに言って、彼女は穏やかに笑った。

道は混んでいたが、それでもスタジアムには十五分ほどで着いた。

タクシー代を当たり前のように払った高見美樹は、一塁側内野指定席二枚のチケット代も当たり前のように払った。

一塁側ってのはちょっとヤバいな、と思った。牧田親子と鉢合わせしてしまう可能性がないとは言えないからだ。

しかし、ホームの試合の先発ピッチャーの奥さんに、三塁側にしませんか？　とも言えない。だから黙っていた。

スタジアムに入り、前から十列めの内野席に座ると、まずあたりを見まわした。観客は六分の入り。まあ、鉢合わせはないだろう、と実感できた。半径五メートル以内の席にいるのでもない限り、お互い、気づく心配はなさそうだ。これで出くわしたとしたら、僕はかなりの不運なやつということになる。とはいっても、ヘルスで牧田梨紗と再会した僕のことだから、まだ安心はできないが。

試合は午後六時ちょうどに始まった。

一回の表。レンガ色の土がきれいに均されたピッチャーマウンドに、高見頼也が立った。

投球練習では力を抜いているように見えたが、プレーボールのコールがかかっての一球め。投じたストレートはいきなり百五十キロを超え、客席から歓声が上がった。

「おぉ」と、僕も思わず言った。

速い。遠くから見ても、速い。あれよりも新幹線のほうがずっと速いというのが信じられないくらいだ。打席に立っていて、そこへ新幹線が来たら打てそうな気がする。でも、あの球は打てない。

先頭バッターを、頼也は三球三振に斬ってとった。頼也クラスに、遊び球はいらない。実に説得力のあるピッチングだった。

でも頼也だって、三十歳だ。じき球威は落ちてくるだろう。

そう思っていたら、ライヤ・ボールが来た。例の、ギュルリン、とタテに落ちるカーブだ。

あぁ、これがあれば、球威が落ちてもだいじょうぶかもなぁ。

すぐに、そう思った。やっぱ、ちがうんだよ、スターは。

相手チームの攻撃を三人で終わらせて、頼也はマウンドを降りた。

よく観察していたが、一塁側のベンチに戻る際にスタンドの観客席を見やるとか、そういうことはなかった。それでも、牧田梨紗と陽太のことを少しは意識しているだろう。さすがに、妻と僕にも見られているとまでは、思ってないだろうけど。

二回の裏が終わったところで、大きなタンクを背負って走りまわっている売り子の女の子からビールを買った。二杯。その代金も、高見美樹が払った。決してポーズではなく、僕が払おうとした（本当です）のだが、彼女が、いつの間にか用意していたお金を先に出してしまったのだ。

その後も、高見頼也は黙々と投げつづけた。シングルヒットは打たれたが、そこからの進塁は許さなかった。

ピッチャーがキャッチャーに球を投げることで、一つのプレーが始まる。その一つ一つのプレーを、頼也はすべて支配していた。その意味でも、彼は王様だった。王様だからグラウンドの真ん中にいる。そんなふうにさえ、見えた。

彼は照明の光を受けて輝いているのではなく、自ら光を発することで輝いていた。そのピッチングフォームは、ずば抜けて美しかった。テレビでの後方からの角度でなく、一塁側から、体の正面を見られるので、余計にそう感じた。激しく振られる左腕は、よくしなるムチというよりは、生きているヘビみたいだった。腕そのものに、生命があり、意思があった。

五回を終わって、〇対〇。

六回表のマウンドに立った頼也は、先頭バッターをヒットで出した。しかし続くバッターの送りバントを巧みにさばき、1‐6‐3のゲッツーをとった。いいピッチャーはフィールディングまでもがいい、とよく言われる。頼也も例外ではなかった。

そのプレーを見て、高見美樹が久しぶりに口を開いた。

「野球を知らないわたしでもわかる。彼はやっぱり、特別な人間なのよね」

「確かにそうだ」と僕。

「投げてるときの彼は、ほかの人たちとはちがうところにいる。とても手の届かないところにいる。本当に、最高。今だって、わたし、そう思う。もう夫として見てないからなのかもしれないけど」

続く三番バッターの外国人（大柄な黒人選手だ）に、頼也は、珍しくデッドボールを与えた。モロにぶつけたわけではないが、胸もとをえぐるインコースのストレートが、ユニフォームをかすめてしまったのだ。

例によって百五十キロを超えるストレートであったせいか、バッターは大げさにのけぞった。そしてバットをほうりだし、怒りをあらわにした。

キャッチャーが素早く立ち上がってなだめにかかり、頼也も帽子をとった。それをすぐにかぶったことが気に入らなかったのか、バッターがマウンド方向に足を一歩踏みだした。

両ベンチから、一斉に何人かが飛びだした。しかしキャッチャーがうまく前にまわりこんで抑えたことで、バッターの足は止まり、大事には至らなかった。

バッターは、威嚇するように頼也をにらみつけながら、のっしのっしと一塁へ歩いた。エースだか何だか知らねえが、いっちょカマしてやったぜ。そんな日本語吹き替えのつぶやきが聞こえてきそうだった。

そして四番バッターを迎えた頼也は、その一球めを、キャッチャーのミットにではなく、一塁手のミットに投げた。

素早いモーションでのけん制球。いわゆる矢のような送球が、そのファーストミットに収まった。コースもドンピシャだった。

ユルユルとリードをとっていたランナー（三番バッターね）はあわてて塁に戻ったが、遅かった。僕らスタンドの観客たちにもはっきりそうとわかる、アウト。

走塁コーチにあとでこっぴどくどやしつけられそうな、緩慢プレーだった。もしかすると、ランナーは、頼也をコケにするべく、巨体を揺らしての意表をつく盗塁を試みようとしていたのかもしれない。つまり、ウラをかいたつもりが、そのウラをかかれてしまったわけだ。

それでスリーアウトになり、頼也は涼しい顔でマウンドを降りた。すれちがいざま、その刺されたランナーが彼に何か言った。明らかに罵り口調でだ。

だが頼也はそちらを見もせずに、一塁側のベンチへと戻った。無視したというよりは、初めから聞こえていない感じだった。

確かに頼也は、ほかの人たちとはちがうところにいた。先の酒席での彼の発言、もしも向こうのやつらにデッドボールを当てて、マウンドに向かってこられたら、スタンドまで逃げちゃうかもしれない、を覚えていた僕にしてみれば、何とも痛快な一幕だった。

今のやりとりは、五歳の陽太にも理解できたろうな。と、そんなことを思った。ママのお友だちである高見頼也が、大柄で凶暴な敵を勇敢にやっつける。ヒーロー大活躍の図だ。熱を出して寝こんだときに世話をしにきたもう一人のママのお友だちにくらべ、遥かに強い印象を受けたにちがいない。

片や、日本プロ野球界を背負い、一年で二億八千万を稼ぎだす男。片や、日本シナリオ界（そんなものあるのか）に入りこむことすらできず、去年の年収が冗談でなくゼロだった男。片や、何万もの大観衆の前で素晴らしいピッチングを披露している男。片や、アパートの居間で一人『ゾンビ』を観ていた男。五歳とはいえ、世の中に存在する格差というものをしっかり学びとったことだろう。

「シナリオのこと、父に頼めばどうにかなるかもしれない」と高見美樹が言った。

「え？」

「わたしが頼めば、小倉さんが書いたシナリオを、誰かに見てもらえるかもしれない。父には、テレビとか映画関係の知り合いもいるから」

「あぁ」と間の抜けた返事をした。

「何なら話してみるけど」

悪い話ではなかった。というか、ものすごくいい話だった。高見美樹は、そこまで『ゾンビくん』を気に入ってくれたわけだ。あるいは、ゾンビスト仲間としての僕を気に入ってくれたということだろうか。どちらにせよ、このうえなく、いい話だ。

なのに。

「ありがたいですけど、でもそこまでは」と言っていた。僕がというよりは、口の野郎が。

「遠慮することないのに。もちろん、それでうまくいくとは限らないけど、少なくともチャンスにはなるんじゃない？」

「そう思います。ただ、それをしてもらうのは、力があることをきちんと証明してからにしたい」

「賞をとってからにしたいっていうこと？」

「それだけじゃありませんけど。でも、まあ、そういうことです」

それを聞いて、高見美樹は黙った。黙って、何ごとかを考えた。

「ぼく、青臭いですかね？」

「ううん。青臭くはない。器用でもないみたいだけど」

「当たってます。確かに器用じゃない。自分でも、時々、すごくいやになることがありますよ」

「でも、あなた（そう、あなただ）よりもっと器用じゃない人間もいる。そんな人間が、低アルコールのビールを一人で一日に何本も飲んだりする。目的もなしに街を歩きまわったりもする」

僕は右隣にいる高見美樹を見た。

彼女は試合が行われているグラウンドを見ていた。

観客たちの声援が聞こえているのに、静かだと感じられた。耳が慣れたのだ。

「気が変わったら言って。父にはいつでも会えるから」

「どうも」と言ったあとに、付け加えた。「そうします」

高見頼也は、七回、八回、九回をパーフェクトに抑え、勝利投手になった。一対〇。三安打一死球の完封。相変わらずの、見事な勝ちっぷりだった。

試合が終わると、僕らはすぐに席を立った。一塁側のベンチ前で、頼也がヒーローインタヴューを受けるはずだから、その前に出ていくことにしたのだ。さすがに姿を見られるのはよくないだろうと思って。

頼也が投げてきた多くの試合の例に洩れず、この段階で、時刻はまだ午後八時四十分。

高見美樹が歩くなりタクシーに乗るなりして帰ると言い、僕が地下鉄で帰ると言って、僕らはスタジアムの前で別れた。

地下鉄銀座線の車内で、高見美樹がしてくれた提案について思い返してみた。

口利きをしてもらうのは、力があることをきちんと証明してからにしたい、などと僕は言った。やっぱり青臭いし、それに不器用だ。大して考えもせずに、僕はそんなことを言った。そしてあらためて考えることで、その理由がわかった。

理由。それは、高見夫婦にあまりにも頼りすぎだから。実感に近い言葉で言うと、高見夫婦にべったりだから。お互いはべったりでない高見夫婦に、他人である僕がべったりだから。

高見頼也には金（今のところは商品券だけだが）をもらい、高見美樹には仕事をもらう。それではあまりにも無力だ。あまりにもみじめだ。本能的にそう感じたからこそ、僕はああ言ったのだろう。ありがたいですけど、でもそこまでは、と。

最短区間分のキップでも築地までは行けるはずだったが、僕は乗り換えを嫌い、銀座で電車を降りた。

そして地下から地上に出て、空に浮かんでいる真ん丸な月を目にしたときに、ふとこんなことを思った。

牧田梨紗と陽太は、このあと頼也と夕食をともにしたりするのかなぁ、と。

だから頼也はいつもの如く急ピッチで試合を終わらせたのかなぁ、と。


西船橋は、平井から駅を六つ下ったところにある。

総武線の快速は停まらないが、同じＪＲの武蔵野線が通り、東京メトロの東西線や東葉高速鉄道がそこから出たりするので、駅としてはかなりにぎやかな部類だ。

その西船橋に降り立ったのが、夕方の五時。

駅から三分ほど歩いて、僕は店の引戸を開けた。『縁』という名の小料理屋だ。

「いらっしゃいませ」と若めの女性が言い、

「何だ、あんたか」と若めでない女性が言った。

前者は、僕が知らない二十代半ばの人で、後者は、五十五歳の女将。

この『縁』は、その女将、すなわち僕の母親の店だ。といっても、彼女が自ら開いたわけではない。父と母（僕の祖父と祖母ね）から引き継いだのだ。夫（僕の父ね）と離婚したあとに、調理師免許を取得するなどして。

ちなみに、彼女の名前は、小倉縁《よすが》。よく緑とまちがえられるが、縁だ。で、店の名前も『縁』。どういうことかと言えば、初代の経営者である僕の祖父が、自分の一人娘の名前をつけたのだ。お酒を飲ませる小料理屋に。

祖父は五年前に亡くなったが、祖母は健在で、今もここから十五分歩いたところにある実家に母と二人で住んでいる。僕も大学生のときまでは住んでいた。そこは僕の実家でもあるわけだ。

L字型のカウンターに十一席と、四人では大いに窮屈な四人がけのテーブル席が二つだけの狭い店。そこに、お客はまだ一人もいなかった。

カウンターの内側にいる母親からは斜めの位置になるイスに座って、言った。

「ビールちょうだいよ」

「五時からビールなんて、いいご身分だねぇ」と、ストレートに近いジャブがくる。

アルバイトらしき二十代の女性が、ビールとグラスを出してくれた。自らビールをグラスに注ごうとしたら、代わりに注いでくれたりもした。

「あ、すいません」と僕。

「いえ」と彼女。

「ユリちゃん、そんなことしてやんなくていいの」と母。

「こちら、もしかして？」と、そのユリちゃん。

「そう。ウチのバカ息子」母。

「バカって」僕。

「小説を書いてるんですよね？」ユリちゃん。

「それは妹」母。

「そう。バカじゃないほう」僕。

あらためて狭い店内を見まわしながら、僕はビールを飲んだ。

僕が高校生のころに一度改装されてからは、何も変わってない。小料理屋といっても、小洒落た感じではなく、母親は洋服にエプロンだし、それはユリちゃんも同じだ。よくつぶれずに続いてるよなぁ、と人ごとのように思った。とはいえ、この店が僕と妹の学費や生活費を生みだしていたのだから、感謝はしなければならない。まあ、何よりもまず感謝しなきゃならないのは、あちこちに土地を持っていた祖父にだけど。

母が、小皿に入れたピーナッツを出してくれた。

それをぽりぽりと食べながら、言う。

「メニューにピーナッツなんてあったっけ」

「サービスとして出すんだよ。小料理屋のメニューにピーナッツがあるわけないだろ」

それを聞いて、ユリちゃんが笑った。早くも僕らの親子関係を的確に見抜いたらしい。

「最近、琴恵はどうしてんの?」と母に尋ねてみた。

琴恵。妹のことだ。

「知らない。何の連絡もないよ」

「忙しいのかな」

「あんたよりは忙しいだろうね」

琴恵と母は、何というか、仲がよろしくない。琴恵なら、これでもまだ僕のほうが、母とはうまくやっているくらいだ。

母と琴恵。二人とも逞しいからいけないのだと思う。逞しさのあまり、すぐにぶつかってしまうのだ。激しく。真っ向から。

「で、今日は何だい？　お金ならないよ」

「そんなんじゃないよ」と母に言ってから、ユリちゃんに言う。「おれ、金せびりにきたことなんかないですからね」

「じゃあ、何よ」と母。「まさか、結婚するとかいうんじゃないだろうね」

「は？　何でそうなるんだよ。できるわけないだろ、今の状況で」

「できるわけないけど、あんたならそういうムチャをしそうだからさ。今も、外でお嫁さんが入るタイミングをうかがったりしてるんじゃないだろうね。ユリちゃん、ちょっと見てきてくれるかい？」

「いや、いいですよ、見なくて」と僕。「いないから、そんなの」

笑顔のユリちゃんが、二杯めをグラスに注いでくれた。まだ一杯めを飲みきってないのに。

ユリちゃん。彼女の顔をチラ見して、言った。

「あの、もしかして、実家の近くの人？」

「あ、うれしい。わかります？」

「金丸《かねまる》さんとこの娘さんだよ」

「やっぱり」

そう。やっぱりだ。三軒だか四軒だか隣の金丸さん。そこの百合ちゃんだ。

僕が大学生だったときに、彼女はまだ中学生だった。何度か家の前で見かけたことがあるし、あいさつをしたこともある。いつもムスッとしていて、ロクに返事もしてくれなかったけど。時には、こんちわ、と言っただけなのに、ウゼえんだよ、という目つきで見られたりもしたけど。

そして今、百合ちゃんは変わっていた。かなりグレており、援助交際をしているとまで噂されていたあのころの面影はなかった。整ってはいたがキツめでもあった顔立ちから、毒気だけをきれいに抜いた感じだった。

「気心も知れてるから、バイトしてもらうことにしたんだよ」と母が言った。「大した時給は出せないけどお願いって」

「いいえ、そうじゃなくて、わたしから頼んだんですよ。わたし、それまでは何もしてなくて、あちこち渡り歩いてるだけだったから。あちこちっていうのは、もちろん、男のとこって意味ですけど」

「あぁ。そうなんだ」

「でも働かせてもらえて、ほんと、たすかりました。でなきゃ、わたし、ちょっとヤバかったかも」

そのヤバかったという言葉が、少しだけ彼女の昔の姿と重なった。何がヤバかったのかは知らないが、とにかくヤバかったのだろう。

でもそれを聞いて、ここへ来たのはやはりまちがいではなかったと確信した。

今日、僕は、彼女に仕事を紹介できるのではないかと考えて、ここに来た。

彼女。牧田梨紗ではない。菊池澄香だ。

菊池澄香に、せめてアルバイトくらい紹介できないかと思ったのだ。前に一度そう言われていたこともあって。それから、僕自身、何だかすっきりしないものを感じていたこともあって。

今後の菊池澄香がどうなるかはわからないが、まさか実刑判決を受けたりすることはないだろう。だから、レーガンハウスに戻ってきたときに、アルバイトでよければクチはありそうだと言ってみるつもりだった。彼女がいやだというなら、それはそれでしかたない。だが選択肢が多いに越したことはない。新川から西船橋は決して近いとは言えないが、東西線を利用すれば一本で行けるのだし。

まあ、細かいことはいい。重要なのはこれ。菊池澄香には、何よりもまず、監督者が必要だということだ。口は悪くても面倒見はいい、そんな監督者。例えば小倉縁のような。

ただ、そうは言っても、僕が勝手に決められることではないので、まずは話をしてみることにした。それでこんなふうに、ノコノコと出向いてきたわけだ。お客がいない時間帯を見計らって。この『縁』に。

「で、あんた、結局、何しにきたのよ」

ちょうど母にそう言われたので、この百合ちゃんがいるなら無理だろうなぁ、と思いつつ、訊いてみた。

「バイト募集とか、してないよね？」

「してないよ。でも、近々するつもり」

「わたし、やめちゃうんですよ」と百合ちゃん。「結婚するから」

「え？　ほんとに？」

「はい。結婚してからもここにいたかったんですけど、十月からダンナがマレーシアに行くことになってて」

「マレーシアって、えーと、東南アジアのマレーシア？」

「そのマレーシア。わたしもついてくの」

「それは、何ていうか、おめでとう、ございます」

「ありがとう」

「新郎は、何と、ウチのお客さんだよ。プロポーズも、この店でしたんだから。それも、今のあんたと同じそのイスに座って。いきなり百合ちゃんに、僕と一緒にクアラルンプールに行ってくれませんか？　って」

「わたし、は？　って言っちゃった。レストランの名前か何かかと思って。で、いいですよって答えたの。ほんとにいいんですか？　やった！　なんて向こうがやけに喜んでるから、よくよく聞いてみたら、クアラルンプールっていうのはマレーシアの首都で、そこに行くのは仕事の都合で、わたしはプロポーズされたんだってわかった」

「でも受けちゃったのよね？　その場で」

「はい」と百合ちゃんは笑った。「わたしにプロポーズしてくれる人なんて現れないだろうと思ってたから。そういう意味でも、たすかったんですよ、ここで働かせてもらって」

「ダンナさん、すごくまじめな人だよ」と母は僕に言った。「あんたとは大ちがい。苦労を知ってるんだ、きちんと」

「数えで四十二歳、厄年。わたしより、十七歳、上。髪が薄くて、ちょっとお腹が出てる。マレーシアに行くことで、課長代理から課長になるの。こう言っちゃ何だけど、優しい人。わたしがフーゾクで働いたことも受け容れてくれた、優しい人」

「そこまで言わなくていいんだよ、別に」と母。

「ううん。言いたい。わたしのことじゃなく、あの人のこととして、言いたい」そして百合ちゃんは僕に言った。「そんなわけで、急いで結婚式したりしなきゃならないから、八月いっぱいにさせてもらったんですよ」そして今度は母に言う。「だから、ママさん、ちょうどいいんじゃないですか？　親子でお店やるっていうの、素敵ですよ」

「あ、いやいや。バイトするのはおれじゃないよ」

「え？　何だ。ちがうんですか」と百合ちゃん。

「じゃ、誰よ」と母。

「女の子。彼女と同年輩の」

「何者？」

「同じアパートの住人。おれの上の部屋に住んでる」

「もしかして、カノジョさんですか？」と百合ちゃん。

「ちがうちがう。仕事を探してるみたいだから、もし募集してるんならと思って」

「何かわけありっぽいね」と母。

「ぽいぽい」と百合ちゃん。

まったく。女の勘てやつときたら。

当たるからね、実際。

「実はちょっと」と僕は正直に言った。何せ実母がやっている店なのだ。不利益を被らせるわけにはいかない。「けど、いい子ではあるんだ。ほんとに」

「どうしてあんたがそこまでしてやらなきゃなんないわけ？　同じアパートの住人て、要するに、赤の他人じゃない」

「まあ、そうなんだけど。いろいろとわけがあってさ」

「なら、そのわけを話しなさいよ」

そこで、僕は簡単にそのわけを話した。省けるところは省いて、かなり手短にだ。

ドスドスドスン！　をきっかけに二階の彼女と知り合ったこと。読みたいというので、シナリオを読ませたこと。そのシナリオに書かれた脅迫行為を何と彼女が実践し、警察のお世話になってしまったこと。でもそんな話から抱かれてしまう人物像と実際の彼女はまるでちがっていること。強いて言えば、そうみにくくないあひるの子であること

（「よくわかんないよ」と母）。シナリオを読ませただけではあるが、何となく僕も責任を感じてしまっていること。

女性二人の前ということもあり、『女子に性欲はない』というタイトルやその内容にまでは触れなかった。まあ、二人とも、きな臭さを感じはしたろうが。

僕が話を終えると、母は言った。

「その子にあんたが弱みを握られてるとかってことは、ないんだね？」

「まさか。ないよ」

「その子は、あんたのカノジョでも何でもないんだね？」

「ない」

母は、少し黙って考えた。お通しなのであろうなめこおろしを、ボウルからいくつもの小皿に盛りながらだ。そして、何を言うかと思ったら、こんなことを言いだした。

「あんたって子は、ほんとに甘ちゃんだよ」

「え？」

「その甘ちゃんが、自分よりもっと甘ちゃんな子の面倒を人に見させようっていうんだから、余計に甘ちゃんだよ」

そう言われたら、僕が黙るしかなかった。甘ちゃんのバカ息子。いいとこなしだ。

「おおかた、百合ちゃんの結婚話を聞いて、これはいい、とでも思ったんだろ？　そんないいお客さんがいるなら安心だ、なんてさ。だけどね、小料理屋なんて看板を出してはいるけど、ウチはしょせん飲み屋だよ。飲み屋に来るお客なんて、いい人たちばかりじゃないんだ。女だけで店をやってると、時にはこわい思いをすることもある。警察を呼びたくなることもある」

「実際に呼んだこともありますもんね」と百合ちゃん。

「そう。それに、働き手として雇うんだから、わたしだって、キビしいことも言う。言われたその子は、いやになって逃げだすかもしれない。こんな店ですら自分は働けないんだと、そんなふうに思うかもしれない。弱い人間なら、自分に居場所はないんだと、思いつめるかもしれない。あんた、そういうことまできちんと考えたかい？」

やはり黙るしかなかった。白状する。そういうことまでは、きちんと考えなかった。

「ほらね」と母が百合ちゃんに言う。「こういうバカ息子なんだよ。じき三十になるってのに、大甘の甘ちゃんなんだ」

そこでは、反論した。

「もうなったよ、三十に」

「でもバカ息子ってかわいいですよね。わたし、天才息子ならバカ息子のほうがいいな。

天才息子には、わたし自身が見放されそうだから」

そんなことを百合ちゃんが言ったときに、引戸が開き、初老の男性客が入ってきた。

「あら、ヤジマさん、久しぶり」と母が言い、

「いらっしゃいませ」と百合ちゃんが歯切れよく言った。

午後五時半。すでに始まっていた店の営業の、本格的な始まり。

グラスに残っていたビールを飲み干して、僕は席を立った。お客が来たら退散しようと、初めから決めていたので。

僕の隣の隣に座ったヤジマさんに百合ちゃんがおしぼりを渡しているあいだに、母が言った。

「はい、じゃあ、こちら、千円ね」

「え？　金とんの？」

「当たり前だよ。客商売なんだから、客席に座った人からはきちんとお金をもらうの」

しかたなく、僕はジーンズのポケットから財布を取りだした。

「なぁんて、うそ」

「は？」

「いらないよ。ウチは身内と貧しい人からはお金はとらない。あんたは両方だからね」

そして母はこう続けた。「その子がウチでもいいっていうんなら、一度、連れてきな。まあ、働いてもらうかどうかは、そのときに会ってからだけどね」

それから五日ほどで梅雨が明け、名実ともに、季節は夏になった。
いやぁ。
暑い。暑い。暑い。
というよりも。
熱い。熱い。熱い。
と、そちらの漢字をあてたほうがいいかもしれない。
もしも僕が塾講師なら、生徒がテストにそう書いてきても、○にする。
そして、お前、なかなかやるな、とほめてやる。
そして、いさぎよく、塾をクビになる。
子どもの感性を大事にしたいのです、とか言って。
まあ、それはともかく。
暑い。暑い。暑い。

あつ、あつ、あつ。

東京の街らしく、新川も、見事なまでのヒートアイランドになった。よって、毎日の散歩時間も短縮せざるを得なくなり、コースも新川公園隅田川テラスへの往復に限定せざるを得なくなった。

近場では唯一、広々とした景色を眺められるので、その新川公園は好きだ。やや高い位置にある隅田川テラスから、芝生の斜面の合間にある階段を下りて、水辺の散策ルートに立つ。そこはテラス同様、舗装された遊歩道のようになっており、手すりを越えれば川にボチャンだ。

水は少し臭うが、そこからは、中央大橋で結ばれた同じ中央区の佃にそびえ立つリバーシティの各タワーや、対岸の江東区が見える。隅田川といっても、そこでの川幅は二百メートルくらいあるから、決してせせこましい感じはしない。

僕は川岸の手すりにもたれたり、芝生の斜面に寝そべったりして、ウダウダする。レーガンハウスの部屋でもウダウダしているのだから、屋外のそこでもウダウダする必要はなさそうなものだが、それを自覚しつつ、ウダウダする。これこそが今の自分に与えられた仕事なのだとばかりに。

そんなふうに、僕がところかまわずウダウダしているあいだに、高見頼也はセパ対抗のオールスター戦に先発し、好投して、セ・リーグを勝利へと導いた。二回を打者六人（つまりノーヒット）、わずか二十球。例によって、ムダのない仕事ぶりだった。

水辺を散策したり、オールスター戦をテレビで観たりといったウダウダを続けながらも、僕は、二階からの物音にだけは注意していた。どんなに小さな音であっても、それが聞こえたらすぐに階段を上って二〇一号室に駆けつけようと決めていたのだ。

しかし物音はしなかった。朝も。昼も。夜も。深夜も。誰かが床を歩いたり、何らかの水を流したりする気配はまるでなかった。

長いな、と思った。不在期間が、あまりにも長すぎる。不在であるということは、どこか別の場所にいるということだ。でもって、自室ではないその場所は、菊池澄香にとって居心地のいい場所ではないだろう。

もう一度あの刑事たちに会って、訊きたかった。彼女はどこでどうしているのかと。だが僕は彼らの名前すら知らなかった。ずんぐりとがっちり。その特徴を覚えているだけだ。もしかしたら名前を聞いたのかもしれないが、それを記憶に残してはいなかった。突然のことに動転してしまい、それどころではなかったのだ。あのときは。

僕から遠ざかったのは、菊池澄香だけではない。

頼也と三人で飲んで以来、牧田梨紗からも連絡はなかった。

頼也が投げた試合を二人で観戦して以来、高見美樹からも連絡はなかった。

頼也には、試合観戦の翌日に、そろそろ書かなきゃならないから尾行にあてる日を減らす、とメールで伝えてあった。きた返事は、〈わかった〉。それだけだった。彼が何を考えているのかは、知らない。このまま尻すぼみに終わるんだろうな、と僕は思っていた。

八月に入っても、二階から物音は聞こえてこなかった。

さすがに僕もあせりだした。『縁』の百合ちゃんは、八月いっぱいで店をやめることになっている。新たなアルバイトを見つけるのには時間がかかるだろう。いつまでも菊池澄香を待ちつづけるわけにはいかない。

そして一週間が過ぎ、二週間も過ぎようとしたその日。

東京がほぼ一斉に様々な生産活動を休止したお盆の週の、その日。

ついにそれはやってきた。

この、正月でもないのに街全体がダラ〜ッと休んじゃってる感じはいいなぁ。うん。いい。

などと考えながら、いつものようにウダウダと散歩をして戻り、すぐに気づいた。

タス、タス、タス、タス。

二階からの、物音。

僕はサンダルをつっかけて部屋から飛びだし、階段を駆け上がって、二〇一号室の前に到達した。そしてインタホンのボタンを押す。連打はせずに、一度だけ。

ウィンウォーン。

まさか出てこないことはないだろう、と思った。

出てきた。

が、それは菊池澄香ではなかった。

ドアを開けて顔を見せたのは、僕と同年輩の、見知らぬ男だった。髪を短く刈り上げていることで精悍に見え、でも切れ長の目やくぼんだ頬やシャープなあごからは繊細に見える。そんな男。

「はい。何でしょう」と彼は平たい声で言った。

「あの」少し言い淀んでから、こう続ける。「一階に住んでる者ですけど。えーと、菊池澄香さんは」

「いません」

「あぁ。そうですか」

彼は僕から次にされるであろう質問を予測し、その予測した質問への答を返してきた。

「戻ってくる予定もありません」

「それは、引っ越されたということですか?」

「引っ越すんです。これから」

そして質問者の役が僕から彼に代わった。

「一階に住まわれてるということは、小倉さん、ですか?」

「はい」

「澄香がここにいると思って、来られたんですか?」

「ええ。あの、上から物音が聞こえてきたんで、戻られたのかと。音、結構、響くんですよ」

「聞いてます。澄香から」

「あぁ」

「そのことで小倉さんにご迷惑をおかけしたことも聞いてます」

「そうですか」

「今言いましたように、澄香はもうここへは戻りません。引っ越しの手続きなんかは、すべて僕がやります。澄香もそれでいいと言っています。荷物の整理がついたら、小倉さんの部屋に伺うつもりでした。澄香の代理として」

そこで互いの目が合った。腹を探り合ったわけではない。おそらくはずっと僕の目を見ていた彼の目を、僕が初めて見たというだけだ。

「ここではあれなんで、なかに入りませんか？」

「はい」

というわけで、入った。

荷物の整理は、まだ始まっていないようだった。彼はこの部屋にやってきたばかりで、段どりをつけているところだったのだろう。

彼と僕は、ベッドの前で、立ったまま話をした。

「この部屋にお入りになったことは？」

「えーと、何度かあります。変な意味ではないですけど」

「澄香もそう言ってました。感謝します、事実をおっしゃってくれて」

「いえ、そんな」

「自己紹介が遅れましたね。僕は澄香の兄で、クサノヨシユキといいます」

そして彼は漢字を説明した。草野善之、だった。

「名字がちがうのは、親がちがうからです。ちなみに、二親ともちがいます。ですから、血のつながりはありません。でも、兄です。今ここで証明することはできませんが」

「はぁ」

「澄香が起こした事件のことを、小倉さんはご存じなんですよね？」

「知ってます。一度、警察が来ました。部屋に」

「そうですか。まったく、バカなことをしたもんです。そのままで終われるわけがないのに」

「結局、どうなったんですか？　その件は」

「まず、被害者のかたの親御さんが、その被害者のかた、つまり息子さんですが、その息子さんを問いつめて、ことが発覚しました。海外旅行の代金と言われて融通したらしいんですが、あまりに急な話だったので、不審に思ったようです。それからは、たぶん、あっという間ですよ。警察は無能ではないですからね」

「難なく澄香さんに行き着いたわけですか」

「ええ。連絡を受けて、僕は飛んでいきました。それで、すぐに被害者のかたのご実家に出向いて、お金を返し、慰謝料もお渡ししました。三日間そちらに通い、そのたびに土下座もしましたよ。親御さんにも。ご本人にも。で、どうにか被害届を取り下げてくれることになりました。やはりあちらとしても、話を大きくしたくなかったのだと思います」

「それで、澄香さんは、今どこに」

「僕のアパートにいます。実家ではなく、僕のアパートに。何となく想像はつくかもしれませんが、両親とは折り合いが悪いので」

「そのアパートというのは」

草野善之は、少し間をとってから言った。

「群馬県です」

無難な答え方だった。答えはした。だが、大事な情報は明かさない。僕が信頼されていない証《あかし》だ。

「群馬、ですか」

「ええ。近いようですが、ここからは遠いです。遠いようで近い、とも言えるのかもしれませんが」

「元気には、してるんですか？」

「元気にしてます。別に監禁されてるわけではないですし」

冗談にしても、笑えなかった。草野善之自身も笑わなかったから、冗談のつもりではなかったのだろう。

「小倉さんならおわかりになるかもしれませんが、澄香には、少し幼稚なところがあります。いえ、こんな事態になったからには、少しでなく、かなりと言うべきなのかもしれません。でも、月並みなことを言うようですが、根は悪い人間ではないんです」

「それは、わかります」

「誰かが澄香を、いい方向に導いてやらなければなりません。その役目を、これからは僕がやることにしました。今後は、兄としてでなく、澄香の面倒を見るつもりです」

「というのは」

「結婚するつもりだということです。澄香と」

「あぁ」

「血のつながりがないわけですから、問題は何もありません。本当は、こんなことになる前にそうしておくべきでした。澄香にも、一度それを匂わされたことがあります。僕は本気にしませんでした。澄香はあの性格ですから、それで傷ついたということも、あったかもしれません」

何だかすごい話になってきた。血のつながらない兄妹の、結婚。それこそ昼ドラだ。

話を整理するためにも、僕は根本に立ち返って、訊いてみた。

「もしかして、足音の件でぼくが澄香さんに苦情を言いに行ったあと、彼女を謝りに寄こしたのは、お兄さんですか？」

「謝りに行かせたつもりはありませんが、電話で話を聞いて、謝っておいたほうがいいとのアドバイスはしました。ご近所同士、後々、よくないことになってもいけませんから」

やっぱり。だから菊池澄香は、僕が苦情を言いに行ってから二週間後という、何ともおかしなタイミングで謝りにきたのだ。信頼する兄の草野善之にそう言われたから。

「僕のほうも、小倉さんに、一つ、お訊きしたいのですが」

「何でしょう」

「小倉さんの書かれた話を澄香が実行してしまったことについて、どう思われますか?」

質問の意図が読めなかった。草野善之が僕を非難したいのか、でなければ僕に謝罪したいのか。彼の表情からも、それは読めなかった。

ここで口にする言葉は重要だ。せめて後悔しないよう、僕は今の心境をありのままに語ることにした。

「正直なところ、責任のようなものは何も感じてません。恥ずかしながら、ぼくは澄香さんにほめてもらいたくて、自分のシナリオを渡しました。それは認めます。見せてほしいと先に言ったのは澄香さんだということを過大視するつもりもありません。ただ、何であれ、ぼくに実行を促す意思がなかったことは事実ですし、また澄香さんの実行を予測するのも不可能だったと思います。そう思えるので、責任は感じません。ですが、責任とはまた別のところで、複雑な思いがあることも確かです。そうなってるのは、きっと、澄香さんが澄香さんだったからでしょう。ちょっとわかりにくい言い方ですけど、もし彼女が澄香さんでなかったら、そうはならなかったような気もします」

「澄香に、ある種の好意を抱いていたということですか？」

「抱いてましたね。といっても、それはまさにある種の好意であって、男女間にしか芽生えない類の好意ではないですけど」

「それを、信じていいですね？」

「どうぞ。というか、信じてもらわなければ、ぼくが困ります」

初対面の相手にこんなことを言うのは、妙なものだ。普通、人は自分の心境を言葉で語ったりはしない。よほどの文学者でもない限り、それを正確に語れるとも思えない。で、僕はよほどの文学者ではないから、この程度。残念だ。

草野善之が、黙って僕を見ていた。互いの距離感がつかめていない者同士の沈黙は、二秒でも長い。その二秒が過ぎて、彼が言った。

「澄香は今、二十三歳です。もう子どもではない。だから、自分の意思でどこへ行くこともできるし、何をすることもできます。その澄香が、僕との結婚を選んだ。そのことを、僕はとてもうれしく思っています」

どこへ行くこともできるし、何をすることもできる。束の間、ゾンビくんのことを思いだした。菊池澄香は、限定された自由の範囲でなら、どこへ行くこともできるし、何をすることもできる。ただし、限定解除をすることはできない。それは菊池澄香に限ったことでなく、どんな人間も同じだが。

「澄香の隣人としてで結構ですので」と草野善之が言った。「僕らを祝福していただけますか？」

「ええ、もちろん」と僕。「言うのが遅れました。おめでとうございます」

「ありがとうございます。それと、ぶしつけながら、もう一つお願いがあります」

「何ですか？」

「もしも澄香が小倉さんに会いにくるようなことがあったら、そのときは、親切にしないでやってもらえないでしょうか。澄香は、人に親切にされると、その人のことを好きになるだけでなく、その人に自分を好きになってもらいたいと思ってしまうようなところがあるので」

言葉や口調こそやわらかかったが、要するに澄香に近づくなという警告なのだとわかった。

草野善之。血のつながりのない無防備で幼稚な妹のために走りまわり、自分よりずっと歳下の学生に土下座までした男。

こんないい監督者が身近にいたんじゃないか、と思った。不愉快な形で不倫が終わった時点で、彼のもとに戻ればよかったじゃないか、と。

「いろいろとご迷惑をおかけしてすいませんでした」

そう言って、草野善之は頭を下げた。時間をかけて、深々と。おそらくは被害者の実家でも何度となくそうしたように。

「いえ、こちらこそ」すいませんでした、とは言わないつもりだった。が、口の野郎が滑った。「すいませんでした」

そして僕は玄関でサンダルをつっかけ、二〇一号室をあとにした。

もう来ることはないだろう、と思いつつ。

ただし、次の居住者がまた恐竜だったら、そのときは早めに注意しに来よう、とも思いつつ。

高見美樹と会った。

不倫ではない。

ただのお茶会でもない。

お待ちかねの、ゾンビ映画がきたのだ。

映画は、都内三ヵ所だけでの公開だった。新宿と渋谷と銀座だ。

どちらかといえばマイナーなホラー映画やアクション映画を上映することが多いその銀座の映画館で、僕らはそれを観た。

『フューチャー・オブ・ザ・デッド』。

原題には、フューチャーもつかなければ、オブ・ザ・デッドもつかない。なのに、英語ふうの横文字タイトル。無理に訳せば、死者たちの未来。苦笑しつつ、ほめるしかない。

何となく予想できるとおり、この『フューチャー・オブ・ザ・デッド』には、ちょっとだけ未来のシーンが出てくる。何と、ゾンビモノでありながら、タイムスリップモノでもあるのだ。

ストーリーは、こう。

ある科学者（またか）が、タイムマシンを発明し、期待に胸をふくらませて、未来に行く。だがそこは荒涼としたゾンビたちの世界で、科学者はすぐに襲われる。そしてタイムマシンでどうにかもとの世界に戻ったところでゾンビになるから、さあ、大変。あとはいつもどおりで、ゾンビたちはひたすら増殖の一途をたどる。その後、たまたま生き残った男女が、ゾンビたちに追われてたまたま逃げこんだ科学者の家でタイムマシンを見つけ、わけもわからぬまま、未来へ飛ぶ。しかし、変えられてしまった今度の未来には何もない。ゾンビたちもいないが、人間たちもいない。ところどころに化石のような人骨が転がっているだけだ。以上。

深そうで、浅い。

それが、高見美樹と僕の一致した評価だった。

鑑賞後に訪れた例の並木通りのカフェで、高見美樹は言った。

「そうだって説明されなきゃ、未来ってことがわからないですよね、あれ」

「確かに。むしろ大昔のように見えたし」

「予算がなかったんでしょうね」

「それが初めからわかってたから、あんなシナリオにしたんですよ、きっと。そのなかで精一杯、話を広げてやろうって」

「前回の『ゴーン・ウィズ・ザ・デッド』とくらべて、どうでした?」

「うーん。まず、何と言っても、目が疲れないとこがよかったですね。3Dじゃないから」

「内容は？」

「どうでしょう。こっちのほうが少し上なのかな。話にひねりを加えようと努力した点で」

「その努力、実ってました？」

「そう言われると、難しいですね。何もないいさぎよさって意味では、『ゴーン』のほうが上と見ることもできる」

「どっちみち、どんぐりの背くらべですけどね」

「ですね」

「ラストで、主人公の二人が呆然とするじゃないですか。死に絶えたような未来を見て」

「してましたね、呆然と」

「あれ、おかしいですよね。タイムマシンがあるんだから、自分たちがゾンビに襲われたときの少し前に戻ればすむ話なのに」

「もう燃料がない、とか言ってませんでした？　男が」

「言ってましたっけ」

「ええ。確か、言ってたような気が。まあ、何で初めて乗ったタイムマシンで燃料がないことまでわかるのかは、わかんないですけど」

「何にしても、わたしたちにこんな話をさせてること自体、ダメですよね。ストーリーがよく伝わってないってことだから」

「それは、演出側の責任でしょうけどね」

「でもよかったですよ、あそこで終わってくれて。あのあと、シーンが変わって、例えば女のお腹が大きくなったりしてたらどうしようかと思いました」

「二人に子どもができるってことですか？」

「そう。それで、人類をもう一度やり直そう、みたいになるの」

「それはキツいですね。でも、そういうエンディングが好きな人も、なかにはいるかもしれない」

「だったら、ほかの映画を観るべきですよね」

「そう思います」

そして僕らはそれぞれの飲みものを飲んだ。

カプチーノにブレンドコーヒー。といっても、今日は、僕がカプチーノで、高見美樹がブレンドコーヒーだ。別に申し合わせたわけではないが、何となく、そうなった。

「お客さん、今回は七人でしたね」と、高見美樹が笑顔で言った。「わたし、数えちゃいました。わたしと小倉さんを含めて、七人。男六人、女一人」

「やっぱり女性は一人ですか」

「だったと思う」

「でも、七人ていうのは、もしかして、大健闘なんですかね」

「平日の午後のゾンビモノにしては大健闘、でしょうね」

「その大健闘に貢献できて、ちょっとうれしくないですか？」

「うれしい。内容は、けなしたけど」

「次はどんなゾンビモノがきますかね。未来の次は」

「宇宙は？」

「もう少し限定して、火星とか。アメリカが火星開発に行って、宇宙飛行士が、そこのゾンビにやられて帰ってくる。もしくは、ゾンビを持ち帰ってくる」

「あるいは、未来じゃなくて、過去。例えばコロンブスの時代」

「大陸に到達したら、そこにゾンビがいた。だから、せっかく到達したのに、見なかったことにしちゃう。よって、コロンブスは有名にならない。ただちょっと船に乗ってウロウロしてきただけ」

「そうなると、もう、ゾンビモノじゃないですよ」

「あぁ、そうか。そうですね。じゃあ、えーと、江戸時代ってのはどうですか？　ゾンビ対町人。あるいは、ゾンビ対幕府。一歩進めて、ゾンビ対綱吉。大切にしてた犬をゾンビに殺された犬公方徳川綱吉が、復讐に燃えて立ち上がる」

「『ゾンビくん』を書いた人の発想とはとても思えないですね、それ」

「すいません」

「でも、やれば観ちゃう」

「ぼくもです」

そんな有意義なムダ話（何て楽しいんだろう）を終えて、僕らがカフェを出たのは、午後六時半だった。

外は、思いのほか、暗かった。まだ八月で、じっとりした暑さは続いているが、日は短くなりはじめている。

前に会ったときは、ここから二人で野球を観に行った。でも今日はこれでお別れだろうと思っていた。偶然にも、頼也は今日も先発予定だが、投げるのは名古屋でだし、僕らとて、映画を観てお茶を飲んでしまった以上、ほかにすることもないから。

だがそうはならなかった。これでお別れには、ならなかった。高見美樹が言ったのだ。

「これから、小倉さんのアパートに行ってもいい？」

「え？　これからって、これからですか？　今から？」

「そう。歩いていけるんですよね？」

「ええ、まあ」

「だったら行きたい」

うまくごまかされた感じがした。歩いていけるのだから、行きたい。そんな理由は、ない。少なくとも、それは理由そのものにはならない。

「でも」と僕はためらった。

「ダメですか？」

「ダメではないですけど。いいんですか？」と、こちらから訊き直す。

「よくなかったら、言いませんよ。行きたいなんて」

「まあ、そうですけど」

「ひょっとして、部屋で女の子が待ってるとか」

「まさか」

「別れたんですもんね、だいぶ前に」

そう。藍と別れたのは、だいぶ前だ。四月の終わりだったから、もう四ヵ月になる。

どうしてるかな、藍。

「どなたもいらっしゃらないなら、何かマズいことがあります?」と高見美樹が尋ねてきた。

「いえ。ぼくのほうは何も」

「わたしにもありませんよ。小倉さんは、頼也のお友だちだし」

「じゃあ」と言ったあとで考え、断る理由が何も思い浮かばなかったので、続けた。

「行きますか」

というわけで、僕らは新川に向けて歩きだした。

並木通りから桜通りに折れ、テアトルビルを横目に一直線。

歩を進めるごとに空が暗くなっていき、新川に入島したところで完全な夜を迎えた。

レーガンハウスの一〇一号室に足を踏み入れると、高見美樹は言った。

「へぇ。きちんと片づいてますね」

あ、デジャヴ。と思ったが、ちがった。実際に、牧田梨紗にも、同じことを言われたのだ。

僕は自分のことをとりたてきれい好きだとは思わない。だが二人の女性に、それも二人のとても美しい女性にそう言われると、疑問が湧く。男とは、そんなに部屋を片づけないものなのだろうか。例えば、牧田陽太の生物学上の父親や、高見頼也なんかは。

高見美樹にはイスに座ってもらい、自分はベッドの縁に座ることにした。

いきなりビール（第三の）というのもどうかと思ったので、湯を沸かしてインスタントコーヒーを入れた。コーヒーのあとにまたコーヒー、になるが、まあ、しかたない。

「どうですか？　こういうとこは」と尋ねてみた。「高見さんのマンションとは、ちがいますよね？」

「ええ。まったく」そう答えて、高見美樹は笑った。「でも一人なら充分ですよね、これで」

「ですね。究人のやつも、この手のワンルームで、しばらくゾンビくんと暮らしましたから」

「ここのイメージなんですか？　究人くんの部屋」

「はい。冷蔵庫のわきの床が、ゾンビくんの居場所です。そこの壁に寄りかかって、座ってる。その姿を想像して、書きました」

高見美樹がインスタントコーヒーを一口飲んだ。僕も一口飲んだ。カフェのコーヒーにくらべると、かなり味が落ちる。カフェのそれがロメロの『ゾンビ』だとしたら、これは『ゴーン・ウィズ・ザ・デッド』か『フューチャー・オブ・ザ・デッド』だ。いいのだろうか？　高見美樹にこんなものを飲ませて。

「わたし、さっきの映画でよかったところを、一つだけ思いだしました」

「どこですか？」

「ゾンビが、大人と子どものどちらにするか、少しも迷わずに子どもを襲ったとこ」

「そんなシーン、ありましたっけ」

「シーンていうほどのシーンではないの。スクリーンの隅のほうに映ってただけ」

「残念です。見逃しました」

「あぁ、これはいいなぁって思いましたよ。観る側の意向をきちんと無視してるなって」

観る側の意向をきちんと無視。いい言葉だな、と思った。

大事なのは、きちんと。こう描いたら観る側はこう感じるだろうとわかっていて、無視するのだ。もちろん、わかっていて、意向に添う場合もある。僕のような者は、そういうことを、きちんと理解していなければならない。僕のような者。つまり、創る者は。

「弱い者を狙うっていうのは、人間に限らず、動物の本能みたいなものだから、人間がゾンビになったことで、理性が消えて、その本能がむき出しになった」と僕。「みたいなことなんですかね」

「ええ。ロメロの『ゾンビ』では、ゾンビたちが、人間として生きてたときの習慣で、何となくショッピングモールに集まってきますよね？　要するにああいうことかもしれない」

「観たかったですね、その場面」

「じゃあ、もう一度、観に行きます？」

「うーん。それは」

「まあ、映画の話は、このくらいにしましょう」

高見美樹は笑いながらそう言った。そしてバッグから小ぶりな封筒を取りだすと、それを僕に差しだした。

「何ですか？」と言って、受けとる。

「なかを見て」

見た。

写真だった。およそ二十枚。そのほとんどが、夜に、被写体から距離をおいて、撮られていた。

それでも、その被写体が誰であるかはわかった。

頼也だ。

それと、牧田梨紗。

よく見れば、バックに写っている建物は、メゾン御園だった。

裏の駐車場に駐められたメタリックグレーの車の写真もある。車種は、ボルボ。ナンバープレートの文字と数字がはっきり写っている。おそらくは、頼也の車なのだろう。

「探偵社」と高見美樹が言った。「父が頼んだの。わたしには知らせずに。それで、結果だけを、知らされた」

「そう、ですか」

「ここにはないけど、報告書も見せられた。相手の女性のことも、わかってる。さすがプロはちがう。今回も、そう思った」

何も言えなかった。何も言うべきではなかった。元探偵の僕に、いったい何が言えるだろう。

「その人は、頼也のお友だち。小倉さんのお友だちでもある。でも小倉さんは、こうなってることを知らなかった。それを、わたしは知ってる。もしかしたら、一番の被害者は、いいように振りまわされた小倉さんかもしれない」

実は尾行に気づいていたのだと高見美樹に知らされたとき、僕はムダなうそをつかなかった。そのことで、彼女に信用された。今はあのときとは事情がちがうが、やはりムダなうそをつくべきではない。そう思った。だから、言った。

「浮気をしたのかどうか、そこまでは知りませんけど、ぼくら三人が同じ小学校に通ってたころ、頼也はその彼女のことが好きでしたよ。いえ、好きとかそんなレベルの話じゃない。たぶん、頼也にとって、彼女は特別な存在だったと思います」

「いろいろとツラい目にあってきてるみたいね、その人。子どものころもそうだけど、大人になってからも」

「というと?」つい、そう尋ねた。

「いいとこの御曹司と仲よくなって、ひどい言い方をすれば、捨てられてる」

それが陽太の父親なのだろうか。

きっと、そうなのだろう。

でも、そんなことはどうだっていい。掃いて捨てるほどあるような、くだらない話の一つだ。牧田梨紗の価値には、何の影響も及ぼさない。牧田陽太の価値にも。

「父はわたしのためにこんなことをした。わたしにふんぎりをつけさせるため。娘の身辺を嗅ぎまわられてると知って、黙っていられるタイプじゃないの。むしろ、これまでよく黙ってたと思う」

では、娘の身辺を嗅ぎまわっていた男の部屋にその娘がいることを知ったら、どうなるのだろう。僕なんかは、簡単に葬り去られてしまうんじゃないだろうか。シナリオのことで口を利いてもらうどころの話ではなく。

「小倉さん、何なら、わたしのところにくればいいのに」と高見美樹が言った。

僕に言っているというよりは、セリフを暗唱しているかのようだった。

言葉ははっきり聞きとれたが、意味がわからなかった。

「こんなことになってるんだから、わたしと頼也がいつまでも続くわけがない」

つまり、頼也と別れたらわたしのところにくればいい、という意味だろうか。

そうとしか考えられなかった。

そしてそれは、僕にとって、あまりにも意外なことだった。

わたし、ヒモはいやだからね。

藍にそう言われたのを思いだした。

今は、ヒモになってもいいわよ、と言われているのだ。たぶん。

「ありがたいですけど、でもそこまでは」と、そう言ったのは高見美樹だった。

「はい？」と僕。

「小倉さん、またそう言うんじゃないかと思って」

「あぁ」

高見美樹が笑い、僕が笑った。前者は楽しげに、後者はぎこちなく。

彼女がイスから立ち上がり、散歩でもするかのようにゆっくりとやってきて、僕の隣に座った。僕の隣。ベッドの縁にだ。

「わたしには何もない。でも何もないなりに生きていくことはできる」

「それこそゾンビくんみたいに」と言ってみた。

「ゾンビくんほど自由にではないけど」

穏やかな空気が室内に満ちていた。その流れが止まるのを感じたことで、それまでは流れていたのだとも感じた。

部屋はとても静かだった。草野善之の手で菊池澄香の引っ越しが行われて以来、二階は空きのままになっているので、何の物音もしない。これにて引っ越しは完了というときに、草野善之はこの一階の部屋を訪れ、僕に言った。いろいろお騒がせしました、と。もうご迷惑はおかけしませんから、と。

フトンがそちらに沈んだ分、高見美樹のほうに自分の体が傾いているような気がした。もう少し傾けば、僕の右腕と彼女の左腕が触れる。

当初、高見頼也はこういうことを想像していたのだ。自分が遠征に出たりしているあいだに、妻がほかの男の部屋を訪れるということを。その部屋がアパートの狭いワンルームになることまでは、さすがに想像できなかったろうが。

「初めてだからよくわからない」と高見美樹が言った。「こんなとき、男女はキスぐらいするものなの？」

「どうなんでしょう」と返事をする。

「シナリオライターとしては、登場人物にキスをさせるべきなんじゃない？」

「ええ。そこでキスをさせないから、ぼくはダメなのかもしれない。だから、いつまでも、シナリオライター志望のままなのかもしれない」

「どういうこと？」

「人はストーリーに意外性を求めます。それでいて、その先にくる予定調和を求めたりもする。でもってぼくは、どうやらそのやりくりに長けてないらしい。いつも、肝心なところで逆に行っちゃうんです。要するに、ダメなんですね」

「自分のことを、ダメなんて言わないほうがいいわ。高見頼也のような人間以外はすべてダメということでは、決してないから」

「こういうの、ネガティヴですか？」

「かもしれない。わたしも人のことは言えないけど」

「でも、残念ながら、十年かけて染みついた負け犬根性は、そう簡単には消えません。

だから、とりあえずは、ポジティヴなまでのネガティヴを目指しますよ」

そう言って空々しく笑い、僕はすぐ隣の高見美樹を見た。

彼女も笑っていた。誘い笑いであることはわかっていたのだろうが、応じてくれたのだ。

ミューズだ、と思い、いや、美神はヴィーナスか、と思った。やはり前にもこんなことがあった。やはり相手は牧田梨紗だった。場所はここではない。メゾン御園だ。ベッドの縁に座ったまま、互いに体をひねり、僕と高見美樹はキスをした。唇が触れ、離れ、また触れた。それは、僕が牧田梨紗の幻影を振り払い、最後のふんぎりをつけた瞬間でもあった。

何も考えず、ただ何かを感じるだけの数秒が過ぎ、自然に互いの唇が離れると、僕らはもとの体勢に戻った。

僕の論理からすれば、不倫は成立した。このあと、ガバッといく必要はない。これだけですでに成立だった。

右隣で、高見美樹がくすりと笑った。

「何ですか?」と尋ねてみる。

「つい想像しちゃったの。わたしたちが結婚して、子どもができて、その子どもに『ゾンビ』を観せてるとこ」

「それは、何ていうか、ちょっとマズいですね」

「子どもに『ゾンビ』はダメ?」

「そうじゃなく。自らの意思で『ゾンビ』を好きになってほしいなと」

「そうか。押しつけはいやよね」

止まっていた部屋の空気が流れだしたのを感じた。マイナスイオンとか何とか、そんなのとは無関係に穏やかな空気が、ゆっくりと部屋を満たしていく。

夜は長い。

日が短くなったという意味でも、長い。

「コーヒーを入れ直しますよ」と僕が言い、

「それをいただいたら帰ります」と高見美樹が言った。


高見頼也と高見美樹は、それから一ヵ月と経たないうちに離婚した。

九月の半ばに、二人で区役所の窓口に出向き、離婚届を提出したらしい。

プロ野球選手は、たいてい、シーズンオフになるのを待って、結婚する。だが離婚の場合は、この限りではない。

また、各スポーツ紙も、選手の離婚を大々的に取り上げたりはしない。選手が有名であればあるほど、彼らに傷をつけたくないという心理が働くものなのだ。記者にも。読者にも。みんな、特別な能力をもったスポーツ選手のことが好きだから。

その離婚のことを、僕は、高見改め鈴木美樹から聞いた。会ってではない。電話でだ。

「頼也と離婚しました」鈴木美樹は淡々と言った。「浮気現場を、写真に撮られてしまって」

「浮気現場、ですか？」

「ええ。あの日、小倉さんのアパートに入るところを。彼、小倉さんだけじゃなく、探偵社にも頼んでたみたい」

「ほんとですか？」

「ほんと。その写真を見せられた。きれいに写ってました。もう何度めだったかな、プロの仕事だと思うのは」

その言葉は、浪漫的なアマチュア探偵であった僕の身に沁みた。

「わたしも小倉さんも、楽しそうに笑ってましたよ。ゾンビの話でも、してたのかもしれない」

本当に何も言えなかった。喜、怒、哀、楽。感情の選択すら、うまくできなかった。

「結局、小倉さん一人が振りまわされて、終わった。そのことに関して、謝ります。ごめんなさい」

「いえ、そんな」と言って、口をつぐんだ。

「小倉さん、怒ってもいいんですよ。というより、怒るべきなんじゃないかと思います」

そう言われても、怒りなど湧いてはこなかった。怒る代わりに、僕は彼女にこんなことを尋ねた。

「頼也のほうこそ、怒ってなかったですか？ おかしなところで、ぼくが登場して」

「全然。わたしたち、同時にお互いの写真を見せ合いました。悪趣味といえば悪趣味だけど。それで、どちらも大した反応はなし。じゃあ、これで終わりだね。そんな感じだった。二人で区役所に行くときは、むしろ仲がよかったかもしれない。まるで婚姻届を出しに行く二人みたいに」

もう高見さんとは呼べないし、かといって、いきなり鈴木さんも妙なので、僕は初めてこう言った。

「美樹さんは、それでいいんですか？」

「それでいい。前の名字は、あまり好きじゃなかったし」

「高見が？」

「そう。高見美樹って、名字と名前でミが続くでしょう？　何か発音しづらいな、と思ってたの。それなら鈴木美樹のほうがいい。平凡ではあるけど」

彼女の言うことは、よくわかった。僕自身、シナリオの登場人物の名前設定にはいつも苦労するから。

電話の最後に、僕はふと思いついた質問を鈴木美樹にぶつけてみた。

「これは勝手な想像ですけど、美樹さんはあのとき、自分が尾行されてることを知ってて、ぼくのアパートに来たんじゃないですか？」

鈴木美樹は黙った。ふっという吐息がかすかに聞こえてきた。笑ったのかもしれない。

「もしそうなら、怒る？」

それが答だった。質問の形を借りた、答だ。

「そこでぼくが怒るのは、何か、タイミングとして、変ですよ」

僕がそう言うと、鈴木美樹は笑った。今度ははっきりと。笑ったのだとわかるように。

また会いましょうなどといった約束を交わしたりはせずに、僕らは電話を切った。

その後二週間ほどで、プロ野球のレギュラーシーズンが終わった。

高見頼也の成績は、例によって、素晴らしいものだった。十六勝五敗。防御率、一・九八。奪三振、二百二十七。わずか一勝及ばず、最多勝のタイトルは逃したが、防御率と奪三振はとった。

ただ、チームはリーグの四位に終わり、プレーオフに進むことはできなかった。よって、試合ではもう投げない。スポーツ紙によれば、数日後には早くも秋季キャンプに突入するとのことだった。

中央区の京橋図書館でその新聞記事を読み、レーガンハウスに戻ってみると、珍しく僕に手紙がきていた。ダイレクトメールや役所からの諸通知ではない。封書。まったくの私信だ。

裏を見ると、そこには、菊池澄香とだけ書かれていた。

表の切手には、知らない地名の消印。おそらくは群馬県のどこかだろう。

封筒はペラペラで、なかにはB5判の紙が一枚だけ入っていた。

小倉さんへ

こんにちわ。あのときはごめんなさい。わたしは元気です。今度、結婚します。今はアパートの一階に住んでいます。二階の人がドタドタうるさくて参ってしまいます。きっと、小倉さんも、わたしの音がうるさくてしかたなかったのでしょうね。それも、ごめんなさい。シナリオ、がんばってください。　菊池澄香

書くことに慣れてない人の文章だと一読でわかった。参ってしまいます、が可笑しかった。あひるの子らしからぬ表現だ。

あのときはごめんなさい、のあのときとはいつを指すのだろう、と思った。彼女が自室の玄関で僕に抱きついてきたときだろうか。あるいは、『女子に性欲はない』にまつわるすべてをただ漠然と指しているだけなのだろうか。電話をかけて尋ねてみたい気もしたが、さすがに実行はしなかった。どうせ番号は変えられているだろうし、つながったらつながったで、それもまた困る。

「参るよなぁ、こういうの」と、口に出して言ってみた。

実際には、そう参っていたわけではない。草野善之と話をしたあとで、母には、「バイトの件、なかったことにして」と電話しておいたし（「あんたいったい何なのよ」母、談）、その何日かあとに、例の百合ちゃんが、新しいアルバイトの子をどこからか連れてきてくれたらしいから。

僕は草野善之に感謝しながら、ビール（第三の）を飲んだ。そしてついでにずんぐり

デカとがっちりデカに感謝しながら、二本めのビール（第三の）を飲んだ。そして被害者の学生とその家族に感謝しながら、三本めのビール（敬意を表して、本物）を飲んだ。そして鈴木美樹のことや牧田梨紗のことを考えながら、四本、五本とズルズルいった結果、翌日には二日酔いが残った。

途中で切り上げることを覚えないと、このままでは依存症になるかもなぁ。

と思っていたところで、ケータイの着信音が鳴った。

〈高見頼也〉。画面にそう表示されていた。

通話ボタンを押し、ケータイを耳に当てる。

「もしもし」

「おぅ、ナオタ。おれ。今、部屋？」

「うん」

「じゃ、ヒマだろ？」

「まあ」

「なら、ちょっと付き合えよ。車で迎えに行くから。つーか、もう向かっちゃってるから。いてくれよな、そこに。そんじゃ」

そして通話が切れた。考える間も、質問を挟む間もなかった。

まあ、いいや、と思った。午後二時。球界のエースと二人で遅めの昼メシを食うのも悪くない。頼也がすでにすませたというなら、食わなくてもいいし。二日酔いのせいで、あまり食欲もないから。

再び電話がかかってきたのは、それから二十分後だった。

「今、目の前に車を停めてるよ。ここだけ普通のアパートだから、すぐわかった。来てくれよ。待ってっから」

タクシーを待たせているのだろうと思い、急いで部屋を出た。

しかし外に停まっていたのは、一般車だった。とはいっても、ムチャクチャ高そうな、外車。一度だけ、写真（例の浮気写真だ）で見たことがある。メタリックグレーのボルボ。頼也は自らハンドルを握って、ここまで来ていたのだ。

慣れない右の助手席（何せ左ハンドルですから）に乗りこみつつ、頼也の服装を見て、驚いた。何と、ジャージ姿なのだ。ボルボなのに。しかも、車のカラーに合わせたのか、同じメタリックグレーのきらきらしたジャージだ。

「どこに行くわけ？」

そう尋ねると、頼也はこう言った。

「練習に付き合ってくれよ」

「キャッチボールしようぜ」

「は？」

「キャッチボール？」

ご存じのとおり、僕はプロ野球選手ではない。元高校球児でもない。かつてリトルリーグで頼也とバッテリーを組んでいた、なんてこともない。草野球くらいならしたことはあるが、ほんのお遊びレベルで、とても野球経験に含められるものではない。

「何それ」と僕は言った。「キャッチボール中の事故に見せかけて、おれを殺すとか？」

「まさか」

「じゃあ、キャッチボールのあとの千本ノックで、おれを殺すとか？」

「何でおれがナオタを殺すんだよ」

そう言うと、頼也はエンジンをかけて、車を出した。

音は静かだし、揺れは少ない。これなら、屋根の上で恐竜が暴れたって、だいじょうぶかもしれない。やっぱ、いい車はちがうな、と思った。

ボルボは秋晴れの午後の街をスイスイと走り、やがて頼也のチームのホームスタジアムが見えるところまで来た。そして手前の道を曲がり、通用門をすり抜けて、私有地に入っていく。

「こんちわ」と、ウインドウを下げて頼也が言い、

「あぁ、どうも」と、五十代の守衛さんらしき人が言った。

もちろん、顔パスだった。

屋外の駐車場に車を駐めると、頼也が言った。

「はい、到着。グラブとシューズは用意してあっからさ」

頼也が後方のトランクからグラブとシューズをそれぞれ二つずつ取りだし、そのうちの一セットを僕に渡した。右利き用のグラブと、スポーツシューズ。どちらも新品だった。

「くつのサイズがわかんなかったから、小さめよりは大きめだろうと思って、二十七センチにした。どうかな？」

「いつもは二十六・五だけど、だいじょうぶだと思うよ。メーカーによっては二十七だから」

「じゃあ、それ、どっちもやるよ。くつもグラブも」

「いや、悪いよ、そんな」

「いいって。右利き用のグラブなんていらないし、くつもおれには小さいから」

「そういうことなら、まあ、遠慮なくいただきますが」と言ってから、こう続ける。

「でさ、おれ、硬球でキャッチボールしたこと、ないんだけど」

「平気だよ。軟式も硬式も、変わんねえから。当たったときのケガの度合いがちがうってだけで」

「それを平気とは言わないよ」

「だいじょぶだいじょぶ。キャッチャーをやれなんて言わないし」

きらきらしたグレーのジャージを着たプロ野球選手と、くすんだグレーの長袖Tシャツを着た（下はジーンズだ）シナリオライター志望が歩いて向かった先は、屋内練習場だった。雨で試合が流れたときなんかに、選手たちがトスバッティングをしたりする、あの場所だ。

「おれみたいなのが来ちゃっていいわけ？」

「話は通してあるよ。今日は空いてるっていうから、使わせてもらうことにしたんだ」

先ほどの守衛さんらしき人がカギを開けてくれるのを待って、僕らはその練習場に入った。

テレビのスポーツニュースで見る限りは狭苦しい印象だが、思ったよりなかは広く、天井も高かった。下は全面人工芝で、壁の内側には緑のネットが張られている。

頼也がストレッチなどの準備運動を始めたので、僕もまねした。体を動かすたびに、どこかがポキポキ鳴った。何故今そこが鳴るんだ、というところが鳴ったりもした。

「じゃあ、やるか」と言って、頼也が僕にボールをトスしてきた。

受けとったそれは、当然だが、硬球だった。硬い。そして、重い。

試しに、右手にとり、ゴツゴツと額に当ててみる。それだけで、痛い。こんなのがぶつかったら、大変だ。しかも、時速百五十キロで飛んできたら。

想像したくない。

と言いながらも、想像した。地面に倒れ、ぴくりとも動かない自分を。頭蓋骨やらどこやらを、きれいに陥没させている自分を。


　地面に大の字に倒れている直丈。

　そこへ頼也が近づいてきて、立ち止まる。

頼也「あーあ」
女の声「やったの？」
　声の主は、梨紗である。
　梨紗、近づいてきて、立ち止まる。
頼也「残念な事故だ」

梨紗「ええ。事故ね。友だち同士が、キャッチボールをしてただけなんだから。でも、本当にこれでよかったの？」
頼也「ああ。こうするしかなかった」
と、そこへ、ボールを手にした陽太がやってくる。
陽太「ママ。これ」
陽太、梨紗にボールを渡す。
梨紗、陽太を抱き寄せる。
倒れている直丈と、それを見下ろす三人。
陽太「死んでるの？」
頼也「死んでるよ。時速百五十五キロは出てたからな」
陽太「じゃあ、ゾンビになる？」
梨紗「どうかしら」
頼也「そこまでの執着は、ないだろ」

頼也がどんどん離れていくので、僕はあわてて声をかけた。
「あ、ちょっと、ちょっと。その辺でいいよ。あんまり遠くに行かれると、球が届かない」

「わかった。じゃ、ここで」と頼也が立ち止まる。

距離は、十五メートルとか、そのくらい。ピッチャーマウンドからホームベースまでよりも、三メートルほど近い。

僕が一球めを投げた。

届かなかった。ボールはワンバウンドし、ツーバウンドして、頼也のグラブに収まった。始球式に起用されたタレントが投げるような、力のないボール。なのに、早くも肩が痛い。

頼也が投球モーションに入った。

「あー、待った待った」と声を上げる。

頼也の動きが止まった。

「軽〜くね。ほんとに軽〜く。頼也が思ってるほど、一般人は野球がうまくないから。とにかく軽くね。ナックルボールみたいに、軽く。ふわりと」

「ナックルだって、人によっては百キロ出るよ」と頼也。

「百キロ、ダメ」と僕。「もっと遅く。いつもの頼也が新幹線だとしたら、特急でも急行でも快速でもなく、各駅停車ぐらい。いや、路面電車ぐらい」

「わかりづれーよ」と言って、頼也が無造作に球を投げた。

実際にふわりとしたボールが、シュルシュルいいながら向かってくる。

「わ、わ、わ、わ」とうろたえつつも、どうにかキャッチ。

スパン、といい音がして、グラブをはめた左手のひらに、ジン、と痛みが走った。

参った。ふわりとしたボールなのに、何というか、芯がある。腕だけでなく、きちんと肩を使って投げられたボールは、こうなるのだろう。特に、極限まで鍛え上げられた肩を使って、投げられたボールは。

「今のね。今の速さが限度ね。絶対ね。約束ね」

そう言って、僕はボールを投げ返した。かなり力を込めたので、今度はノーバンで届いた。

その後、ポップフライのような情けない軌道を描くボールではあったが、ノーバンだ。

ボールが十往復したあたりで、ようやく実感が湧いた。自分は今、球界のエースとキャッチボールをしているのだ、と。軽く投げてほしいと頼んだことを隠して、こないだ高見頼也とキャッチボールをしたよ、などとしたり顔で言うこともできるのだな、と。

頼也が投げるボールは、どんなにふわりとしていようと、必ず僕の胸もとに来た。胸もとも、胸もと。一番キャッチしやすいあたりだ。何よりもすごいのは、その必ずというところ。大げさでなく、ただの一球も、そこからそれることはなかった。何なら、次の一球もそこへ来るほうに、頼也からもらった二十万円分の商品券を賭けてもいい。

それにくらべて、僕の投げる球は、ワンバンはするわ、ツーバンはするわ、右には行くわ、左にも行くわ、で無残な限りだったが、頼也はむしろその不規則性を楽しむかのように、それらを軽くさばいた。ノーバンでキャッチできるボールを、わざとショートバウンドでキャッチするなどして。

「何かさ」と、頼也が楽しげに言った。「おれら、『フィールド・オブ・ドリームス』みたいじゃねえ？」

「何？」

「ほら、昔、あったじゃん。野球の映画。ケビンナントカとかが出てたやつ」

「あぁ。あった。コスナーね。ケビン・コスナー」

二人のあいだに距離があるので、会話をするためには、それなりに大きな声を出さなければならなかった。その声が、壁や天井に、心地よくこだまする。

「あれ、確かラストのほうで、こんなふうにキャッチボールをするシーンがあるんじゃなかったっけ」

「あるけど、今のこれとは全然ちがうよ。あれは親子でのキャッチボールだし。こんな室内でもない」

「誰とやっても、キャッチボールはキャッチボールだろ。どこでやっても、そうだし」

「まあ、そうだけど」

「おれさ」

「うん」

「やっぱ、メジャーに行くかもしんないよ」

「ほんとに？」

「ああ」

「来年からってことだよね？」

「そう」

「そんなこと、おれなんかに言っちゃって、いいわけ？」

「いいよ。どうせ近々わかることだから」

「行く球団の目処は、ついてんの？」

「全然。そういうのは、FA宣言してからだろ。こっちが行きたいと思っても、どこも手を挙げてくんない可能性だってあるし」

「それはないでしょ。手は挙がるよ。きっと、何本も挙がる」

一つのボールが、僕らのあいだを何度も行き来する。

頼也から来るのはすべてストライクで、僕から行くのはすべてボール。頼也はもう三振を十個近くとっているだろうが、僕はフォアボールを七個近く出しているだろう。

「これを言うのは、男ではナオタが初めてだよ。女には、言ったけど」

「男でも、おれが初めてではないんじゃないかな」

「ん？」

「五歳の男の子が、一人、知ってるんじゃん？」

「あぁ」と言って、頼也は明るい笑みを見せた。「そうだな。おれが直接話したわけじゃないけど、知ってるかもしれない」

そこまで訊くべきではないだろうと思ったが、訊いた。

「どうして、メジャーに行く気になった？」

きちんとした答は返ってこないだろうと思ったが、きた。

「牧田と陽太を、一度この国から連れだしてやるのも悪くないと思ったんだ。外の空気を吸うことも、時には必要だろ。これは二人だけじゃなく、おれだってそうだけど」

返す言葉が見つからなかったので、僕は黙っていた。でもボールを投げ返してはいたから、おかしな間はできなかった。キャッチボールのいいところだ。

「二人をのんびりさせてやりたいから、行くなら田舎のチームかな。弱くてもいいよ。まあ、強くてもいいけど」

「彼女なら、少しは英語もできそうじゃん」と言ってみた。

「いや、まったくダメらしい。イギリスに行ってたっつっても、通ってたのは日本人学校だし、それにたった一年だから、忘れたとかじゃなく、初めからできないんだと。おれも、ちょっとは期待してたのにな」

頼也の投げたボールが、初めて少しだけ右にそれた。それでもコースぎりぎりのストライクになるところがニクい。

「ナオタ」

「ん？」

「おれさ」

「うん」

「子ども、つくれねえんだよ」

「え？」

「ムセーシショーなんだと」

ムセーシショー。無精子症？

「結婚して二年くらい経ったときかなぁ、することはしてんのにできないから、病院で調べてもらったんだよ。美樹には内緒で。そしたら、医者にそう言われた。何つーか、ショックだったな、やっぱり」

「そのことを、美樹さんには？」

「言ってない。最後まで言わなかったよ。言えなかったっていうのが正しいのかもしんないけど」

つまり、高見頼也と鈴木美樹の元夫婦は、互いに真実を知っていたわけだ。知っていながら、互いにそのことには触れなかったわけだ。

だとすれば、離婚は避けられないことだったのかもしれない。こんな言葉はあまりつかいたくないが、要するに夫婦の絆は強くなかったということだから。

「で、そんなおれの前に、牧田が現れた」と頼也が言い、

「陽太くんもだ」と僕が言った。

「そう。陽太もだ。牧田と、陽太。初めて見たら、驚くよな。陽太、牧田にそっくりだから」

「驚くね。確かに、あれは驚くよ」

「自分の子だとかそうじゃないとか、そんなことはどうだっていい。陽太は特別だよ。

何たって、牧田の息子だからな。何だか知んないけど、おれは勝手に確信したんだ。あぁ、この先も、おれが牧田の息子をきらいになるわけがないんだよなぁって」

言葉足らずだが、頼也の言いたいことはよくわかった。

陽太は、何たって、牧田梨紗の息子なのだ。その息子を、嫌いになれるはずがないのだ。僕や頼也のような者たちが。

僕は密かにふっと息を吐き、それから頼也に確認した。

「牧田梨紗と、結婚するってことだよね？」

「する」と頼也は返事をした。「早いうちに籍を入れようと思ってる。おれ、子どもをつくれないことも言ったんだ。そしたら、牧田は言ったよ。陽太だけじゃ不満？　て。おれ、何つーか、泣きそうになった。こいつ、どこまで強ぇんだよ、と思って」

「結婚するならさ」

「ああ」

「少しでも早くするべきじゃないかな」

「どういう意味？」

「えーと、例えば彼女が二十代のうちに、とか」

「あいつ、もう三十になってるよ」

「そうか。じゃあ、あれだけど」

「ナオタ、牧田の誕生日がいつか、知らないのか？」

「知らないよ」

「六月二十七日」

「え？」

「おれとナオタのあいだ。ナオタ、二十六日。牧田、二十七日。おれ、二十八日」

「そうなんだ？」

本当に、知らなかった。不覚だ。まあ、知ってたからどうってこともないけど。でも不覚だ。そんな基本的なことを、この僕が知らないなんて。

「あいつさ、訊いたら、血液型もおれと同じBなんだよ。星座も血液型も同じ。蟹座のB」

「それ、おれも同じだよ」

「マジで？　何だ。ナオタもBなのか。B型ってさ、結構、ひどいこと言われるよな。自己チューだの、付き合いづらいだのって」

「言われるね」

「でもどうなんだろう。同じ血液型の男女って、結婚相手として合うのかな。しかも、

Ｂ型同士って」

「関係ないでしょ、そんなこと」

「まあ、おれもそう思うから、今、こうなってんだけどさ」

「ちなみに、美樹さんは何型だった？」

「Ｏ型」

Ｏ型。藍によれば、Ｂ型の男性とＯ型の女性の相性はいいはずだ。

なのに、高見頼也と鈴木美樹は離婚した。小倉直丈と石川藍も別れた。

やっぱ、あてにならないということだ。

いや、それとも。

実際、付き合うところまではいってるんだから、相性はいいと見るべきなのか。

「そういえばさ」と僕は話をかえた。「頼也は、今、どこに住んでるわけ？」

「ホテル。マンションは、美樹の名義なんだ。だから、そのまま美樹にやった」

「梨紗ちゃんと陽太くんは、どこに？」

「そこにいるよ。ホテルに。デカいバスタブが気に入ったらしくて、陽太、フロに入ってばっかいる」

「平井のアパートは？」

「あそこは、借りたまま。荷物はまだそこにあるよ。マンションにあったおれの荷物も運びこんだんで、今は物置みたいになってる」

「そっか。あそこには、もう住んでないのか」

「ホテルに来てくれれば、会えるよ。二人に」

「あぁ。うん。それは、いいんだけど」

「ん？　何か、ある？」

言ってもわからないだろうと思ったが、言ってみた。

「いや、裏のおばあちゃんはどうしたかと思って」

言ってもわからないなどということはまるでなく、頼也は僕以上にそのことを知っていた。

「あぁ。アパートの裏に住んでたおばあちゃんな。引っ越してったよ、仙台に。息子さんに引きとられたんだ。おれも一度会った」

「おばあちゃんに？」

「も、そうだけど、その息子さんにも。牧田と一緒におれが顔を出したら、すごく驚いてた」

「そりゃそうだろうな」

「ウチのファンじゃなく、巨人ファンだったけど、ほしいっていうから、サインをやったよ。あれにもこれにもっていうんで、結局、十ヵ所くらいにサインしたかな。着てたTシャツにも書いたよ。これからもおばあちゃんを大事にしてください、なんて言っちゃったな、おれ。正直、おばあちゃんのことは、ほとんど何も知らないんだけど」

と、そんなことを話しているあいだも、キャッチボールは続いていた。

グラブをはめた左手のひらがジンジンしていたが、それでも僕は頼也のボールを受けつづけ、山なりのボールを投げつづけた。

「キャッチボールってのは、いいもんだよな」と頼也が言った。「こうやって、たまにプロじゃない相手とやると、ほんとにそう思うよ」

「やらされる相手は大変だけどね」

「まあ、そう言うなって。とにかくさ、すべてはキャッチボールから始まるんだよ。相手の捕りやすいところに投げる。それが、始まりにして、すべてなんだ。キャッチボールをしてると、黙ってても、相手と腹を割って話したような気分になれるだろ？　ガキのころ、思ったよ。女の子もキャッチボールができたら楽しいのにって」

僕は、よく迷う。何かを言う前に、それを言うべきかどうか、よく迷う。

で、今も迷った。本当に、迷った。

言った。

「ガキのころだけじゃなく、大きくなってからも、やればよかったんだよ。例えば美樹さんと、キャッチボールをやればよかったんだ。向こうがいやがったとしても、無理にでも、やればよかったんだ」

僕の投げた球が、初めてストライクになった。胸もとの、ど真ん中。山なりだけど、ストライク。

頼也がボールを投げ返しながら、言った。

「あぁ。そうかもな」

「かもじゃない」と言って、僕はそれをスパンと受けた。「まちがいなく、やるべきだったよ。やらなきゃいけなかったよ」

込められる限りの力を込めて、頼也にボールを投げた。というか、投げつけた。二、三歩、足を前に踏みだして。ホームで走者を刺そうとする外野手みたいに。

今度はストライクどころか、暴投になった。

でもその暴投は、頼也を少しもあわてさせなかった。手こずらせさえ、しなかった。頼也は難なくその球をさばいた。ヘタな三塁手からのショートバウンドの送球をすくい上げるようにキャッチする一塁手みたいに。

「ああ」と、頼也がつぶやくように言った。「やらなきゃいけなかったな」

そして僕らは黙った。

頼也と腹を割って話したような気分になれただろうか。

そう考えてみた。

たぶん、なれた。

では、頼也のほうはどうか。

よくわからなかった。でも、なれたんだろう。そのためのキャッチボールなんだから。プロと素人の。

「あのさ」と僕が言い、

「ん？」と頼也が言った。

「そろそろやめない？　肩が痛いよ。ひじも痛いし、手も痛い。それに、何だか知らないけど、ひざも痛い。これ以上続けたら、たぶん、明日死ぬよ。結局、頼也に殺される」

「よし。じゃあ、やめにすっか」

そう言うと、頼也は、左側の壁面に立てかけられた衝撃吸収ボード（というんだろうか）に向かって、全力で球を投げた。

ドズン！　という音が響き、ボールがコロコロと転がった。

すごかった。絶対に新幹線より速ぇよ、と思った。そんなはずないのに。

およそ三十分のキャッチボールを終えて、練習場から出ると、頼也が、例の守衛さんらしき人に声をかけた。

「どうもです。たすかりました」

「何だ。もう終わり？」

「ええ。今日は軽めで」

「そうか。お疲れさま」

頼也と僕は、駐車場のボルボに戻り、ともにドアを開け放したまま、運転席と助手席に座って、一息ついた。

体がどんよりと重かったが、気分は悪くなかった。

頼也が、運転席と助手席のあいだから手を伸ばして、後部座席から何かをとり、それを僕に差しだした。

「じゃあ、これ」

「何？」

すぐには受けとらなかった。小ぶりな封筒が、鈴木美樹（当時、高見美樹）に見せられた、頼也の浮気写真を思いださせたからだ。

「ほら。受けとれよ」

そう言われて、恐る恐る受けとり、中身を見た。

現金だった。おそらくは百万円の束が、二つ。

「これは？」

「報酬。というか、お礼。二百万。一日一万として、それにちょっと色をつけて、これ」

「駐車場に駐めた高級車のなかに、現金二百万円を置きっぱなしにしてたわけ？」

「しかたねえよ。ジャージのポケットに二百万を突っこんでキャッチボールをする気にもならなかったし。それに、誰でも入れる駐車場ではないんだから、そうあぶなくもないだろ。とにかく、おさめてくれよ」

「もらえないよ、こんなに」

「どうして」

「そんなに働いてはいないし、結果も残してない。というか、変な形で結果は残しちゃったけど、それにしても多すぎる」

「一日一万なんて、バイトにしたって高くないだろ」

「けど、毎日働いてたわけじゃないよ」

そう。鈴木（高見）美樹にバレてからは、ほとんど働いてない。二人でお茶を飲んだり、ゾンビ映画を観たり、それから、えーと、何ていうか、キスをしたりしただけだ。尾行はまったくしていない。よって、二百万は多すぎる。

そこで、僕はこんなことを言ってみた。

「これには、橋渡し料も入ってるのかな」

「何？」

「牧田梨紗への、橋渡し料」

「あぁ。入ってないよ、そんなもんは」

そう言って、頼也は笑った。おもしろいことを聞いたから、笑う。含むところのない、陽気な笑みだった。少なくとも、僕にはそう見えた。

「そうか。じゃあ、もらっとくかな」

「そうそう。もらっとけ」

「いや。やっぱ、やめとくかな」

「もらっとけよ」

「じゃあ、半分の百万だけもらっとくよ」

「何だよ、それ。二百もらえって。せっかく用意した金を持ち帰りたくねえよ」

「そんなら、二百もらったことにして、百万はおれからの餞別。メジャーに行くことに対しての。これで相殺ってことでどうだろう」

何と何との相殺なのかは自分でもよくわからなかったが、何かと何かが相殺されたはずだ、とは思った。

頼也はそれを聞いて何ごとか考えていたが、やがて言った。

「ナオタがそう言うなら、わかった。じゃあ、こうしよう。おれはナオタに、お礼として三百万を渡した。で、メジャーに行くお祝いってことで、ナオタはおれに百万をくれた。三百ひく百は二百。ナオタの手もとには、二百万が残った。決定。文句なし。何の問題もなし。ナオタ、百万もくれてありがとう」

頼也と僕。どちらからということもなく、笑った。ともに肩を揺すって。

左のドアから右のドアへと、車内を涼しい風が吹きぬけていった。暑さはすでに去ったが、先に控える冬を意識させるほどの寒さもない。そんな、十月の第二週。一年のなかで、僕が最も好きな時期だ。

「じゃあ、ありがたく、いただくよ。グラブも、くつも、二百万も」

そう言って、僕はその二百万円を封筒に戻し、それを自分のバッグに収めた。初めて現ナマで持つ大金に、さっそく緊張した。緊張しつつ、計算した。これであと一年は暮らせるな、と。

「じゃ、行くか」と言って、頼也が運転席のドアを閉めたので、僕も助手席のドアを閉めた。

エンジンがかかり、ボルボがゆっくりと走りだす。

「あ、そうだ」と僕が言った。「頼也さ、おれにもサインくんないかな」

「は？」と頼也。「何だよ。今さらだな。誰かに頼まれたのか？」

「いや。女を引っかけるのに使いたい」

「あ？　引っかかんないだろ。野球選手のサインなんかで」

「野球ファンの子を探すよ。で、頼也のメジャー行きを最初に聞いたのはおれだって自慢する」

頼也はふふんと鼻で笑った。

「お前ってさ、頭がよくて、そんでもって、アホだよな。一言で言えば、最高だ」

「最低だよ。最高なまでの最低を目指してるんだ。ポジティヴなまでのネガティヴだよ」

「わけわかんねー」

駐車場から出ると、ボルボは、表通りではなく、どこなのかよくわからない裏通りを進んだ。

「それと、もう一つ頼みがある。いつか、頼也をモデルにしたシナリオを書いてもいいかな？」

「シナリオ」

「そう。もちろん、本人だとわからないようにはするからさ」

「そんなの、お前の好きにすりゃいいけど。でもどうせなら、おれ、悪役がいいな。例えば、えーと、球に鉛を仕込んでビーンボールを投げるピッチャーとか、ステロイドの力で時速二百キロの球を投げられるようになったピッチャーとか、そんなの」

「わかった。シャレですまされる範囲で考えてみるよ」

「シナリオかぁ。もしほんとにそんなのが映画になるなら、おれ、出ちゃおっかなぁ。そんでさ、アカデミー賞とか、とんの」

「ステロイドのピッチャー役では、とれないと思うけどね」

「だったら、ナオタが、とれるような役を書いてくれよ」

と、そんなグダグダなことを言い合ってから、少し黙った。

来るとき同様、ボルボは静かに僕らを運んでいた。車そのものの質のよさによって。

また、同乗者に配慮した頼也の穏やかな運転によって。

今自分が座っているこの助手席に牧田梨紗が座ることもあるんだな。

ふと、そんなことを思った。

梨紗だけでなく、陽太が座ることだってあるんだな。

そんなことも、思った。

陽太は、まだ五歳。車に乗せるなら、チャイルドシートを付けなければならないはずだ。

でも、車内にそんなものは見当たらない。

それもやはり、同乗者である僕への配慮なのだろうか。

旧友に不快な思いをさせないための、紳士的な配慮なのだろうか。

何にせよ。

運転は、慎重にしてほしい。

ピッチングは豪快でいいから、運転だけは慎重にしてほしい。

二十年前には起きてしまった痛ましい事故を起こさないように。

牧田梨紗と陽太の未来を、もうこれ以上は変えてしまわないように。

僕をレーガンハウスに送り届けると、頼也は、現在の住まいである赤坂のホテルへと帰っていった。

グラブとスポーツシューズと現金二百万円。それらを持って、アパートの部屋に入る。ドアにカギをかけたときに、大きな反動がきた。不意に泣きそうになったのだ。鼻の奥がツンとした。そのツンに導かれて流れ出ようとする涙を気力で制し、泣く代わりに、笑った。泣くなんて笑わせるぜ、という感じに。ポジティヴなまでのネガティヴ。それを実践したつもりだった。

いろいろなことが終わったのだと感じた。ようやく。最良な形で終わったのだと。

高見頼也との結婚。

それは牧田梨紗にとって、最良の結果だ。

また牧田陽太にとっても、最良の結果だ。

で、まあ、つまるところ弱い人間でしかない僕は、誰かと話がしたくてたまらなくなった。

できることなら、その誰かは女性がいい。

だが、残念ながら、もはや適任者はいなかった。

そこで僕はどうしたか。

何と、五ヵ月以上も前に別れた石川藍に電話をかけた。この一回だけだぞ、と自らにきつく言い聞かせるなどして。

別にここ数ヵ月のことを話すつもりはなかった。久しぶり、だの、どうしてる？　だの、そんなおしゃべりができればそれでよかった。極端なことを言えば、僕がかけた電話に出てくれさえすれば、それでよかった。

出てくれた。着信拒否をされるとか、そういうことはなかった。留守電に切り換わることもなかった。明らかに仕事中であるはずの、午後四時すぎだというのに。

「もしもし」と藍は言った。

「あ、もしもし。あの、おれ。小倉。ごめん。今だいじょうぶ？　なわけないよね。もし忙しかったら、またあとでかけるけど。いや、迷惑ならかけないし」

いきなりの長ゼリフに、藍が笑った気配がした。

「だいじょうぶ。外にいるし、ちょうど休もうと思ってたとこ」

「そっか。あの、えーと、久しぶり」

「久しぶり」

「どうしてる？」

そこでわずかな間ができた。

藍が言う。

「わたしも話そうと思ってた。誰から聞いたの？」

「聞いたって、何を？」

「わたしが結婚するって」

「え？　藍、結婚すんの？」

「そのことでかけてきたんじゃないの？」

「いや。全然知らなかった」

「ほんとに？」

「ほんと。何、誰と結婚するわけ？　って、聞いてもわかんないか」

「わかる。クボくん。同期の」

「クボくん」その名前を口にしながら考えた。頭に一つの顔が浮かんだ。「あの久保？

久保、えーっと、鳴夫《なるお》？」

「そう。その久保鳴夫」

「あぁ。そうか。そうなんだ。何ていうかさ、早いな、ずいぶん」

「ちょっと。そういうの、失礼じゃない。祝福してよ、きちんと」

「あ、ごめん。えーと、おめでとう。それで、式はいつ？」

「まだ決めてないけど。なるべく早く挙げようとは思ってる。お腹が目立たないうちに」

「は？」

「子どもができたの」

「何、もうできてんの？　それもまた早いな、ずいぶん」

「だからそういうの失礼だって」

「あぁ。ごめん。えーと、それもやっぱり、おめでとう」

久保鳴夫の顔が、頭のなかを駆けめぐった。モジャモジャ頭に銀縁メガネの、理系然とした顔。生まじめそうで、人のよさそうな、顔。

同期は同期だが、技術畑にいた彼とは、あまり接点がなかった。確か、本質的な意味での商品開発をしていたはずだ。例えば、スナック菓子の試作とか。

「ほら、わたし、マーケティングリサーチ室にきてから、工場のほうにも顔を出すようになったでしょう？　それで、彼とも会う機会が増えて。いろいろと話をするようになったの」

工場に顔を出し、いろいろと話をするようになって、子どもができたわけか。鳴夫め。まさか、僕が藍と付き合っているうちから何かあったんじゃないだろうな。鳴夫め。

「で、そっちはどうなの？」と藍が言った。ナオではなく、そっちだった。

「どうって、相変わらずだよ。こっちもいろいろあったけど、でも相変わらず。要するに、冴えない」

「がんばってよね、書くの。応援してるからさ」

応援してる。遠くからくる言葉だな、と思った。離れているからこそ、気軽に口にできる言葉だ。

「ついでに訊いとくけど、もし披露宴に呼んだら、来る？」

「それは無理だよ。おかしいでしょ、おれが行くのは」

「そうかなぁ。同期なんだから、おかしくないと思うけど。久保くんも、呼べばって言ってるし」

うーむ。鳴夫め。

「どうしてもっていうならあれだけど、でも、まあ、やめとくよ」

「わかった。そう言っとく」

「うん。とにかく、おめでとう」

「ありがとう。よかった、報告できて。でさ」

「ん？」

「これ、結局、何のための電話だったの？」

「あぁ。特に何のためってことはないんだ。ただヒマだったからってだけで」

「うそくさい」

「え?」

「でも信じる。もう、そうするしかないもんね。じゃあ、ほんとにがんばってよね、ナオ」

「うん。テキトーにがんばるよ」

「本気でがんばんなさいよ、バカ。じゃあね」

「じゃあ」

そして電話は切れた。電話の一通話分以上の何かが、切れた。

まあ、いいや、と思った。最後にナオと呼んでくれたし。そのあとにバカとも言われたけど。

その夜。

牧田梨紗からメールがきた。

〈ありがとう〉

たった五文字。

返信のしようもない、メール。

前にも言ったと思う。

僕と彼女の距離は近い。

そして、遠い。


それから何日か、僕は考えに考えた。

というよりは、ただ余韻に浸っていただけかもしれないが、ともかくそうしたことで、あることに思い当たった。

高見頼也は、もしかして僕を支援しようとしたのではないか。

そう思ったのだ。

つまり、友だちとして、ポンと金をやるわけにはいかないから、無理につくりだした探偵の仕事を僕に与えたのではないか、と。

ひどくバカげた話ではあるが、考えられなくはない。

まず、僕が動ける日だけ尾行をすればいいというのがおかしいし、結局は探偵社に頼んでいたというのもおかしい。

鈴木美樹から、頼也と離婚したという電話を受けたとき、僕は一瞬、ハメられたと思った。小倉直丈と高見美樹が接近することを想定していたからこそ、頼也は、顔がバレたあとも僕に妻への接触を続けるよう頼んだのだろう、と。

でも、たぶん、そうじゃない。

頼也は、井口慎司から僕の現況を聞き、どうにかしてやりたいと思ったのだ。それで、すでに関係が冷えきっている妻を尾行させるなどという、突拍子もないことを思いついたのだ。何も見つからなければそれでいいし、見つかったらそれでもいい、というわけで。

では、そこまでして頼也が僕を支援する理由は何か。

これは、本当に、バカげている。僕に金をくれてやるために探偵の仕事をでっち上げたことよりもさらに、バカげている。

この僕が、唯一、頼也を負かした相手だから。

理由は、それ。

そんな理由で、頼也は、この僕を過大評価してしまったのだ。ガキのころだけじゃなく、今も。一度しか負けたことがない、頼也だからこそ。そして、だからこそ頼也は、自分を負かした相手がその後の人生において負けっぱなしでいることに耐えられないのだ。

もちろん、これは僕の勝手な推測にしか過ぎない。そうなのか？　と尋ねたら、まさか、と頼也は答えるだろう。あまりにバカげたことだから、今こう言っている僕自身、半分も本気ではない。いや、半分の半分、すなわち二十五パーセントも本気ではない。ただ、ほんのわずかかもしれないが、小倉直丈の力になろうという気持ちが高見頼也にあったことを、僕は疑わない。二十年ぶりに彼と接してみたうえで、疑わない。で、その疑わないことに、僕は満足する。

というわけで。

長々と続いてきたこの話も、ようやく終わりへとさしかかる。

そろそろゼロから始めよう。

いや。ゼロというよりは、マイナスからのスタートかな。

いや。マイナスってことはないよな。何せ、二百万円の現金と、二十万円分の商品券があるからな。

と、そんなことを考えていたときに、ケータイの着信音が鳴った。

高見頼也。鈴木（高見から登録し直した）美樹。牧田梨紗。石川藍。

画面に表示されていた名前は、そのどれでもなかった。

これだ。

〈小倉琴恵〉。妹。

「もしもし、お兄ちゃん?」と琴恵は言った。「今、日比谷線の八丁堀駅なんだけど、これから行くね」

「は?」と僕。「何か用?」

「話があるの」

「何だよ、話って」

「行ってから話すよ」

「そんな、お前、急に来るなよ」

「何? 今、部屋じゃないの?」

「部屋だけど」

「カノジョでも来てるんなら、ちょっとだけ追いだしてよ」

「そんなわけにいかないだろ。って、カノジョなんか来てないけど。というか、いないけど」

「え? いたじゃん。会社のときの人」

「別れた。フラれた」

「ふぅん。ま、とにかくいてね、部屋に。場所はだいたいわかるから、すぐ行く。じゃあ」

　プツッと音がして、通話が切れた。

　琴恵はいつもこんな感じだ。こちらの都合を考えない。といっても、アパートに来るというのは初めてなので、ちょっと不気味。

　そして十分もしないうちに、インタホンのチャイムが鳴った。

　ウィンウォーン。

　まずは受話器で応対する。

「はい」

「はいじゃなくて、来るのわかってんだから、すぐ出てよ」

　受話器を戻して玄関へ行き、ドアを開ける。

　僕が最後に会ったとき（琴恵が『ジョニイのルナパーク』で賞をとったときだ）よりもずっと髪を短くした妹が外にいた。ニットのカットソーにローライズのジーンズという、ラフな服装。化粧っ気もない。

「何、お前」と思わず言った。「失恋でもした？」

「は？」と、眉をひそめて、琴恵。「あぁ、髪ね。ここんとこ、ずっとそう。手入れがラクだから、ショートにしてんの。それより、何なの？　髪を切ったら失恋て、その発想。いつの時代よ」

僕が許可するまでもなく、琴恵は部屋に上がりこんだ。そして室内をざっと見て、言う。

「へぇ。きれいじゃん。ていうか、物がない」

「で、何？」と僕。

「その前に、これ、おみやげ」と言って、琴恵は僕にコンビニのレジ袋を手渡した。

「どうせ安い第三のビールばっか飲んでんだろうから、本物のビールにした」

その言いぐさにムカつきつつも、ありがたくちょうだいする。

琴恵はベッドの縁に座り、さっそく用件を切りだした。

「お兄ちゃん、わたしの本、読んだ？」

くやしいが、読んだ。

「カリソメのナントカってやつ？」

「『カリソメのものたち』。それ」

「なら読んだ。図書館で借りて」

新刊はなかなか借りれないから、何と、予約までしたのだ。兄なのに。

「もう。買ってよ、そこは」

「というか、お前がくれよ」

「そう言うだろうと思って、持ってきた」と言い、琴恵はバッグからその本を取りだしてテーブルに置いた。「はい」

「もう読んだって言ってんじゃん。遅ぇよ」

「うるさい。タダなんだから、喜びなさいよ」

僕が投げやりに言う。

「で?」

「で、この小説が映画化されることになったの」

「え? マジで?」

「マジで」

「すごいね、そりゃ」

「それで、わたし、映像化を許可するにあたって、一つだけ、条件をつけさせてもらったの」

「どんな?」

「知り合いにライターがいるから、その人にシナリオを担当させてほしいって。出来が悪かったらそのときはしかたないけど、まずは書かせてみてほしいって。まだ完全なプロではないけど、コンクールの最終選考なんかには残るみたいだから、力はあると思います、とも言っといた」

「で？」

「で、じゃあ、ひとまず書いてもらいましょうって返事をもらった」

それを聞いて、僕は黙りこんだ。話の内容を、よく噛み砕いて理解しようとしたのだ。

「といっても、別に情けをかけたわけじゃないから、そこは勘ちがいしないでね」

「じゃあ、何でおれなんだよ」と尋ねてみる。

「原作者として、ストーリーをおかしな方向にもってかれたりしたらいやでしょ？　でも知ってる人なら、あれこれ注文を出しやすいだろうと思ったの」

「あれはダメ、これもダメって？」

「そう。相手がお兄ちゃんなら、ガンガン言えるもんね」

「だったら、お前が自分で書けよ」

「書いたことないもん、シナリオなんて」

「書けないことは、ないだろ」

「そんなに甘くないと思うよ。それとも、甘いの？」

「うーん」

「技術を見せてよ。せっかくだから」

せっかくだから、か。

非常にムカつくが、まあ、しかたない。

捨てる神あれば拾う神あり。

とはいえ、拾う神は、結局、身内か。

父親に口を利いてもらうという、鈴木（高見）美樹からの提案は断った。わたしのところに来ればいいという、鈴木（高見）美樹からの提案も断った。後者に関しては、はっきり断ったわけではないが、はっきり受け容れたわけでもないという意味で、断った。でも、この琴恵からの提案を断る必要はない。そんな気がした。

「琴恵さ」と僕は言った。「もしかして、母さんに何か言われたとか？」

「何かって？」

「おれの面倒を見てやれとか何とか」

「まさか。言われるわけないじゃん。何で妹が兄の面倒を見んのよ。そもそも、お母さんとは最近話してないもん。おばあちゃんは、よく電話をかけてくるけど。こないだも、『カリソメのものたち』を読んだって言ってた。何だかわかんないけどおもしろかったって」そして琴恵はこう続けた。「ねぇ、お茶とか出してくんないの？」

「あぁ」と言って、ヤカンに水を入れ、湯を沸かしにかかった。

ヤカンがフィ〜ッという合図をくれるのを待つあいだに、僕はこんなことを言ってみた。

「お前さ、高見頼也って知ってるよな？」

「知ってるよ。お兄ちゃんの友だちでしょ？　あの人、アメリカに行くみたいね」

「彼、おれと同じ、蟹座のB型なんだよ」

「ふぅん」

「で、考えたらさ、琴恵も蟹座のBなのな」

「だから、何？」

「いや、どちらも成功したなぁ、と思って」

「そういう占いみたいなのを、信じてるの？」

「信じてない。むしろ否定する側だよ。まあ、おれまでもが成功したら、信じるかもしれないけど」

「星座と血液型の組み合わせって、それ、何なのよ。何でその二つを結びつけるわけ？」

「知らないよ」

「もしそれが正しいなら、生まれた時点で将来は決まりってことになるじゃない。お金持ちの家に生まれた子も、そうじゃない家に生まれた子も、その意味では平等ってことになるんだよ。でも現実にはそうならない。どうしてよ」

「おれに言うなって。信じてない側なんだから」

「今みたいなことを言うってことは、ちょっとは信じちゃってるってことだよ。危険だと思うな、そういうの。何かがうまくいかないのは、それに見合った能力がないからか、努力が足りないからであって、そのほかに理由なんかないよ」

歳下からの説教は、こたえる。女性からの説教も、こたえる。したがって、妹からの説教は、ひどくこたえる。その中身が、すでに承知していることだったりすると、余計に。

フィ〜ッ、の合図がきたので、ガスを止めて、インスタントコーヒーを入れた。

兄妹だから乾杯などしたりはせずに、それぞれ一口飲む。琴恵はベッドの縁に座って。僕はイスに座って。

「お前ってさ、何か、常に前向きだよな」と、今度はそんなことを言ってみた。

「は？　何言ってんの？　前向きなのはそっちでしょうよ。働かないで書くだけなんて、わたしにはとてもできないよ。不安すぎて」

「けど、お前だって、賞をもらう前に、会社、やめてたろ？」

「やめたけど、バイトはしてたもん」

「へぇ。何やってた？」

「フロアレディ」

「は？」

「パブのフロアレディ」

「それって、要するにホステスじゃないの？」

「そうとも言う」

「マジかよ。ホステスやってたわけ？」

「時給が高いから、書く時間を確保するのにちょうどいいの。本が売れなくなったら、またやるよ。たぶん」

「母さんは、知ってる？」

「知らないよ。言う必要がないし」

「もしおれが言ったら？」

「ぶっ飛ばす」

じゃあ、言わない。

まあ、三十歳の僕が、二十八歳の琴恵に、実際にぶっ飛ばされることはない。とはいえ、引っ掻かれるくらいのことなら、あるかもしれない。

昔から、そうだった。琴恵は、すぐに引っ掻く。自分のケーキが小さいと言っては引っ掻き、イチゴの数が少ないと言っては引っ掻くのだ。ケーキを切ったりイチゴを皿に分けたりする母をではなく、僕を。

「今そんなことはいいよ」と琴恵が言った。「で、どうすんの？」

「何が？」

「シナリオ。やってくれんの？　やってくれないの？」

「やります」と僕は言った。「ぜひやらせていただきます」

その言葉を聞くと、琴恵は、あっけなくベッドから立ち上がった。

「交渉成立。じゃあ、帰るね。短編を仕上げなきゃなんないから。締切が近いの」

「待った。シナリオの長さなんかは？」

「長編映画一本の範囲で、とりあえず自由。何か訊きたいことがあったら電話して。忙しかったら出ないけど」

そしてすたすたと歩いていく琴恵を、僕は玄関まで見送った。

「あのさ、何ていうか、どうもな」

そう言うと、琴恵は少し笑って、こう言った。

「そういうの、キモチ悪い」

まったく。

僕だって、かなり無理して言ったのに。

ドアを閉めて部屋に戻ると、琴恵が座っていたベッドの縁に座り、コーヒーの残りを飲みながら、考えた。

小倉琴恵は、蟹座のB型だった。

そして実の兄を引っ掻いたりホステスをやったりしながらも、結局は小説家として独り立ちした。

高見頼也は、蟹座のB型だった。

そして好きな女の子と間接キスをしたり軟式野球を始めるつもりで硬式野球を始めたりしながらも、結局は球界を代表する左腕へと成長した。

牧田梨紗は、蟹座のB型だった。

そして痛ましい事故で肉親を亡くしたり独りで息子を育てたりしながらも、その年俸二億八千万（メジャー行きで、来年は倍増どころではないだろう）の左腕と結婚する。

何度も言うように、僕＝小倉直丈は、占いだの運勢だのを信じるつもりはないから、彼らが彼ら自身の能力及び努力でそれらを成しえたのだと言いきることができる。

ただ。
身近にちょっと成功者が多すぎるような気はする。
もう少し言えば。
身近の蟹座のBは、みんな成功しているような気がする。
僕は占いや運勢を信じない。
よって、蟹座のBだから成功するなんて話も信じない。
蟹座のBにだって、失敗する者はいるはずだ。
それは、獅子座のAでも射手座のOでも変わらないはずだ。
だが待てよ。
そうなると。
確率的に見て、この僕が失敗する可能性はかなり高いってことなんじゃないか?
となれば。
僕にできることはただ一つ。
『カリソメのものたち』。がんばろっと。
と、まあ、いつもの調子で軽く言ってしまったが、わかっている。
本当の、勝負だ。

琴恵にもらった『カリソメのものたち』を、四時間かけて、再読した。

そしてその後も、夜を徹して、作品のシナリオ化を模索した。

『カリソメのものたち』は、近い将来の取り壊しが決まっているコーポカリソメというアパートに住む五人の若者たち（男三人、女二人）の姿を描いた連作短編集だ。

仮初《かりそめ》の住まいであるワンルーム。そこから、それぞれの一歩を踏みだしていく五人。

一人一人に直接的なつながりはないものの、各短編の最後で、その各主人公たちは、様々な理由から隣室を訪問する。

ひいき目でなく、おもしろい小説だと僕は思った。初めて読んだときも、二度めに読んだ今も。

だが、これをそのまま映像化するわけにはいかない。それをやると、単なるオムニバス映画になってしまうから。

そこで僕は考えた。ここしばらくはずっと休ませっぱなしだった脳をフル稼働させて、考えた。

午前五時すぎ。通算で七杯めだか八杯めだかのインスタントコーヒーを飲んでいたときに、一つのアイデアが浮かんだ。唐突に、ポッと。

同じアパートに住んではいるが、知人同士ではない五人。

その五人に共通するものはないか。

彼らを結びつけるものが、何かないか。

あった。

郵便だ。

郵便配達だ。

例えば僕は、新川のこのあたりをよく担当する配達員の顔を知っている。その彼に郵便料金を尋ねたこともあるし、民間のメール便だと気づかずに誤配を指摘してしまったこともある。書留や速達がきたときには直接手渡しされるし、通常の郵便物であっても、部屋に出入りするときに出くわしたりすれば、やはり直接手渡しされる。

そしてそれは、もちろん、僕に限った話ではない。レーガンハウスに住むほかの人たちだって、似たような経験をしたことがあるだろう。

つまり、郵便配達員なら、アパートの住人すべてと接触する可能性があるわけだ。

だとすれば、ストーリーの軸になれる。

主役ではなくとも、語部《かたりべ》にはなれる。

住人と住人とをつなぐことができる。

それでいて、独立した存在でいることもできる。

その案を思いついたときは、興奮した。午前五時すぎなのに、歓喜の雄叫びを上げそうになった。いいものが書ける、と思った。原作の空気感を損なわずにプラスアルファをもたらせる、と確信した。

久しぶりに味わう高揚感だった。アイデアが浮かんだだけで体が震えたという経験は、久しぶりどころか、初めてかもしれない。

具体的なプロットを練る前にいったん熱を冷まそうと、僕はバスルームに飛びこんでシャワーを浴びた。

が、熱は少しも冷めなかったので、ならしかたないとばかりに、髪も乾かさぬまま、早朝の散歩に出た。

すでに夜は明けており、秋の朝日が斜めから街を照らしていたが、意外にも、道を行く車の数は少なかった。

おかしいな、月曜なのに、と思い、そこで気づいた。今日は十月の第二月曜、つまり体育の日なのだ。

「あぁ、そうか」とつぶやき、何となく得をした気分になった。

休日の東京の朝を楽しめるなんてことは、そうはない。プータローという立場の僕なら、自分次第で毎週のように楽しむこともできるが、だからといって、わざわざ早起きして散歩に出たりはしない。

僕は朝の新川公園隅田川テラスを歩き、水辺の散策ルートを歩いた。

高齢の散歩者の姿もちらほら見受けられたが、やはりその数は少なかった。

芝生の斜面に腰を下ろして、前方の隅田川と、その先の江東区を眺めながら、僕はこの半年のことを考えた。

すべては、二年続けてコンクールに落ちたことから始まっていた。

そこで始まった話に一区切りをつけるとしたら、今だ。

四ヵ月ほど前、僕は生まれて初めて、いいシナリオを書いた。それは映像になる類のものではなかったが、現実の話となった。たとえて言うなら、『女子に性欲はない』のようにだ。

牧田梨紗と高見頼也を結婚させる。

これまでに僕が書いたなかで、最も気の利いたシナリオ。

自信をもって、言える。僕はいい仕事をした。探偵としてはダメだったが、シナリオライターとしては、いい仕事をした。

二人で酒を飲んだとき、頼也は僕に、となり町を自転車で五時間も走りまわった話をした。肉親三人をいちどきに亡くした牧田梨紗に会うために、どこにあるかもわからないセレモニーホールを目指したという、あの話だ。

あれを聞いて、僕は、自分が特別ではなかったのだということを知った。もしかしたら頼也は、有名になって牧田梨紗と再会するためにプロ野球選手を目指したのかもしれない、とさえ思った。

僕が二人の結婚のシナリオを思いついたのは、皮肉にも、陽太の看病に行って、そのまま牧田梨紗のアパートに泊まったあの夜だ。

さっきのような高揚感はなかったが、いいシナリオだとは思った。僕自身にとっては、あまりにツラく切ない内容だが、でもいいシナリオだ、と。

そして僕はシナリオの現実化に向けて動きだした。といっても、そこに動きというほどの動きはなかった。ほとんど何もしない、というのが僕の作戦だったから。

牧田梨紗と高見頼也を引き合わせて、あとは何もしない。

まさにツラく切ない作戦だった。何かを実現するための手段が、何もしない。それは本当に酷なことなのだとわかった。

ただ、頼也に離婚をしてもらう必要はあった。

そのことに関しては、いやな立ちまわり方をしたと自分でも思うが、しかし責任までは感じていない。高見頼也と美樹の夫婦があのまま結婚生活を続けたところで、どちらにもメリットがないことは明らかだったからだ。

高見美樹が初日から尾行に気づいていたことを、僕は頼也に言わなかった。

それにも理由がある。

僕は探偵として、可能なら実際に高見美樹の浮気を突きとめたいと思うようになった。そしてそうなった途端、実は尾行はバレていたのだと高見美樹に知らされた。

だがそこでの彼女の意外な反応によって、小倉直丈がまた別の役割を担える可能性が出てきた。浮気相手そのものの役割を担うという、新たな可能性だ。

念のために言っておくと、高見美樹に好意を抱いてはいた。彼女が頼也の妻でなかったら、もっと深入りしていたかもしれない。いや、していただろう。

そんな彼女と、僕は一度だけキスをした。したかったから、した。そこでの感情にうそはなかった。自分自身でふんぎりをつけるという意味合いも確かにあったが、それがすべてではなかった。本当に。

まあ、今さらそんなことはいいとして。

ともかく、ここで一区切りはついた。

つくことは、ついた。

とはいえ、僕のなかで牧田梨紗が特別な存在であることは変わらない。

彼女は、僕の心のなかの宝箱に戻っていっただけだ。

決してそれを望んだりはしないが、今回がそうであったように、僕らにはまた、予想外の二十年後があるのかもしれない。あるとは言えないが、ないとも言えない。さすがに、五十歳のヘルス嬢と五十歳の客として再会することはないだろうが、それさえ、絶対にないとは言いきれない。

そうやって過去を振り返り、未来にも少し目を向けたことで、熱はようやく冷めた。

この島を出てみるという選択肢もあるのかな。

ふと、そんなことを思った。

尻の芝を払いつつ立ち上がると、僕は斜面を上って、テラスの遊歩道に出た。

そこをゆっくりと進み、新川公園をあとにする。

時刻は、午前六時十八分。

レーガンハウスへと続く歩道のない通りを歩いていると、前から、十歳くらいの少年が、サッカーボールをドリブルしながらやってきた。

朝の六時十八分なのに、ドリブル。

東京都中央区のアスファルトの路上なのに、ドリブル。

何故かうれしくなって、思わず、ヘイ、パス！　と声をかけた。

そしたら本当にパスがきたので、きれいなワンツーを返してやった。

少年は、人なつっこい笑顔を見せてそのパスを受けると、風のように通りを駆けぬけていった。

いい日になりそうな気がした。

シナリオ版『カリソメのものたち』にとりかかる前に、一度だけ。

三十歳男性ではあるけど、一度だけ。

思いっきり大泣きしてみるというのも、悪くはないかもしれない。

本書は二〇〇九年六月に小社より刊行された『カニザノビー』を改題、加筆して
文庫化したものです。
この物語はフィクションです。
登場人物、団体等は実在のものとは一切関係ありません。

ナオタの星

小野寺史宜

2019年6月5日　第1刷発行

発行者　千葉 均
発行所　株式会社ポプラ社
〒一〇二-八五一九　東京都千代田区麹町四-二-六
電　話　〇三-五八七七-八一〇九（営業）
　　　　〇三-五八七七-八一一二（編集）
ホームページ　www.poplar.co.jp
フォーマットデザイン　緒方修一
印刷・製本　中央精版印刷株式会社

N.D.C.913/432p/15cm
ISBN978-4-591-16310-8
落丁・乱丁本はお取り替えいたします。
小社宛にご連絡ください。
電話番号　〇一二〇-六六六-五五三
受付時間は、月～金曜日、9時～17時です（祝日・休日は除く）。

P8101383

みつばの郵便屋さん

小野寺史宜

郵便配達員の平本秋宏には年子の兄がいて、今やちょっとした人気タレント。一方、秋宏は顔は兄とそっくりだが、性格はいたって地味、なるべく目立たないようにしているのだが……。「あれ、誰かに似ていない？」季節を駆けぬける郵便屋さんがはこぶ、小さな奇蹟の物語。

ROCKER　ロッカー

小野寺史宜

プチ不登校の女子高生ミミと高校教師の永生《えいしょう》は、元いとこ同士。友だちをつくらないミミだが、永生のアパートには遊びに行く。そんなある日、永生が教える学校の生徒で、ミミのことが好きだという高校生が現れる。彼はロック部を創設するというが。ポプラ社小説大賞優秀賞を受賞した、心に響く青春小説。

東京放浪

小野寺史宜

目立たぬ森くんに、ちょっとした武勇伝ができた。入社3年、顧客と衝突して会社を辞めたのだ。勢いで休暇がわりの放浪生活を始めたが、一宿を請うた友人のアパートで樹里ちゃんという5歳の女の子を預かる羽目に――。26歳の新たな旅立ちを描いた、爽やかな青春小説！

あん

ドリアン助川

千太郎のどら焼き店に求人をみてやってきたのは、七十過ぎの「徳江」と名乗る女性だった。徳江のつくる「あん」は評判になり、店は繁盛するが……。フランス、ドイツ、イギリスなど様々な国で翻訳出版され、高い評価を受けた現代の名作。　解説／中島京子

ピンザの島

ドリアン助川

アルバイトで南の島を訪れた涼介は、ピンザと呼ばれるヤギの乳でチーズをつくる夢を追い始める。だが、その挑戦は島のタブーにふれ、男衆の怒りを買ってしまう。敗北感にまみれたひとりの青年が、悪戦苦闘の果てに生存への突破口を見いだしていく感動作！

カラスのジョンソン

ドリアン助川

小学生の陽一は、傷ついたカラスの幼鳥を「ジョンソン」と名付け、母と暮らす団地でこっそり飼い始める。次第に元気になっていくジョンソン。だが、「飼ってはならない鳥」はやがて、人間たちの過酷な仕打ちを受けることに——。少年の素朴な生命愛が胸を打つ現代の神話。